有爱的青春陪伴者

夏目纸亭

魔安 著

贵州出版集团
贵州人民出版社

图书在版编目（CIP）数据

夏日纸鸢 / 魔安著. -- 贵阳：贵州人民出版社，2022.11
ISBN 978-7-221-17249-5

Ⅰ.①夏… Ⅱ.①魔… Ⅲ.①长篇小说-中国-当代 Ⅳ.①I247.5

中国版本图书馆CIP数据核字(2022)第163731号

夏日纸鸢
XIARI ZHIYUAN

魔安/著

| 出版统筹：陈继光
| 选题策划：大鱼文化
| 责任编辑：杨雅云
| 特约编辑：欧雅婷　姜文迪
| 装帧设计：刘　艳　姜　苗
| 封面绘制：我是俊鹏
| 出版发行：贵州人民出版社（贵阳市观山湖区会展东路SOHO办公区A座 邮编：550081）
| 印　　刷：长沙鸿发印务实业有限公司
| 开　　本：880×1230毫米　1/32
| 字　　数：290千字
| 印　　张：9.5
| 版　　次：2022年11月第1版
| 印　　次：2022年11月第1次印刷
| 书　　号：ISBN 978-7-221-17249-5
| 定　　价：39.80元

贵州人民出版社微信

版权所有　盗版必究。举报电话：策划部0851-86828640
本书如有印装问题，请与印刷厂联系调换。联系电话：0731-82755298

目录
CONTENTS

001 ✴ **Chapter 01**
开学

027 ✴ **Chapter 02**
同桌

048 ✴ **Chapter 03**
风采之星

074 ✴ **Chapter 04**
锁死

098 ✴ **Chapter 05**
差生

120 ✴ **Chapter 06**
保护我

146 ✴ **Chapter 07**
橘子薄荷糖

目录
CONTENTS

176 ✹ **Chapter 08**
我最好的朋友

195 ✹ **Chapter 09**
看电影

213 ✹ **Chapter 10**
Handsome Boys 男团

232 ✹ **Chapter 11**
到他身边去

273 ✹ **Extra 01**

282 ✹ **Extra 02**

287 ✹ **Extra 03**

Chapter 01
开学

九月一号,开学第一天。

前两天下过两场大雨,八月那阵热得让人心焦气躁的天气终于彻底跟这一年说了拜拜。

今天只报名不上课,师大附中门前的汽车浩浩荡荡地堵了一整条街,交警忙着吹哨子维持秩序。车窗摇下,高一新生们伸着脖子打量自己即将度过三年的学校。

堵在学校门口的基本上是高一年级的新生和家长,高二整个年级组相比之下明显有经验得多,人都在教室里。

高二(7)班,满天飞的试卷和同学之间时隔暑假两个月的叙旧,成功让整间教室乱成一锅粥,不过仍有一个声音成功地杀出重围:"我刚才放这儿的数学卷子呢?什么?英语还要抄写单词?!什么时候说让抄单词了?"

这一嗓子出来,他前后左右的人同时扭头。

蒋二炮从前座脚下捡起自己的数学卷子,对上前后左右同学投过来的玩味目光。

这些目光明明白白地告诉他,英语暑假作业里的确有一项,让抄单词表里的单词,每个三遍。

李元杰趴在蒋二炮的桌子上,笑得十分幸灾乐祸:"炮哥,你真

没写啊？那你把卷子借我参考一下呗。"

说着，李元杰把手伸向蒋二炮的数学卷子。

"滚！"

蒋二炮一把将李元杰的"爪子"打下来，把自己为数不多正儿八经写完的数学卷子当宝贝似的藏到桌肚里，然后开始在心里盘算今天一个下午加一个晚上的时间能不能抄完那些英语单词。

韩霜刚从教师办公室出来，走到蒋二炮面前，敲了敲他的桌子："蒋文明，老仲让你带人去后勤处搬两套桌椅过来，我们班这学期要转来两个新同学。"

蒋二炮本名蒋文明，是七班的生活委员，官不大，但事多，班里什么杂七杂八的事都要管。

蒋二炮从盘算英语作业中回神："搬桌椅？行，我马上去。"

韩霜转达完班主任的话，左右看了看，凑到蒋二炮身前，然后又冲李元杰勾了勾手指。

一看就是还有事要讲。

李元杰正趁蒋二炮不注意，在偷他的数学卷子，刚刚偷到手，看到韩霜在冲自己勾手，于是也搬了把椅子围过来。

三人围在一起，韩霜压低嗓子说："我刚才在老仲那里看到名册表了，你们知道谁要转来我们班吗？"

蒋二炮问："谁？"

韩霜神秘兮兮地吐出两个字："喻佳。"

李元杰差点没从椅子上跳起来："真的吗？三班那个？"

韩霜很满意李元杰的反应："对，就是三班那个。"

蒋二炮同样震惊地抬头："她不是在三班吗？怎么转到我们班了？"

韩霜一手撑在蒋二炮的头顶："想转就转喽，学校又不是不让换班，不过是手续麻烦点。"

李元杰又压低声音："就因为上学期广播那事儿，不想在三班待？"

"不止这个。"韩霜听后干脆又一手扣住李元杰的头顶，把两个男生的脑袋凑到一起，"你们都不知道吗？"

蒋二炮和李元杰同时一愣："知道什么？"

韩霜对着李元杰和蒋二炮两张看起来就不怎么聪明的脸，觉得他们脑子里恐怕想的除了这一顿吃什么就是下一顿吃什么,叹了口气。

"上学期期末考试的前一天,据说三班那个年级第二的女生早上一来就看到课桌上的书本全被人倒了墨水。咱们都知道他们班里那女生和喻佳一直不对付,所以大家私底下都在传是喻佳做的。三班班主任好像也知道了这事,具体怎么解决的我倒是不清楚。然后这学期就看到喻佳转到我们班了。我估计就是因为这个。"

"嘶——"

听完,两个男生同时倒吸一口凉气。

韩霜放开手里的两颗脑袋瓜:"快去,搬新桌椅。欢迎咱们班新同学。"

蒋二炮正感叹着青春期的女生之间的嫉妒心这么可怕,一低头,发现自己的数学卷子又不见了。

蒋二炮扑上去:"李元杰,你把数学卷子还我!"

高二年级组教师办公室。

仲福林正在往保温杯里加枸杞,隔着几道墙,也依然从高二年级组的一片吵闹声中,听到一句穿透力极强的"李元杰,你把数学卷子还我"。

仲福林手一抖,枸杞多放了几颗,漂在保温杯的水面上。

喻佳站在办公桌前,就这么看了两分钟她的新班主任用保温杯泡枸杞。

仲福林的身材跟他的保温杯一样,矮胖矮胖的,保温杯应该是用得久了,杯盖上掉了些漆,就好像仲福林发量稀疏的头顶。

仲福林旋好杯盖,坐到自己的椅子上,看着面前的少女。

少女校服穿得整洁,手腕上戴了块黑色的电子表,头发扎着,小脸白白净净,不得不说很漂亮。

她的样子跟仲福林之前想象的有点出入。

他知道喻佳这学期要转到他的班,凭他二十年的执教经验,第一时间在心里勾勒了一下喻佳的形象:不穿校服,眼皮上的妆化得花花绿绿,身上丁零当啷全是链子响,见到新班主任也一边嚼口香糖,一边玩手机,不把所有人放在眼里,成绩还永远倒数。

不过现在看来,她还是很让人惊喜。

仲福林眯起眼睛笑:"喻佳是吧?"

喻佳点头:"嗯。"

"这学期你既然转到七班了,以后咱们就是师生。所以从现在开始,你就是七班的一分子,希望你在接下来的两年里跟七班的同学们好好相处,共同进步。我们七班的同学都是非常上进友好的,任课老师也都是非常认真负责的,就连我们七班同学的学习成绩……啊……就连我们七班同学的学习成绩……"

喻佳竖起耳朵,仔细听仲福林怎么形容七班的学习成绩。

师大附中一共有十二个理科班,虽说没有分重点班和普通班,但高一一学年下来也基本上分了个成绩高低。总成绩最好的是喻佳之前待的三班,而仲福林任教的七班,每次平均分都"勇夺"年级倒数。

仲福林卡壳了,突然冲喻佳竖起大拇指:"就连我们七班同学的学习成绩,那也是进步空间非常大的!"

喻佳:"……"

仲福林夸赞完自己的班级,长舒口气,然后旋开保温杯,喝了一口。

喝完水,他拿起七班的新名册表,在喻佳的名字后面打了个勾,表示新学期该生已经报到。

喻佳往仲福林手里的名册表看了一眼,上面大部分人名字后面都有个勾,只有她名字下面的那个人没有勾。

喻佳没看清楚排在她后面的人叫什么名字。

仲福林也在名册表上扫一圈,发现还有一个学生没来。

他笔尖在最后那个名字上点了点,正思索着什么,又想起喻佳还在他旁边站着,于是放下笔,再次笑眯眯地看向眼前的少女:"今天就先说到这里。明天正式上课,再介绍你跟七班同学认识。"

喻佳点头:"好。"

"对了,这学期咱们七班除了你还有一个转校生,是从外地转过来的,到时候你们也可以互相认识一下。"

"嗯。"

仲福林发现新同学似乎话有点少,只好冲她摆摆手:"你先回教室去吧。"

终于从仲福林的办公室出来,喻佳往教室走。

她走了两步才想起自己走反方向了,她现在在七班,不在三班。

喻佳正掉头，旁边办公室的门突然打开。

王萍手里拿着上学期三班的期末考试成绩表，从办公室里出来。

两个人目光相接。

喻佳喉咙有些堵，那句"王老师"还没叫出口，王萍的目光已经掠过喻佳，直接朝三班的方向走去。

从背影来看，王萍的心情明显很不错。

三班上学期期末考试平均分又是所有班级中最高的，虽然年级第二这次出在别的班，但是年级第一依旧在三班，并且最令人开心的是，他们班那个拉低班级平均分的喻佳，这学期转班了。

天知道两个月前王萍收到喻佳转班的消息，高兴得想冲到学校礼堂跳踢踏舞。

当时学校正计算期末考试班级平均分，王萍立马跑到教务处，亲眼盯着教务处的老师，让他把喻佳的名字从三班名单中删除。

这一删，三班班级平均分又提高了1.9分。

王萍当场哼起了歌。

现在，喻佳对着王萍的背影眯了眯眼，转身，往七班的方向走去。

喻佳顺着班牌号找到了七班的位置。

可能是由于大部分班级的班主任都已经进班了，七班不好意思吵得那么明显。喻佳站在教室后门时，教室里保持着低分贝的热闹，同学们依旧补作业的补作业，聊天的聊天，还没有人注意到她。

两套新桌椅被放在教室最后一排。

喻佳对着全是生面孔的新班级，想起仲福林刚才一再给她灌输的七班同学都积极上进、乐于助人的思想，提了口气，走到那两把空座椅前，拉开其中一把椅子，坐下。

班里同学似乎终于注意到有人进来，像说好了一样，全班突然诡异地安静下来，将目光投向教室最后一排。

喻佳顶着那些目光。

她知道虽然自己不认识这些人，但是七班的人应该都认识她。

因为她在师大附中一直都挺出名的，尤其是经过上学期的广播事件后。

好在这时候仲福林夹着一沓《宿舍防火须知》从教室前门进来，

站到讲台上,看到台下两个月未见的孩子们,第一句话就是:"同学们,想我了吗?"

所有人这才回头,给仲福林鼓起了掌。

喻佳不知道这是个什么班级文化,跟着鼓了两下掌。

今天只是开学报到,仲福林没讲多少,把手里的那沓《宿舍防火须知》发下去,让大家往后传,一人一份。

喻佳虽然不住学校宿舍,但她还是领了一份,看到身旁的空桌椅,顺便又接过一份,放到旁边的桌面上。

仲福林拍拍讲桌让所有人安静:"我知道,开学了,有些人暑假玩得倒是开心,作业却根本经不起检查。"

仲福林脸色转正:"今天给你们最后一次机会,希望你们好好查漏补缺,不要明天交作业了,又跟我说忘了这个不记得那个。还有,最重要的一点,不许抄袭,抄袭你骗的是谁?你骗的是你自己!听明白了吗?"

所有人异口同声:"听明白了!"

仲福林点点头:"现在,住宿生回宿舍去整理内务,收拾你们的床铺,其余人可以回家,明天早上七点五十分准时上早读。放学!"

教室里所有人一溜烟散光。

喻佳来的时候就没背书包,看了眼时间,又觉得校门口应该还堵着车,于是掏出手机给司机发微信,让他不用来接。

喻佳刚打开微信,发现万南给她发了消息,时间是一个小时以前。

万南是喻佳的初中同学,高中也在师大附中读,两人虽然不在一个班,但感情一直不错。

万南:你猜我今天看到了什么!!!

随之发过来的还有两张照片。

喻佳打开万南发过来的照片,像素极低,并且拍摄的角度十分"猥琐"。

不过,喻佳还是能从万南发来的照片中看出,他要拍摄的主角,应该是那个白思静。

地点是在校内的一家奶茶店。

白思静对面还有个男生,虽然看不清男生的脸,不过能看出男生个子很高，穿黑色 T 恤，没穿师大附中校服。

白思静正对着男生说些什么，同时把手里的奶茶递过去。

喻佳对着照片，表情有些复杂，虽然不是很赞同万南的这种做法，但内心还是有点感动。

喻佳打算组织语言告诉万南，她根本不稀罕跟白思静作对，所以用不着告诉她白思静做了什么，更用不着偷拍。

想到这里，喻佳还是忍不住骂了句脏话，虽然她不在乎白思静，但不妨碍所有人都觉得她嫉妒白思静。因为白思静长得一副文文静静优等生的模样，卷面上的分数王萍看了都笑得合不拢嘴。

同样都是长得好看的女生，成绩差的定然嫉妒成绩好的，毕竟电视剧里都这么演。

喻佳回到跟万南的聊天界面，打算发个语音骂过去，白思静今天怎么了关她什么事，有多远走多远。

结果喻佳发现万南又发了一张照片，这张照片像素上明显有质的飞跃——貌似是上一张照片里面的黑色 T 恤男？

男生本来戴了个黑色口罩，因为喝奶茶，所以把口罩拉到了下巴。他握着奶茶杯的手指修长匀净，下巴微抬，皮肤挺白，正一边吸奶茶，一边懒懒地看着远处。

不知为什么，喻佳第一次觉得，喝奶茶居然可以喝得十分"嚣张"。

照片里白思静坐在角落，连脸都没露。

喻佳这才反应过来，万南让她看的貌似不是白思静，而是白思静对面的男生。

万南语气里透着激动：看到了吗？太帅了！！！

喻佳：？

喻佳承认照片里的人是好看的，担得起万南那么多的感叹号。但她依旧不想再看，因为很明显，男生和白思静认识，还喝了白思静递过去的奶茶，说明两人关系不错。

她没有厌恶或嫉妒白思静，也不代表她喜欢白思静。所以，跟白思静走得近的人，也不在她的审美范围之内。

喻佳给司机发完消息，把手机扔进裤兜，决定走路回家。

喻佳走出校门，听到学校的保安用临阳本地话正跟学生家长说些什么。学校门口的牌子又刷了新漆,据说是校长花重金从某著名书法家那求来的题字——临阳师大附属中学。

临阳并不是什么大城市,以前更是个毫不起眼的小县城,是因为勘探到临阳地下异常丰富的矿产资源,于是这几十年临阳矿产业迅速发展。一个地方凭借着资源暴富以后就开始重视起教育,其中以省重点师大附中生活环境最为优渥,学校位于市中心,校内小桥流水亭台楼阁,图书馆规模胜过国内大部分大学,宿舍都是令人艳羡的双人间,食堂里中餐西餐一应俱全。

喻佳家离学校不远,走路二十分钟。

她进门换鞋,看到客厅沙发上搭着一件乳白色卫衣。她隐约闻到空气中有一股食物的香气,看来是阿姨在厨房做饭,至于这件卫衣,估计是喻扬临走时收拾行李又随手乱扔。

喻佳拎起那件卫衣看了看,还是新的,眼珠一转,走到院子外的狗窝旁边。

喻佳家里不养狗,这个狗窝是装修房子的时候配套的,二层结构是高级橡木搭建,三平方米奢华一体居,标准的狗界豪宅。

狗窝不脏,喻佳把卫衣扔进去,然后蹲下来拍了个照,发给喻扬。

两分钟后,喻佳收到消息提示。

喻扬:我就说怎么没找到。

喻扬:这件是我最喜欢的,喻佳你给我往哪儿扔!

喻扬:限你三秒钟之内拿出来,找揍是不是?

喻佳握着手机笑得十分开心,回复:来啊,打一架啊。

恐吓显然对这个妹妹不管用,喻扬又来软的:快给我拿出来,放我衣柜里去。

微信用户喻扬向您转账200元。

喻佳没点确认收款:我稀罕你那两百块钱?

喻扬:只是借此提醒你一下别忘了我的事。

喻扬:我今天刚到校。

喻佳:所以可以开始行动了。

喻扬:知道了,姑奶奶,快把衣服给我收好。

喻佳从狗窝里捡起喻扬的卫衣,拍了拍上面的灰尘。喻扬的衣服跟他的人一样，在喻佳眼里都是松松垮垮、懒懒散散的。

结果就这么个松垮懒散的人，去年高考突然超常发挥考了个985大学，可把老喻高兴坏了。

喻佳把喻扬的卫衣扔进他房间的衣帽间。

喻扬又发来几条消息。

喻扬：转班了就在新班级好好上课。

喻扬：这个班的平均分年级倒数，跟你肯定合适。

喻扬：我妹别气，谁年轻时没被人误会过。

喻佳秒回：我没有！

事情要从上个学期开始说起。

师大附中虽然是省重点，可是升学率一直不高，市政府铁了心要把教育搞上去。师大附中这几年不仅砸钱从周围省市挖过来大批优秀名师，上学期更是以高额奖学金从隔壁市中学挖来一个贫困特优生。

特优生第一次月考年级第一，超第二名50分，让整个师大附中都为之振奋。

于是特优生受到了重点关照，被安排在最好的班，也就是当时喻佳所在的三班。

喻佳身边的同学朋友家庭条件都不错，突然认识一男生：成绩年级第一、长相也算得上清秀，却穷得要靠奖学金上学。老喻从小教导她要乐于助人，他们家里有钱就应该要多多帮助他人，甚至还在贫困山区资助了好几个学生。于是本着助人为乐的原则，喻佳决定对这个男生好一点。

虽然自己被王萍划分到"差生"的行列里，但喻佳还挺想跟这个励志的优等生当朋友。

她交朋友的方式"简单粗暴"——跟班主任申请当他的同桌，知道他没钱所以给他饭卡里打钱，放学用家里的豪车送他回家。

特优生人虽穷但性子挺傲，对喻佳的示好并不领情，在班里只有从前的年级第一，也就是现在的年级第二白思静，能跟他说上几句话。

喻佳倒不在意，反正她助人为乐又不求回报，折腾了大半个学期，快到期末的时候，适逢特优生生日。

喻佳从喻扬的兴趣爱好推断男生都喜欢球鞋，于是送了特优生一

双跟喻扬同款的限量版球鞋，送的时候还特意把价签撕了。

特优生收了礼物。

喻佳见他收了礼物，兴奋不已，脑子一热，还跑去了学校广播台给特优生点了首《生日快乐歌》。

后来的事是别人告诉喻佳的，据说在广播的时候，特优生正和白思静走在一起。

当时满操场的人都看到白思静给特优生送了一支钢笔，特优生笑着收下。两人伴着夕阳散步聊天，特优生对白思静温柔地说，他最看不起的，就是那种仗着自己家里有钱，成绩差还不上进的暴发户。

喻佳成了个笑话。

广播这事把学校领导和老喻都惊动了。如果喻佳招惹的是别的男同学，学校估计大事化小小事化了，但对方是整个师大附中乃至临阳的希望。

一边是全村的希望，一边是村里"土霸王"的闺女，校领导表面上难办，可心里向着的，还是这个希望。

好在老喻比较识趣，推了手头的工作，把喻佳拎回家教育了三天，然后告诉她下学期换班，不许再招惹特优生。

三天后，喻佳顶着班主任王萍快把她烧出个窟窿的眼神，重新回去上学。

喻佳安分了不少，本打算老老实实地混到期末，结果期末考试前一天又发生了一件事。

这事说大不大，说小不小。

白思静早上来上课，发现课桌上的书本全部被人倒了墨水，明显是有人故意为之。她看到自己一片狼藉的课桌就哭了，趴在桌上梨花带雨，班上大半的女生都围在她身边安慰。

喻佳当然不属于安慰的那一列，她当时正在自己的位置上转着笔，想着暑假要跟喻扬打什么架，然后莫名其妙发现所有人的目光都转向她。

喻佳还没反应过来，特优生就已经冷着脸走过来，第一次主动跟她说了那么多话。

"你以前怎么对我,我都可以忍,但麻烦你不要因为我欣赏她,和她做朋友就去欺负她。"

最后,特优生点了点喻佳的课桌,又说:"请你现在去给白思静道歉。"

喻佳手里转着的笔"啪嗒"一声掉到了课桌上。

她看着特优生的脸,才突然意识到,自己竟然为了这么一个人,折腾了大半学期,让自己被全校笑,被老喻骂,还差点背了个处分。原来在特优生眼中,自己所做的一切,他都在"忍"。

喻佳气笑了。道歉是不可能的,这辈子都不可能。她才不会做出背地里往人家书本上倒墨水这种蠢事。

喻佳当即就跑到学校监控室要调昨晚教室里的监控,谁知好巧不巧,三班的监控坏了,她又要调别的教室和学校教学区的监控,可中控室的老师那几天去外地出差培训,不在学校里。

王萍发现班里气氛浮躁,知道大家都因为什么事,站在讲台上把话说得很不客气:"明天就要期末考试了,不好好复习折腾这些干什么呢?"

她又瞥了喻佳一眼:"再说大家又没说是你做的,你那么激动做什么?"

的确,除了特优生,没有人说那瓶墨汁是喻佳倒的。就连主任知道了这件事,都只是安慰白思静,让她再去领一套新教材,绝口不提要查清楚。但喻佳知道,所有人都觉得是她做的,因为他们认为她嫉妒能和特优生做朋友的白思静。

经过上次的广播事件,喻佳不愿意再闹大,更不愿意惊动老喻,憋着气考完了两天的试,把这事甩给了喻扬。

喻扬虽说平常跟喻佳打得你死我活,但是妹妹真有点事拜托他还是靠谱的,知道喻佳怕开学所有人都忘了这事,答应开学后去学校里找人帮忙。

不过,在此之前,喻佳还是用自己的方式做了辩驳。

那天期末考试完,喻佳看到王萍正从教师办公室往教室走,于是走上讲台。大家本来都沉浸在放假的兴奋中,见到喻佳走上讲台,全班诡异地安静下来。

喻佳双手撑着讲台桌面，身体微微前倾，看看特优生又看看白思静，再看看那几个忙着散布她嫉妒白思静而心理变态的传言的女生。

有人心虚地低下头。

喻佳清了清嗓子："我知道，你们都觉得有件事情跟我有关系。但我还是想说我没那么无聊，更没那么——"她强调，"Low（差）。"

没人出声。

王萍刚好走到教室门口。

喻佳站直身体，拍拍手指上沾到的粉笔灰，扫视一圈，样子几近挑衅。

"凭大家对我的了解，应该也知道我这人要是真的看不惯谁，不管你是男是女，一般当面解决。所以哪用得着背地里干那些偷鸡摸狗的恶心事吗？"

喻佳说完，同学们面面相觑。

因为他们都知道，确实如此。

虽说不少人被这个理由说服，但在某些女生的小道消息中，还是变成喻佳嫉妒白思静，怕惹怒特优生，只敢背后使阴招。

现在甚至加了条：喻佳是因为欺负白思静的丑事败露，才转到七班去的。

喻佳听到后只想爆粗口。

老喻决定让她转班的时候这事还没发生。老喻是根据校领导建议，怕她耽误了特优生才让她转班，跟白思静没有关系。

所以尽快找到事实证据仍然是必要的。

喻佳仰躺在书房的椅子上，看着书柜里那一个个写满了的笔记本，以及全套的《五年中考三年模拟》和《教材完全解读》。那些都是初中教辅，现在她早就不买这些参考书了。

收回目光，她打开电脑，问喻扬，怎么都开学了事情还没有消息。

第二天一早，答应了老喻这学期安安分分不再惹事的喻佳，踩着点到了学校。

仲福林正背手站在教室门口的走廊上，见喻佳走过来，抬手看了看腕上的手表。

上课铃在这时候响起。

喻佳放慢步伐，对着仲福林，正思索她这算不算迟到，仲福林已经堆起满脸笑容地说："喻佳同学时间观念很强的嘛。老师相信如果不是我的干扰，你今天肯定能够在铃声结束之前进教室。"

仲福林冲喻佳双手握拳鼓舞道："加油！今天踩着铃声结束进教室，明天在开始响铃的时候进教室，后天就能在响铃前一分钟进教室，大后天就能在响铃前两分钟进教室，大大后天你就能……"

喻佳愣住了。

最后从后门摸到自己昨天坐过的位置，她记得这学期七班有两个人转过来，一个是她，另一个人昨天没见到。

今天旁边的空位已经被坐了，应该是昨天没见到的转校生。

男生，穿着校服，长腿在课桌间蜷着，后脑勺倒是生得不错。桌上摆了杯校门口"精致生活"奶茶店的奶茶，男生此时正在用湿纸巾仔细擦拭他的课桌。

喻佳心想：确实挺精致的一个 boy（男孩）。

第一节班会课，仲福林正在上面总结七班上学期的期末考试成绩。

喻佳坐下后就靠着椅背，把手机放到腿上给老喻发消息说她今天没有迟到。

"精致 boy"注意到身边的新同学，微微凑过来，压低声音问道："同桌？"

喻佳没抬头："嗯。"

"精致 boy"又问："你也是这学期转到这个班的？"

喻佳盯着跟老喻的聊天界面，等他回复，漫不经心地"嗯"了一声。

"精致 boy"发现新同学对他态度略显冷淡，一进来就只顾看手机，便递了张湿纸巾过去："你要不要擦一下桌子？都是新的，里面挺多灰尘。"

喻佳瞟了一眼"精致 boy"递过来的湿纸巾："不用。"

"精致 boy"接连碰壁，于是收回手，重新坐好，看向讲台。

七班上学期期末考试平均分以微弱优势排名年级倒数第二，总算摆脱倒数第一的宝座。

仲福林任教七班以来第一次摆脱倒数第一，整个人精神抖擞："名次上，虽然只是简简单单前进一名，看起来是一小步。但这对于我们每个人来说,都是一大步!这是我们每个人努力得来的结果,这份荣誉属于我们七班每一个人。"

"我知道,上学期有的同学表面上漫不经心,可私底下每晚都在挑灯夜战;有的同学戒骄戒躁,把刷题当成一种乐趣;还有的同学甚至不惜牺牲假期时间,周末全都被补习班占据。就是因为你们的努力,并且希望你们继续这样努力,去创造七班的今天,祖国未来的明天!"

全班掌声如雷。

喻佳又被这突如其来的掌声惊到了,抬起头,看到讲台上红光满面、精神饱满的仲福林。

还真是……好知足啊。

三班平常也开班会,但是跟七班不同,三班的班会,除了王萍在讲话,其他人全都低着头,大气都不敢出。

王萍很喜欢打压式教育。三班回回平均分年级第一,年级前十能占三四个,但王萍不满意,还让所有人不要以为自己有多了不起,第一名跟第二名才拉开这点差距,一看就是平常没有把心思全部放在学习上。

她很喜欢把一些优等生在班会上点名拎出来,不是夸,而是质问你某一科怎么才考这点分,自己下课去给任课老师道歉,又或者念一个排在前面的、别的班优等生的名字,问怎么连他也考不过,到底有没有在好好学。

讲台上,仲福林的讲话已经总结完上学期,进入展望新学期的部分。他目光落到教室后排多出来的两套桌椅和两张新面孔上。

喻佳对上仲福林善意且慈祥的目光,突然生出不好的预感。

果不其然,下一秒,仲福林就开口了:"想必大家也发现了,我们班这学期转来两位新同学,以后他们也是七班的一分子,下面,就有请这两位新同学上台来给大家做一下自我介绍。大家用热烈的掌声欢迎。"

掌声立马响起。

喻佳把手机塞进桌肚,拉开椅子,看见身旁的"精致boy"也起身。

"精致boy"个子很高,喻佳发现自己站起来正对着他的肩膀。

两人一前一后,喻佳在前,"精致boy"在后。

喻佳站到讲台上，对着下面四十多张面孔，感受到仲福林鼓励的眼神，沉了口气，开口："我叫喻佳，之前在三班，想必大家应该都认识我，所以其他的我就不多说。如果哪位同学特别想了解我的事，可以下课后单独来问我，谢谢。"

喻佳讲完径直下台。

整个教室的人听完似乎都愣了几秒。

好嚣张。

连个自我介绍都透露着浓浓的"本人不想跟你们这群小傻瓜打成一片"的信息。

众人愣过之后，才在仲福林的拼命示意下，缓缓送上欢迎的掌声。

喻佳回到自己的位置，继续掏手机看微信上老喻回她没有。

这时，第二个转校生开始做他的自我介绍。

他先清了清嗓子："我叫盛延，之前不在三班，所以想必大家都不认识我。"

喻佳听到这里抬头。这自我介绍为什么听起来这么耳熟？这才认真去看这位名叫盛延的"精致 boy"。

师大附中以丑著称的校服竟然被他穿出了设计感，他皮肤很白，瞳孔颜色也略浅，鼻梁倒是高，并且略微有些眉压眼。

新同学长得不错，喻佳觉得这个帅哥看起来略眼熟。

帅哥继续做自我介绍："我这人身上可圈可点的事情实在太多，一时半会儿肯定说不完，所以在这里我也就不多说了。如果哪位同学特别想了解我的事，可以下课后单独来问我，谢谢。"

帅哥做完自我介绍后径直下台。

全场听完这个自我介绍后又是同时愣住，在仲福林的第二次示意下，才送上欢迎的掌声。

喻佳没有鼓掌，这个人模仿了她刚才的自我介绍。

喻佳看着这位名叫盛延的人，不，这位名叫盛延的抄袭者迈下讲台，一路走到她旁边的位置，拉开椅子，心安理得地坐下来。

喻佳得以近距离打量此人，她终于明白自己刚才为什么会觉得这人眼熟。

打开跟万南的聊天界面，去看昨天那个在奶茶店跟白思静一起，还把奶茶喝出嚣张感,让万南疯狂称赞盛世美颜的帅哥。

喻佳对比了一下,然后在心里骂了句"冤家路窄"。

此情此景,叫作"新学期,我又和白思静的好朋友当同桌"。

可偏生旁边那"好朋友"还没有自觉,仲福林在上面激情四射地展望新学期,盛延坐下后听了两句,又往旁边转了转,看向没给过他正脸的少女。

他用手懒懒地撑着头,压低声音:"嘿,同桌。我觉得你那自我介绍挺有个性的,我还蛮喜欢。"

喻佳缓缓扭头。

盛延见少女终于朝他转过头,兴致勃勃地说:"你以前也在这个学校吗?所以七班的人都认识你。不过,我以前不在这个学校,所以我不认识你。你刚才不是说有什么想了解的可以单独来问你。"

"所以……"他十分没眼色地又凑近了一点,整个人已经来到两人课桌的交界线,"你能单独再给我介绍一下你自己吗?谢谢。"

他看起来很期待,等着喻佳的单独、专属、详细的私人版自我介绍。况且他看起来这么友好,哪有人会忍心拒绝呢?

喻佳对着那双浅褐色、带着笑意的眸子,深吸了口气,放在桌上的拳头收紧。她已经很久没有如此强烈的,想把一个人的头打歪的冲动了。

喻佳的拳头收了又收,默念了好几遍不与傻子争高低,逼自己去想答应老喻的再也不惹事的承诺。

终于,她手指缓缓舒展开,只是把自己原本和抄袭者挨在一起的桌子往过道拖了二十厘米。

仲福林正在讲话,突然发现讲台下面最后一排,一张课桌凸出来,课桌的主人喻佳此时正面无表情地盯着桌肚,而她的同桌正一本一本地往新教材上龙飞凤舞地写自己的姓名,两人课桌中间隔开二十厘米,泾渭分明。

于是仲福林回忆了一下盛延转学过来的背景情况。

盛延出生在大城市S市,之前也一直在S市读书,读的高中在全国教育界都很有名,几乎是一听学校名字就知道学生成绩肯定差不了,里面的学生个个都是德智体美劳全方面发展的精英。

盛延转回来的理由是因为户口还在临阳市。

这次听说有个从全国知名高中转回来的转校生，王萍本来信心满满那个转校生要到她班上去，好在教务处的老师比较善解人意，知道仲福林刚从王萍那里接手了一个全校知名差生喻佳，于是为了平衡，便做主把从大城市好学校转回来的转校生也分给了仲福林。

为此，王萍还跟教务处的老师吵了一架，吵完后经过仲福林的工位，她哼了一声。

仲福林在心里对比了一下喻佳和盛延，一个本校生，一个从小在外面生活的转校生，两人怎么看也不可能提前认识。

喻佳开学第一节课就这么老死不相往来，难道只是因为转校生"抄袭"了她的自我介绍？

其实仲福林觉得两个新生一男一女，连自我介绍都对仗工整，挺有趣的。

下课后，仲福林回到办公室，正想让人把喻佳叫来，跟她说说同桌之间更要相亲相爱，喻佳就已经主动来找他。

仲福林又去泡了一杯枸杞菊花茶，抱着保温杯坐下。

喻佳开口的第一句话就是："老师，我想换同桌。"

仲福林明显还不习惯这种直白，同桌之间相亲相爱的话卡在嗓子里，隔了一会儿才反问："这……是为什么呢？你跟盛延同学之前认识？有什么过节吗？还是因为自我介绍？"

喻佳回道："不认识，没过节，跟自我介绍没关系。"

仲福林本来想问"既然没过节，那你为什么想换同桌"，只不过对着喻佳一脸"你尽管问，我看心情答"的表情，最后只能喝了口菊花茶，问："那你想换到哪里呢？"

喻佳说："随便。"

仲福林清了清嗓子："是这样的，我们七班同学之间的位置都是排好的。你现在还小可能不懂，读书时的同桌将是你们人生中一个非常特别的角色，所以我在排座位的时候都充分征求了班里每个同学的意见，大家都是自愿组队坐到一起。你可以在班里找一个愿意跟你成为同桌的同学，如果有人愿意的话，就可以换。"

喻佳突然发现，在七班，自己除了现在的同桌，谁都不认识。

　　如果说在这节课之前，试着找找说不定能找到，但她刚刚站上讲台做自我介绍后，很明显，跟她当同桌需要的是"勇气"。

　　仲福林笑眯眯地看着眼前的少女，决定成为她班主任的第一课，就是要教她学会如何和同学相亲相爱。

　　"如果你实在不想跟盛延坐一起呢，也行，讲台旁边可以搭一张桌子，那个位置好多同学私底下来找我要我都没舍得给。那里视野更开阔，老师讲课听得更清晰，你要是觉得合适的话，可以坐到那里去。"

　　少女垂眸，抿住唇，几秒后开口："不用了，谢谢。"

　　仲福林说："你的情况老师记下了。没关系，我们月考过后就会全班调位置，你还有一个月的时间来认识班里的同学。老师相信，到时候你一定可以匹配到令你满意的同桌。"

　　喻佳申请换同桌失败，回到教室。

　　这是节数学课，数学老师要评讲上学期的卷子，让所有人把上学期期末考试的试卷拿出来。

　　虽然班级不一样，但同一所学校的期末试卷都是一样的，喻佳不怎么听课但也带了试卷，拿出来，在课桌正中央铺平。

　　她突然感受到自己的手肘被人戳了一下。

　　喻佳扭头，盛延对她说："我转学过来的，没有卷子。"

　　喻佳"哦"了一声，然后把头转回去，从笔袋里拿了支笔。

　　她感受到旁边的人明显愣了几秒。

　　数学老师已经开讲，平常不怎么听课的喻佳，今天跟着老师在第四题那里写了个正确答案"C"。

　　接着，她的手肘又被轻轻敲了敲。

　　"一起看一下？"

　　喻佳没有反应，只是抬头看讲台，像是没有被碰到一般。

　　再敲，她还是没反应。

　　继续敲，她依旧没反应。

　　盛延指尖轻轻地点在少女坚硬的胳膊肘上，对着同桌的侧脸，看少女眼睛一眨也不眨地盯着黑板，睫毛又浓又长，眼尾微微上扬，鼻梁挺翘，脸略短，下巴小而尖，一副标准的"小狐狸"长相。

　　喻佳感受到旁边的人终于没有再骚扰她了。

老师讲的她没听明白，便随意地在卷子上写了两个步骤，放下笔。

然而这时，身旁传来一阵椅凳摩擦过地面的声响。下一秒，男同学已经横跨两张桌子中间的二十厘米"大江"，拖着椅子，坐到喻佳旁边。

盛延还同时带来了自己的草稿纸和笔，放到喻佳的桌子上。

"同桌，你听课听得好认真。"他凑过去看喻佳的卷子，"我戳你好几下你都没反应。你知道讲到哪儿了吗？"他目光在喻佳的试卷上找寻。

喻佳："……"

少年的靠近带来热气，一张桌子两个人使用很挤，课桌下，隔着校服裤子，他的膝盖抵着她的膝盖。

喻佳恍惚觉得下一秒自己就要掀翻这张桌子，然后把眼前的这张卷子呼到这人脸上。

谁要跟你一起合看卷子？

偏生这个时候，这名同学还用笔指着她刚刚随便写的两个解题步骤，问："这题老师是这么讲的？我怎么感觉跟我刚才听的不太一样？"

喻佳闭了闭眼，从来没有过这种无力感，是那种面对一个人，从头到脚，深深的无力感。

上天可能给了他一张还不错的脸，然后为他关上某扇名叫"察言观色"的窗。

前两排有人听到声音，正用试卷挡住脸，扭头观察后排新同学的动作。看见两个新同学明明课桌分得很开，却又凑在一张桌子上看一套卷子。

喻佳对着那些悄悄投过来的目光，感到非常绝望。

她竟然输了。

喻佳没有说话，只是把桌子向右拉回二十厘米的距离，两张桌子重新合并在一起。她把自己的数学卷子拍在两张桌子中间。

盛延见状，重新带着椅子坐回自己的位置上。

膝盖终于不用被男生的膝盖抵着，喻佳拍了拍刚才膝盖被抵过的地方，继续看试卷。

她撂下笔，靠在椅背上，不再动笔写笔记。

盛延问道:"同桌,要不我帮你写?"

喻佳知道这人是领会不了眼神的,于是吐字:"不用。"

所有科目开学的第一课几乎都是评讲上学期期末考试的卷子。

两人合看完数学看英语,看完英语看化学,一整天下来,喻佳发现自己非但没有换得了同桌,还被迫跟同桌凑在一起合看了一天的考试卷子。

仲福林教化学,只有他考虑到盛延转学过来没有他们的期末考试卷,本来在办公室多找了一份,打算上课的时候发给他,结果一站到讲台上,就看到下面一堆小萝卜头里,喻佳和盛延正合看同一张卷子。

那场面,仲福林感动得立马把他多拿过来的那张试卷夹进教案藏起来。

看看!看看!他就说喻佳心底其实是个热情温暖的孩子。这不,几节课之前还闹着要换同桌,现在就能合看一张试卷,这感天动地的同桌情,火速升温的同门谊,坚决不能换!

放学后,喻佳迫不及待地打视频电话,把自己碰到个神经病同桌还被迫跟他合看了一整天卷子的事告诉喻扬。

"哈哈哈!"喻扬笑得十分嚣张。

喻佳被这笑声冒犯到:"你笑什么!"

喻扬已经笑出了声:"虽然我也想忍住不笑,但实在太好笑了,哈哈哈……"

他做梦都想不到,竟然有人能让从小横行霸道惯了的妹妹吃瘪。

小伙子是何方神圣?

喻佳冷笑一声,又做轻松状:"你那面墙的鞋子不错,要不我都捐给福利院吧。"

喻扬立马止住笑声。

喻佳命令道:"帮我想个办法,我要憋死了。"

"什么办法?"

"我想掀翻他的桌子想疯了,麻烦给我创造出一个可以合理掀翻他桌子,并且不会被老喻骂的理由。"

"啊,这……这不太好吧……你换了个班,别惹事了。和平最重要,知道吗?同桌之间最重要的就是 peace and love(和平与关爱)。"

喻佳就知道喻扬会是这个回答。

"要你何用。"她冷笑着留下四个字,挂掉电话。

第二天,由于喻佳一晚上辗转反侧,所以早早就起了床,在上课前五分钟到达教室。

同桌的书包随便地扔在桌子上,人是已经来了,只不见影儿。

喻佳走到自己的位置前,发现她桌子上有一杯奶茶。

还是校外那家名叫"精致生活"的奶茶店出品,标签上写着"草莓啵啵,人民币25元"。

喻佳想起自己两次看到身边这个同桌时,他都在喝奶茶,喝的还都是同一家店里的奶茶,也不怕将来得糖尿病。

所以这杯奶茶,明显也来自旁边这位同学。

喻佳从盛延桌子上随便扔着的书包判断出,他应该是先到了班里,还没坐下,又突然想起什么急事,出去了。

所以书包随便放,奶茶也随手摆到了她的桌子上。

喻佳盯着眼前那杯"草莓啵啵",突然眯了眯眼。

她在想能不能以今早这杯乱放的奶茶作为导火索,所以跟他产生不可调和的矛盾,说着说着就吵起来,吵着吵着就打起来,关键一刻,她上手打他。

喻佳内心愉悦,这真是个绝妙的主意。最好在她打他之后,仲福林主动给两人换同桌。

她第一次开始期待同桌的出现。可惜时间过去五分钟,直到上课铃响,她的同桌才姗姗来迟。

他拉开椅子坐下,微喘,应该是跑过来的。

喻佳听到同桌的呼吸声,冷脸对着那杯"草莓啵啵",正思考这一架是现在就开始,还是下了课再开始。

这时,同桌突然伸手到她的桌面,放下一样东西。

喻佳看到自己课桌上又多出来一根吸管,静静地躺在那杯"草莓啵啵"旁边。

"我走到教室才发现忘了给你拿吸管。"盛延懒懒地打了个哈欠,冲少女抬了抬下巴,"昨天,谢了。"

这情况就像是她蓄足了力,瞄准了许久,终于找到那个点,准备

一击暴发,用尽全身力气狠狠砸过去,结果发现,砸过去的地方全是棉花,不声不响,吞掉了所有的力气,连个声儿都没留。

喻佳现在就是这样的感觉。

她对着自己面前颜色粉红的"草莓啵啵",气得快窒息,可旁边的人却拿出课本准备上课了。

盛延一手撑着头,一手哗啦啦地翻着课本。突然,同桌冲他伸出手,一杯"草莓啵啵"又原封不动地被摆到他课桌上,连同吸管一起——喻佳面无表情地把东西还回去。

盛延转头,压低声音问:"怎么了?"

"我不要。"

"为什么不要?挺好喝的。"

"我不爱喝甜的。"

"这样啊。"盛延今天似乎还挺识趣,没勉强,自己用吸管戳开那杯"草莓啵啵"。

喻佳余光扫到盛延一手在课本上写写画画,一手捧着那杯奶茶,悠闲地吸着。她想起之前万南发过来的照片里,这人跟白思静一起在奶茶店里的样子。

喻佳放下笔,她这次没有挪课桌,只是把椅子朝过道挪了挪,坐得离他远一点。

喻佳托着下巴听了一会儿英语课,觉得无聊,又低头看了眼手机。还是跟老喻的聊天界面,上一条消息是她昨天早上发的,她没有迟到,老喻并没有回她。

至于吴女士,两人的上一条聊天记录应该是在上个月。

在这一点上,喻佳觉得自己比不过喻扬,不去在意这学期"又没人来给我开家长会"这种小事。

由于承载着整个临阳的希望,所以今年师大附中的教学明显比往年抓得紧,来不及有什么开学缓冲期,各科老师讲完上学期期末试卷,就马不停蹄地开始完成新学期教学任务。

不过喻佳发现,最近几天总有一些女生手挽手地跑到他们这层楼来上厕所,在路过七班教室外面的走廊时,嘴里叽叽喳喳说着话,眼睛却往他们班最后一排的位置瞟。

很显然，高二（7）班这学期转来一个帅哥的消息不胫而走。

喻佳从拥堵的女厕所回来，看到"罪魁祸首"正趴在桌子上睡觉，头枕着胳膊，另一只手搭在头上，后脑勺对着走廊窗口。

外面几个高一新生模样的小妹妹一脸遗憾。

喻佳对这个情景并不陌生。

特优生刚转来师大附中，第一次考试超第二名50分一鸣惊人后，也有很多女生故意路过三班走廊，想要一睹"学霸"风采。

她那时还挺得意自己坐在"学霸"旁边，甚至专门拍了张特优生的照片发给喻扬，说：这是我们学校最有希望考重点大学的年级第一，怎么样？

喻扬隔了半天才回：智商不做评价，但是脸明显不如你哥。

她当时还骂喻扬不要脸，然而现在再回想，喻扬明显说的是实话。特优生的确算不上多帅，就一个看起来清秀顺眼的普通男高中生。别人之所以觉得他好看，是因为给他加上了一层厚厚的"学霸美颜滤镜"。

如今喻佳摘下这个滤镜，才发现喻扬的确比特优生好看多了。

至于现在身边这位，喻佳自动给他加上了"这人是个傻子"的滤镜，所以觉得外面走廊上那些女生没有审美。

大课间时间长，教室里吵吵闹闹，喻佳喝了口水，发现班里那位本名"蒋文明"诨名"蒋二炮"的同学，手里拿着张纸，在离她三米的走廊上，踌躇不前，表情难以揣摸。

李元杰路过，适时在蒋二炮屁股上踢了一脚："哎呀，你去吧。"

蒋二炮整个人失控地往前奔过来，刚好扑到喻佳的课桌上，胳膊把她的笔袋推到了地上。

蒋二炮抱着课桌稳住身子，一抬头，发现自己和喻佳对视，中间只有三十厘米的距离。

蒋二炮吓得魂都丢了，满脸悲愤地回头瞪了一眼李元杰，哆哆嗦嗦地蹲下身去给喻佳捡笔袋。

"对对……对不起。"

喻佳看到蒋二炮手都在抖。

她手里抱着自己的保温杯，平静地问："什么事？说吧。"

"是，是……"蒋二炮笨手笨脚地把喻佳的笔袋放好，然后把他手里拿着的那张纸铺在喻佳面前，"是这样的。"

喻佳看到纸上都是班里同学的名字。

蒋二炮满脸通红："我们班的同学都要轮流做值日，两个人一组，按同桌来分，所以您和盛延要一起做值日。"

"当然……"蒋二炮生怕惹到这位姑奶奶，"您要是不做，也完全可以，绝对没问题。"

蒋二炮说着又用余光瞟了一眼喻佳身旁正补觉的哥们儿。

喻佳觉得班里同学可能都对她有什么误解，她自问并不是那种在学校"欺男霸女"的学生，但所有人默认她在学校为所欲为。

见对面的蒋二炮战战兢兢，喻佳扯了扯嘴角。

跟傻子当同桌以后，她发现自己最近的忍耐力和接受力越来越强，甚至认为和他一起做个值日也不是什么难以接受的事。

喻佳说："我没意见，问他吧。"

蒋二炮又把目光投向盛延的后脑勺。这几天下来，他感觉盛延还是好接近的，相比于喻佳的独来独往，盛延下课会跟男生一起打球。

蒋二炮坐到盛延前座的位置上，伸手推了推盛延的胳膊，小声呼唤："同学，盛延同学。"

这人明显睡得很死。

蒋二炮只好壮胆又加大了手上的力道："同学，盛同学。"

依旧没反应。

蒋二炮又是揉又是哄，结果过去半天，盛延没有半分要醒的迹象。

喻佳瞟了一眼身旁，缓缓旋紧保温杯，然后"砰"的一声，把手里的保温杯大力地放到课桌上。

两人课桌相连，再加上桌肚的回响，是极佳的传声利器。

果不其然，盛延猛地从桌上抬起头："什么炸了？"

蒋二炮见状赶紧跟上，把那张纸拿到盛延面前，趁机复述刚才跟喻佳讲过的内容。

盛延略显呆滞地对着那张名单表，由于趴得久了，额前头发翘着，还夹杂着些汗意。

他听完后过了一会儿才打了个哈欠，带着浓浓的倦意说："行啊。"

"好的，好的。"蒋二炮欢天喜地地把两人的名字写上。

上课铃在这时候响起。

盛延用手指抓了抓额前翘起的头发，看到他同桌桌子上的保温杯，明白过来他刚才为什么会睡着睡着听到"砰"的一声巨响。

少女兀自开始翻书上课。

盛延对着喻佳的侧脸，眉心轻轻皱起，他这次是真的觉得他的新同桌好像一直对他有意见。

下午放学，盛延伸手在喻佳的课桌上敲了敲。

"同桌。"他说，"有空吗？跟你说点儿事。"

喻佳收拾书包，没抬头："没空。"

见她背起书包就走，盛延"哎"了一声，干脆跟了上去，一边跟少女保持着两步远的距离，一边说："开学自我介绍那事儿，我跟你道个歉。我只是觉得挺好玩的，没别的意思。"

喻佳心想：谁管你自我介绍不介绍的事？

她走出教室，发现走廊上站着几个女生，从肤色上来看应该是高一的新生——军训晒黑了。

新生倒都不认识喻佳，见她从七班教室出来，其中一个拦在喻佳面前："同学你好。请问你们班的盛延同学走了吗？"

喻佳看到对面的女生似乎还涂了点唇蜜，说："后面。"

盛延跟着出来，看到面前突然多了几个女生，几个人凑在一起，并不宽敞的走廊被挡了大半。

涂唇蜜的那个女生胆子最大，被几个同伴簇拥着推到最前面："盛学长，我是高一（2）班的……"

盛延莫名被几个女生拦住，对着喻佳的背影，皱着眉，没有听唇蜜女生的自我介绍。

唇蜜女生把准备好的自我介绍说完，然后红着脸掏出手机："学长，可以加个微信或者QQ吗？"

盛延这才回过神，低头，看到一排小女生娇羞的面容。

这种场景他并不陌生。

"微信或者QQ啊——"盛延把尾音拖得略长。

女生点头："嗯。"

盛延靠着旁边的走廊栏杆，姿势慵懒，低头对着几个小女生说：

"那真是不好意思,我家里管得比较严,只准我用电话手表,你有吗?咱们碰一碰加个好友?"

他撸起袖子去找他的手表:"欸,我的表呢?"

女生:"……"

不知为什么,在盛延被那几个女生拦住后,喻佳放慢了点脚步,然后听到这段对话。

她突然没忍住,"扑哧"笑了一声,低骂了句:"傻子。"

盛延留下那几个因为发现自己还在用电话手表而瞠目结舌的女生,去追喻佳。

喻佳正下楼梯。

盛延追过去,说:"嘿,要不我跟你赔礼道歉,现在请你吃个饭怎么样?"

"不吃。"

"不吃饭,要不你先回家,晚上一起出去吃个夜宵?"

"没空。"

"那你什么时候有空?"

喻佳"噔噔噔"下楼梯:"不知道。"

盛延显得略无奈,掏出手机:"加个好友吧,你什么时候有空告诉我。"

喻佳听后站定,扶住栏杆扶手,回头看向少年掏出来的手机。

她罕见地对他笑了一下,心情不错地挑眉道:"我家里管得严,只有电话手表,你加吗?"

盛延:"……"

Chapter 02
同桌

看到少年愣住的表情,喻佳开学以来第一次在盛延这里尝到胜利的滋味,虽然比起掀翻他桌子的感觉还差那么一点。她目光带着点儿挑衅,眉峰微抬,然后钩着肩上的书包带,回身走了。

盛延立在原地,对着少女下楼的背影,好半天才笑出来。

喻佳今天照样没有在家乖乖写作业,跟万南约了开学第一顿夜宵。

市中心虽然是富人区,但隔着两条街,也有留存棚户、筒子楼的旧街道。

这里人口密度大,苍蝇馆子多如牛毛,最好吃的往往藏在最隐蔽的角落,连个灯牌都不用挂,香味传出去,食客闻香而来。

万南和喻佳排了将近一个小时的队才轮到,两人坐在露天小马扎上,各种新鲜食材被烤制后再裹上一层老板秘制酱料,鲜香诱人。

小吃街人声鼎沸,喻佳手里拿了串土豆片,一口咬下。

万南正在满手油地啃鸡翅,被辣到了就抓起面前的冰饮料仰头灌下。

一连吃掉六串鸡翅,万南才"吸溜"着被辣出来的鼻涕抬头,看到喻佳的吃相比她斯文多了。

万南问道:"转到七班去感觉怎么样啊?仲福林是年级组出了名

的和事佬,虽然带的班成绩不怎么样,不过听说他的脾气可比王萍好多了。"

喻佳仰头喝了口饮料:"还行吧。"

除了同桌是个傻子,一切都还行。

万南突然想起什么,说道:"对了,我上次路过三班,看到王萍一开学又给班里学生调了位置,林文帆和白思静这学期可坐在一起了。王萍平常不是不让男女生当同桌的吗,这次竟然让他俩坐在一起,绝了。现在想来你转班也好,免得每天看着他们两个,眼不见心不烦。"

喻佳翻了个白眼。

林文帆是特优生的本名。

王萍这学期让这两人坐一起的理由不难猜,白思静虽然年级第二,但还是比第一差了50分,王萍肯定想让林文帆带带白思静,说不定两年后,师大附中能考出两个"清华北大",还全都出在她三班。如果成了的话,她在校长面前也能高人一等,升年级主任更是轻而易举的事情。

喻佳慢条斯理地挑了一串鱿鱼须,细细蘸着干碟里的辣椒,淡淡地说:"关我什么事?"

万南对着喻佳脸上淡定悠闲的表情,终于确定她对那个高傲特优生没什么好感了。

在万南眼里,喻佳这种长得又好看又大方的富二代,从小到大多少人抢着跟她当朋友,偏偏那特优生还觉得跟喻佳当同桌多委屈似的。平常爱搭不理也就算了,毕竟法律没有规定谁必须要对谁热情大方,但背地里当着白思静的面儿把人家贬得一无是处就很暴露人品,说家里有钱就是低智暴发户,成绩差就是不学无术混吃等死,就好像出身优越是一件多么令人不齿的事情。

而且喻佳又不是一直都成绩差,她读初中的时候成绩很好,年级前三,还经常作为学生代表到国旗下发言,只是后来不知道为什么突然变差了。

万南一口撸下一串金针菇:"你现在在七班的同桌怎么样?人还行吗?"

喻佳咬下一根鱿鱼须,想起自己现在的同桌,答道:"一个还在用电话手表的傻子。"

"噗——咳咳咳!"万南被辣椒呛着了,灌了好几口饮料才缓过来,一副不可思议状,"高二了还在用电话手表?不会吧?"

喻佳一本正经地胡扯:"骗你做什么?我亲眼看到他手上戴着,还问我有没有,要我跟他碰一碰加好友。"

万南明显信了:"哈哈哈,家长随时定位追踪,同款用户碰一碰就可加好友。"

"哎,对了。"万南笑够了,想起什么,又说,"我听说七班这学期除了你,还有个转校生呢。"

喻佳没说新转校生就是她同桌,只"嗯"了声。

万南神秘兮兮地说:"我打听了一下,你知道他是从哪里转过来的吗?"

"哪里?"

"你和他是同班同学还不知道?"万南凑近喻佳,压低声音,"S市四中!你知道那学校有多厉害吗?重点中的重点,每年别说本科率,重点本科上线率都百分之九十九,考清华北大的足足有这个数!"

万南用两只手给喻佳比了个数字。

"据说王萍本来想把这个学生要到她班上,教务处的老师觉得对仲福林不公平,硬是把这人分给了仲福林,为此王萍还跟教务处的老师吵了一架。"

万南说这些话的时候,喻佳自动对应到自己的同桌。

S市四中转过来,重点本科上线率百分之九十九。

就他那个样子?

万南又问:"那转校生在你们班表现得怎么样?成绩好吗?"

喻佳喝了口饮料压惊:"不知道,没注意过。"

万南说:"我觉得肯定差不了。他吊车尾都起码也是个重点本科水平,怪不得王萍那么想把他要到手。"

喻佳"嗯"了一声,若有所思。

第二天,也不知道是不是听了万南的话,喻佳上课时开始注意起同桌的一举一动。

她发现盛延上课时也跟她一样不怎么爱记笔记,课本比他的脸还干净,上课大部分时间都在乱七八糟地翻书,老师讲的是第五页,他

翻的是五十页，讲语文他在下面翻英语，讲英语又在那里翻物理，光是翻也不写，还经常对着书里的插图傻笑。

只有小部分时间他是在抬头看黑板的，老师问问题，他跟着全班一起哄答个"嗯""对""懂了"。

喻佳心想：你懂才怪。

她也曾经是个优等生，之前也跟特优生当过同桌。特优生上课大部分时间是认真听讲的，笔记记得工工整整，有时候即使碰到老师讲得简单不想听，也不肯浪费一分一秒，全都在默默刷难题。

这些才是优等生的基本操守。

喻佳观察了几节课，发觉同桌挺傻的。就这还最低是个重点本科水平？学校是不是想招优秀生想得发疯，结果被忽悠了？

喻佳突然对以为自己招进来一好一坏两个学生，结果招来的两个全是差生的仲福林，打从心底里抱以深深的同情。

同桌明显注意到今天上课一直有人在看他。

盛延转头面向喻佳："你是有哪里听不懂吗？你要是有不懂的可以问我，我给你讲。"

喻佳嫌弃地别过头，从来没有见过一个人可以对自己的学习水平这么没有数。

放学前，蒋二炮特意跑到教室后排去提醒了一下做值日的事情。

他撅着屁股晃来晃去，趴在盛延和喻佳两人的桌子之间，说："就是一起把教室的地扫一扫，黑板擦一擦，然后再把垃圾倒一倒。如果检查有垃圾的话，要扣班级量化分的。"

盛延伸了个懒腰："知道了。"

喻佳"嗯"了一声。

放学后，等教室里其他人都走了，喻佳把劳动分工——她扫教室左边，盛延扫教室右边，盛延擦黑板，她去倒垃圾。

盛延听后觉得倒垃圾这种事情应该男生来："要不你擦黑板吧，我去倒垃圾。"

喻佳掀了掀眼皮："你知道垃圾房在哪儿吗？"

盛延："……"

喻佳扫得仔细，扫完她左边的两大组，发现盛延已经扫完地了，还擦完了黑板。

他把刚洗干净的帕子搭在讲台上,走到教室后面,说:"我跟你一起去倒垃圾吧。"

"认识认识地方,总不能以后轮到我俩做值日,永远是你倒垃圾吧?"

喻佳对着垃圾筐看了三秒,点了点头:"走吧。"

放学后学校里没多少人,只有一些住宿生在食堂吃饭,还有的在篮球场打球。

喻佳想起这几天盛延放学从来不背书包,想来他应该是住在学校里。

师大附中位于临阳市中心,学生家在市里有房子的基本都走读,只有一些住在郊区的、在市里没房子的,或者是从乡镇中学考进来的学生住校。

所以无形中形成了一个现象,那就是走读的学生普遍比住宿的学生家庭条件好。喻佳看了一眼身旁同桌的侧脸,懊悔自己不应该去揣测人家的家境。她长这么大,见过那么多人,从来不会在乎别人家里有没有钱。

两人倒完垃圾回来,刚好碰到来检查卫生的学生会值周生——白思静。她正抱着检查本站在七班教室外面的走廊上。

盛延发现喻佳走着走着突然放慢了步伐,回头问她:"怎么不走了?"

喻佳眼神一沉,走上前。

白思静身边还跟着一个学生会的男生,那个男生见到喻佳和盛延拎着垃圾筐走过来,问道:"你们是七班的吧?"

盛延答道:"是啊。"

男生指着走廊地上:"有瓜子壳,没扫干净。"

盛延看到教室外面走廊地上有一摊瓜子壳,也不知道哪个杀千刀的嗑的,他跟喻佳只顾着打扫教室里面,却把外面走廊给忘了。

盛延马上说道:"别啊,兄弟,我现在就把这儿扫了,别扣分了,行吗?"

喻佳看到白思静正在看她,看完她,又把目光挪到她身旁的盛延

身上,眼神明显有内容。

喻佳没跟白思静打招呼,白思静也装作不认识她。

另一边,男生见到盛延求情,似乎有些犹豫。而这时,白思静已经低头在本子上记了一笔,表示扣分。

她扣完分,对学生会的男生说:"走吧。"

盛延抬手:"欸……"

喻佳看向地上那摊瓜子壳。

其实这种清洁检查没有那么严格,平常跟值周的学生干部说两句好话,一般都能睁一只眼闭一只眼,不会扣分。

但她不行。因为她是喻佳,来检查的是白思静。

喻佳自认从来没有在意过白思静,但这不妨碍曾经的年级第一,已经把她这个年级倒数第一当成假想敌。

女生之间似乎就是这么奇怪。

盛延看向喻佳:"怎么办?"

喻佳想起刚才白思静看这厮的眼神,胸口又实在憋得慌,不知道是因为扣的这点量化分,还是因为别的什么。

盛延有些担心:"老仲明天不会骂我们吧?不是还有个流动红旗评比什么的?"

闻言,喻佳默默放下手里的垃圾筐。下一秒,叨叨的盛延突然被人用手肘抵住脖子,一路向后,整个人"啪"地被抵到墙面。

盛延背脊抵着墙,猛然被人卡住喉咙,艰难地吐出一口气。

少女个子比他矮,但气势绝对不弱,身手明显是练过,一手撑在他身后的墙壁上,另一只手肘死死抵住他的脖颈。

盛延身体顺着墙往下滑了点,跟喻佳对视。

喻佳加重手肘上的力道,眼里泛着寒意,冷冷开口:"现在,马上,去找白思静,让她把扣的分画掉。"

"咳……轻点。"盛延表情痛苦地问,"白思静是谁?"

喻佳绷直嘴角:"刚才那个检查的。"

喻佳想起两人在奶茶店里的样子,以及刚才白思静看盛延的眼神,说:"你不是跟她很熟吗?"

盛延感觉脖子快断了,面对少女冰冷无情的逼问,想起刚刚拿本子的那个女生,无奈地答道:"奶茶店跟我搭讪算熟吗?"

他特意补充:"而且我没答应她。"

早上第一节课,师大附中都是琅琅读书声,七班教室里,英语老师教一遍单词,学生跟着整整齐齐念一遍。

盛延还在罚站,靠着教室后墙,突然想起昨天少女把他抵在墙上逼问时的情景。

他怔了一会儿,然后透过窗,目光对着清晨的朝阳。

师大附中的日子并不像他想象中那么无聊,临阳这个城市也比他从前以为的更整洁繁华。一个以矿业为整体经济支柱的城市,市区绿化率却排在全国前茅。

盛延突然笑了一声,思绪逐渐回到之前。

那人把公文包砸到他脸上,赤红着脸青筋暴起,手指着他的鼻子说:"你不要永远都是这副不知死活的样子,我现在就可以让你滚回临阳,让你去那里好好反省反省!"

然后他就滚来了,日子竟然还不错。这一切可能要让那人失望了。

下课铃响。

英语老师走人,班里活跃起来。

盛延重新走回自己位置,拉开椅子坐下来。

喻佳看了一眼自己身旁连"beauty"都能读成"beta"的傻子,感到很无语。

班里几个男生倒是兴冲冲地围过来,李元杰趴在盛延的课桌上:"延哥,你真的连'beauty'都不会读吗?"

盛延篮球打得不错,男生之间已经开始"延哥延哥"地叫。

李元杰说着又回头敲了一下盛延前座的袁自强:"是不是你在乱给延哥指?"

袁自强捂住头:"天地良心,我指的就是那个'beauty'!"

当时全班同学,包括老师都看到他在作弊悄悄给盛延指了,他怎么能想到盛延连'beauty'都能读成'beta'?

李元杰敲完袁自强,两人又一起扭头,充满求知欲地看向盛延。

班群里之前有人八卦过,盛延是从那个知名的S市四中转过来的,重点本科上线率百分之九十九的四中,盛延最起码也是个重点本科水平,怎么可能连'beauty'都不会读?

　　盛延懒懒地靠在椅背上,长腿悠闲地伸着,对着面前几双充满求知欲的眼睛。

　　"这个啊……"他伸了个懒腰,慢条斯理地把英语书塞进桌肚,"主要是英语不是我的强项。"

　　几个男生等到这个回答,欲言又止。

　　再不是强项,"beauty"这种小学生水平的单词也能读错?

　　盛延又淡淡道:"人吗,总是有长有短,我们参加高考的,谁还不是在取长补短?不过孰长孰短其实都不要紧,这一科弱,我就用那一科补,高考成绩都是看总分,只要你总分上去了,谁还管你是不是偏科,是吧?"

　　盛延说得弯弯绕绕,几个男生听后不明觉厉地点头:"是是是。"

　　貌似是这样的。

　　"Beauty"都能读成"beta",一看就是数学题没少刷,盛延明显就是那种语文、英语不行,数理化超强的偏科型人才。

　　袁自强说:"延哥,以后数学带带我,我数学不行。"

　　李元杰说:"延哥,以后物理带带我,我物理不行。"

　　蒋二炮说:"延哥,以后化学带带我,我化学不行。"

　　盛延仰着头,大方地答应:"嗯,没问题。"

　　几个男生心满意足地走了。

　　喻佳就坐在旁边,听盛延面不改色地吹了将近十分钟的牛。

　　一个在数学课上打瞌睡,物理课上抠手指,化学课上傻笑,数理化哪科都不行的人,怎么好意思答应以后带带别人?脸呢?

　　盛延打发完李元杰、蒋二炮他们几个,拿起桌上那杯"草莓啵啵"吸着。

　　他发现同桌此时正以一种十分复杂、欲言又止的眼神看着他。难道是他刚才答应了带蒋二炮他们,没说带她,她不高兴了?可他之前就已经跟她说过了,有什么不懂的,都可以问。

　　盛延决定再重复一遍:"呃,你哪科薄弱?我都可以教你。语文、英语也都行。"

　　喻佳强忍着才没把白眼翻出来,转回去兀自收拾书,并毫不客气地说:"滚。"

高二年级教学楼楼下有一块大白板，上面记着每个班每星期的班级量化评比，一个班要争流动红旗，起码要量化满分才有可能。

白板右上角写的是值周学生名字，本周值周学生是白思静和李申，值周教师是王萍。

不光喻佳和盛延做值日的那一天被扣分，七班这周的班级量化分惨不忍睹，从前虽然也扣，但没有扣过这么多，这次垫底不说，还和倒数第二名拉开了很大的距离。

仲福林又被年级主任请去喝茶了。成绩搞不好就算了，现在班级量化竟然也这么差劲。

韩霜开了个年级班长周会回来，把记事本砸到课桌上，抓起李元杰桌上的四块钱一瓶的恒大冰泉就灌下半瓶，借此消火。

李元杰疼得心都在滴血，不过还是凑上去问："霜姐，怎么了？"

韩霜擦了一把嘴角的水滴："说我们地没扫干净扣分就算了，连出操队没有站齐也要扣分，还有什么是她不能扣分的？"

"就是就是。"一说起这个，韩霜身边顿时围了不少人。

仲福林虽说没有逼迫他们一定要去争那个流动红旗，但这也不表示七班有谁愿意每天看到白板公示栏那里一片红，让所有人知道自己的班级差得格外突出。

李元杰问："我们这周又倒数第一啦？"

韩霜冷笑一声："岂止倒数第一，跟倒数第二差了整整3分。"

班级量化分各班都是以0.05分的差距一点一点地争取，差3分，差不多就相当于高考差人家300分的距离。

李元杰吓得战术后仰。

杨小娟皱着眉："我觉得这个量化打分根本就有问题，我跟袁自强值日那天明明把卫生打扫好了的，走之前还特意检查了一遍，结果第二天一来看到还是被扣分了，说是讲台上还有灰，讲台上要放粉笔，怎么可能会没有灰？"

另一个女生也插嘴："对啊对啊，我们也是。"

"去别的班检查都睁一只眼闭一只眼，凭什么我们班天天扣分？明显就是针对我们班，难道成绩差就可以随便被欺负？"

"听说老仲又被'罗阎王'请去喝茶了。"

年级主任姓罗，名罗才，人称师大附中"罗阎王"，据说师大附中最野的社会哥在他面前也秒变乖乖崽,学生私底下叫他"罗阎王"。

韩霜听着身边同学叽叽喳喳的议论声,对着面前的量化记录簿眯了眯眼:"为什么针对我们,这不是很明显吗?"

她说完,所有人把目光挪到本周量化统计页右上角,上面写着——本周值周学生:白思静 李申;值周教师:王萍。

所有人都安静下来。

白思静跟喻佳泼墨水的恩怨,王萍因为争抢盛延去她的班而跟仲福林翻脸的事情,大家都有所耳闻。

几个女生围在韩霜桌前小声议论。

"白思静这算不算公报私仇啊?"

"不光白思静吧,值周教师每次也要过目的,没有王萍的允许,白思静一个人敢扣那么多分?"

"是喻佳惹了她又不是我们班惹了她,凭什么?"

"老仲惹了王萍就相当于七班惹了整个三班。"

韩霜听着几个女生的议论,不悦的眼神扫过去:"不要在背后议论别人。喻佳现在是我们班的一分子,我们要做的不应该是责怪同班同学,而是一致对外。与其责怪喻佳得罪白思静,怎么不责怪老仲得罪王萍,只因为盛延长帅?"

刚才议论喻佳的那个女生低下头。

其实从喻佳转来三班到现在,大家对她的印象一直在变,原以为那种家庭出身的她,肯定是个不可一世的公主,但其实接触下来,人很好相处,没什么公主脾气,坦诚不计较,同时很大方。

有个女生开口:"那个,说实话,我不信喻佳能做出给白思静书上泼墨水那种事。"

"其实我也不信,她不是那样的人。"

"喻佳用得着大半夜不睡觉跑到教室只为了给白思静泼墨水吗?太低级了吧。"

"就是就是,她难道还揍不起一个白思静,非得背后动手脚?"

"……"

最后一节是化学,仲福林被"罗阎王"请去喝了一下午的茶,回班里来虽然没有说什么,但整个班气氛都有些低沉。

喻佳感受着班里的压抑,抿了抿唇。她低头,在手机上催促喻扬,问托他办的事到底怎么样?

喻扬:快了,放心。

喻佳:好。

第二天一早,喻佳整个人都很轻松。却发现班里所有人,尤其是女生,有的义愤填膺,有的愁眉不展,看样子似乎有事。

她拍了拍前座女生,问:"发生什么了?"

前座女生转过头来说:"我们班的女生昨天在宿舍里和三班的人吵架了。"

三班和七班的女生大多住在宿舍楼同一层,共用一个水房。昨天晚上杨小娟在水房里碰到三班的罗婷,两人因为一点垃圾的事情起了争执。

罗婷嘲讽杨小娟说:"七班本来量化就差,倒数第一,这些垃圾明显就是你们的。"

杨小娟气得说:"明明是你们班的白思静公报私仇,故意扣我们班的分,故意让我们班倒数第一。"

两人各执一词,谁也不让谁。原本是两个人的争执最后演变到两个班住宿女生的争执,住宿的女生纷纷都拥到水房。

三班女生说:"白思静明明只是秉公执法,才没有故意扣你们班的分,再说分明是喻佳嫉妒白思静,上学期做出往人书上泼墨水这种事。"

七班女生说:"喻佳根本就不是那样的人,你们不要血口喷人。"

两个班女生的争执直到宿管过来才停止,每个人心里都憋了口气,一直憋到今天早上来上学。

喻佳听到这里,脸色很冷,压了压眉眼。

她从座位上站起身,扫了一眼班上的女生,说:"我现在去一趟三班,你们谁想一起去呢?"

女生们都面面相觑,看到喻佳突然起身,于是纷纷跟上去。

喻佳找到三班的教室。

跟七班不同,这个时候三班所有人已经全部到教室,正在自发早读。

喻佳推开门,直接进教室。

见到喻佳突然闯进来,所有人都停下早读,看着这个曾经三班的一分子。

白思静坐在教室正中间第二排的黄金位置,旁边是林文帆。

喻佳在三班所有人的注目下,径直走过去。

她身后七班的人不敢直接闯进人家教室,都拥在门前和窗边,看里面的情况。

喻佳站到白思静桌前。

她拿出手机,点开一段视频,把音量放到最大,对着白思静,对着往这里看的所有人。

"你们都给我看清楚。我喻佳,根本没有,往你白思静的书上泼过墨水。"

喻扬拜托中控室的老师拷出了学校那几天的监控,又熬夜拉了好几天视频,总算找出了那天的事情经过。

师大附中绿化做得很好,学校里有好几只流浪猫,它们白天大都活跃在人少的绿化带附近,到了晚上,则会满校园乱窜。

那一晚三班的监控坏了,但学校里别的地方监控是好的。

视频按照完整的时间线剪辑。

时间显示是上学期期末考试前一天的晚上,大约深夜两点,一只黄白色的小猫,从教室门上的空隙里钻进当时还是高一(3)班的教室。

五分钟后,那只小猫又从原路出来,只是身上多了两块黑色的污迹,它在走廊上伸了个惬意的懒腰,然后消失在夜色深处。

在这五分钟里,教室里发生了什么,昭然若揭。

喻佳把视频往白思静眼前又凑近了些许,问她:"你看清楚了吗?要不要再多看几遍?"

白思静被喻佳这样逼问着,脸一点一点地涨红,最后突然趴在课桌上,埋着头。

三班不少人围过来看喻佳手里的监控视频。

白思静在位置上低低啜泣,班上很多女生都围在白思静身边。

罗婷一边拍着白思静的背安慰,一边抬头对喻佳吼:"喻佳,你至于这么咄咄逼人吗?"

"就是。"周围的女生跟着附和。

罗婷声音越来越大:"你不要欺负白思静脾气好,从这件事发生到现在,她从来没有说过是你做的吧。"

"对啊对啊。"女生们又是一阵附和,"从来没有说过是你做的,现在跑来欺负白思静是什么意思?"

另一个女生开口:"我们猜测是你做的时候,白思静还让我们不要乱猜,没有证据,你现在这样也太过分了吧。"

林文帆坐在白思静旁边,听到这里,顿了顿。的确,上学期出了那件事以后,没有人明说是喻佳做的。

除了他。

当时他还走过去,让喻佳给白思静道歉。

林文帆抬头,看着此时正被三班同学团团围住的少女。少女孤身站在中间,高昂着头,丝毫不见退缩和胆怯。

喻佳听着女生们的叽叽喳喳,冷笑一声:"是,的确,白思静从来没有说过是我做的。可我想,一只猫跑进教室撞翻了她的墨水瓶留下的痕迹和人为留下的痕迹,应该不一样吧。"

喻佳低头看了一眼趴在课桌上哭的白思静,继续说:"白同学成绩这么好,按理说智商也很高,难道就看不出来吗?她为什么一来就忙着擦桌子,把那些书扔掉,是不是有可能她的书上或者桌面上,不小心留了一个或者几个蘸着墨迹的猫爪印?"

刚才那几个牙尖嘴利的女生听到这里,纷纷噤声。

"干什么呢?干什么呢?"

教室里这片刻的安静被三班的数学老师打破,他上课喜欢早到,抱着教案走进教室,发现班里的学生全都围在一起。

见到老师来,所有人一溜烟跑回座位坐好。

喻佳走出三班教室。

七班的人还在三班教室外面的走廊上,见到喻佳出来,纷纷跟过去:"喻佳,你太厉害了吧!"

刚刚她单枪匹马地站在三班教室里对峙的样子简直帅到让人无法呼吸!

杨小娟昨天就因为这事在宿舍跟三班的人吵了一架,此时大着胆子凑过去,亲密地挽住喻佳的胳膊,说:"喻佳,我就说你根本不是那样的人!"

喻佳低头看了一眼自己被挽住的胳膊,倒也没抽走,任杨小娟挽着。

周青青说:"白思静明明一早就能看出来是猫撞翻了她的墨水,故意含糊其词地在那里哭,让所有人都怀疑到喻佳头上。"

"对啊对啊,还假惺惺地让别人不要怀疑喻佳,说没有证据。天哪,太恶心了。"

喻佳在七班众人的簇拥下回到教室,上课铃刚好打响。

盛延今天又是踩着点到教室,嘴里还叼着个饭团,进来后立马感受到班里激动兴奋的气氛,问:"怎么了?"

喻佳心情轻松,面对同桌的询问,难得对他微笑着说:"闭嘴。"

蒋二炮和李元杰自认在学校广交人脉,找喻佳把那段澄清视频要了过去。

两人一番运作,各班的私聊QQ群,还有学校的贴吧,都发了那段视频。

学校贴吧楼还盖得挺高,下面都是差不多内容的回帖:

原来是猫动的手!

我就说喻佳不至于做出这种事情。

喻佳开学后终于洗刷了自己的冤屈,一连好几天都赏了盛延笑脸。

仲福林明显也知道了这件事,还特意把喻佳叫到了教师办公室。

仲福林一脸福相,捧着枸杞菊花茶笑眯眯地说:"最近老师也知道了关于你的一些事情,打心底里为你开心。"

喻佳小声说:"谢谢。"

"在老师眼里,你一直是个聪明、机灵、勤奋,并且乐于助人的好孩子。"

喻佳眉头一皱,察觉到仲福林有话要说。

果然,仲福林的下一句话就是:"如果你能把你的聪明才智用到学习上,把成绩搞起来,那就再好不过了。"

喻佳:"……"

"老师听说你初中的时候成绩很好的嘛,这说明了什么?这说明你完全有那个能力,只要一努力,是绝对可以把成绩搞好的。"

喻佳没说话。

仲福林上课时观察过喻佳，她最大的原因就是喜欢发呆，不听课，下课作业也不做，不是她学不好，是她根本就没有在学。

仲福林问道："你能跟老师说一说，你是在学习或者生活上有什么困难吗？为什么总是不认真听课呢？"

喻佳身侧的手指轻轻动了动，小声说："我听不懂。"

仲福林耐心地问："所有的课都听不懂吗？我们上的是新课，每一章都是独立的，有些内容只需要初中的基础，完全可以听懂啊。"

喻佳回道："我听不懂。"

仲福林听着少女的回答，知道她不肯跟他深聊下去，颇为无奈。

他最后只能叹了口气，说："如果有什么不懂的，可以问问你的同桌盛延同学，他之前在办公室答应过我，会帮助你解决学习上的困难。"

喻佳微微抬头，看到仲福林一副对盛延很放心的表情。

为什么这世界上除了她，似乎所有人都觉得盛延成绩很好的样子？在这些人眼里，S市四中的牌子实在是太具有迷惑性。

喻佳跟仲福林谈完话，从办公室回教室。

她看到蒋二炮和李元杰抢了她前座女生的位置，一起坐着。

喻佳对这两个男生还是很感激的。她本意觉得在三班说明一下就足够了，这两个男生愣是搞了个全校范围的广播。

用蒋二炮的话来说，谣言早已经是全校范围了，辟谣也应该跟上，必须全校范围走起。

喻佳走过去，坐回自己的位置上，对着前面两个男生说："有什么事吗？"

蒋二炮指指喻佳身旁盛延的空位，说："我们这次到处散播小视频的时候，盛延也参与了。"蒋二炮把一个正常的视频在学校各大群里散布，就像牛皮癣小广告一样，无处不在。

李元杰："对，盛延还专门注册了几个号在学校贴吧里顶那个澄清帖。"

这两人要是不说，喻佳倒还真不知道自己的同桌也做了这事。

她点点头："我知道了，谢谢。"

蒋二炮又说："对了，学校那个'风采之星'的投票又开始了，我们班一致决定推举你跟盛延,要不要我们再在各个群里号召大家给你和盛延投投票?"

喻佳听到"风采之星"这四个字,回想起某些令人尴尬的记忆,扶了扶额头,说:"不用了。"

师大附中学习抓得紧,但按捺不住学生们一颗娱乐的心,学校贴吧不仅学生活跃,很多老师平常也会看。

学校宣传部有一个老师,不担任教学职务,主管学校的宣传。

那位老师平常不见人影,但每到学校搞什么重要活动的时候都会出现,扛着相机给学生们拍照,然后当晚或者第二天就会把拍到的照片发到学校贴吧里,供学生们保存欣赏,大家都很喜欢这个老师。

师大附中前年斥巨资翻新了学校官网,官网上除了有学校气派建筑的照片,还要有展示师大附中学生风貌的照片,放上去作为宣传。

这个拍摄师大附中学生风貌照片的任务就交给了那位老师。那位老师很年轻,思来想去,干脆在贴吧里搞了个投票,让学生们提名选举,最后选出得票最多的男生女生各一位,一起去当模特,给学校拍宣传照片。

那位老师还给这个投票取了个名字,叫"临阳师大附属中学'风采之星'选举"。

举办第一届"风采之星"时就很红火,最后拍出的照片校领导也满意。

师大附中官网上的宣传照每半年一换,故而学校贴吧里"风采之星"的投票活动也每半年一届,全校基本所有人都知道这个活动,大多数人都会去投票,参与度很高。

上学期师大附中选出的"风采之星"是白思静和林文帆,两人一起在图书馆看书的照片现在还在学校官网上挂着。

由于活动越来越热闹,提名的人越来越多,谁都想参与竞选。上学期的时候,由于候选人太多,统计差点出错,今年那位老师就新定了个规则,让每个班先内部推选出一个男生和一个女生,然后把这些各班内部推选出来的同学放到一起参与总投票。

七班推选的是这学期新转来的两位门面担当,喻佳和盛延。

之前还不限每个班只能推选两人的时候,喻佳也被人提名,位列候选名单里,经过一个星期的投票,落败于白思静。

喻佳记得上学期投票时，费尽心机给自己拉票，想得第一名。

原因无他，就是想在高中三年里当选一次"风采之星"。

只不过后来她还是输了。因为比起她，大家似乎更喜欢成绩优异，长得虽然没那么惊艳，但气质清秀文静的白思静。

今年的"风采之星"，喻佳即便知道七班推举了自己，也没什么心思参与，更不会像上次那样拼命给自己拉票。在现在的她眼里，这只是一个无聊的投票罢了。

喻佳自顾自地整理课桌上的书本。

盛延上厕所回来后，蒋二炮和李元杰便绘声绘色地给他解释什么是师大附中的"风采之星"。

有女生从教室后门进来，拍了拍喻佳的肩膀："喻佳，外面有人找你。"

喻佳一愣："找我？"

女生没说找她的人是谁，喻佳于是起身，自己去教室外面看看。

盛延见到喻佳走出去，视线也跟着过去，他似乎也想出去看看是谁找她。不过，李元杰一把扳回盛延的脑袋，把他按在座位上，继续一边在纸上画，一边解释："每个人每天可以投一票，最后的优胜者的照片可以挂在学校官网……"

喻佳走出教室，走廊里没什么人，林文帆静静地站在靠墙的位置，见到喻佳从教室门口出来，往前迈了一步。

因为转了班，喻佳还是开学以来第一次单独见到林文帆，他还是那个王萍眼里标准好学生的样子。

"是你找我吗？"喻佳问。

林文帆推了推眼镜："嗯。"

喻佳扯了扯嘴角："有什么事？"

她原本以为自己会很讨厌林文帆，毕竟林文帆是她从小到大第一个对她态度那么恶劣的同学，现在却发现自己面对他时根本没什么感觉。

就好像她也并不在乎白思静一样。

那天早上她跑到三班去跟白思静对峙，甚至全程都忘了林文帆就坐在白思静旁边。

林文帆对着少女冷淡的双眸，想起那天早上，她一个人站在三班教室里，昂着头跟所有人对峙的样子，又想起上学期期末那天，他走到她面前，让她跟白思静道歉时，她愣住了，手里转着的笔"啪嗒"掉到地上的样子。

现在事实已经明了，事情并不是她做的。

林文帆还记得从前两人做同桌时，少女一直对他很是热情，他有些不适应她像现在这样冷漠。

林文帆看着喻佳，动了动唇，手指收拢，抓紧校服袖口："我们……能单独谈谈吗？"

喻佳皱眉，不知道她跟林文帆之间还有什么好谈的，也不知道林文帆能跟她谈什么。她象征性地抬手看了眼表，简单而直接地说："不能。"

盛延被李元杰按在那里听了半天的师大附中"风采之星"投票规则，刚听完就看到喻佳回来。

上课铃打响，李元杰在飘回座位之前还不忘留下一句："延哥放心，我们每天都给你投票。"

盛延不忘同李元杰眨下眼："谢了。"

这节是物理课，物理老师讲课语调四平八稳很催眠，盛延明显又不打算听，没一会儿，他就凑过来小声喊道："喻佳。"

喻佳虽然也没听课，但对于同桌的骚扰选择无视，假装没有听到。

盛延叫了两声"喻佳"，喻佳都没反应。

他对着少女冷漠的侧脸，撑着头，想着叫"喻佳"没用，自己是不是应该换个称呼。

蒋二炮他们有时会叫她"佳姐"。

此时，盛延感受到身边少女柔软的香气，这声"佳姐"他叫不出口。

班里不少女生现在跟喻佳关系亲密很多，有的喜欢挽着她的胳膊去上厕所，亲亲热热地叫她"佳佳"。

盛延在心里默念了两遍"佳佳"，又觉得这叫起来太普通，谁跑到大街上喊一嗓子，保证有无数个"佳佳"回应你。

盛延干脆在草稿纸上写下"喻佳"两个字，思来想去，目光落到纸上"喻佳"的"喻"字上。

这个字其实应该读四声，但所有人为了让"喻佳"两个字念起来顺口，都自动读的二声，音同"鱼"。

盛延眼前浮现出一条在水里活泼游泳的小鱼，是可爱型的热带鱼，色彩明艳，身体圆圆滚滚的，生气时还会鼓起腮帮子装作很凶的样子。

盛延突然无声地笑出来，在喻佳的名字下面画了一条小鱼。

然后，他敲了敲同桌的桌角，压低声音说："小鱼。"

一声幽幽的"小鱼"钻进耳膜，喻佳浑身汗毛"噌"地竖起来。

她整个人直接僵硬了，不可思议地扭头。那声变态"小鱼"来源——盛延，正托着下巴在等她看过来。

她这辈子连亲爹亲妈都没有用这类称谓叫过她，而且叫的还不是第四声调的"喻"，而是更可爱化的第二声调"鱼"！

喻佳拳头收紧，只能告诫自己现在还在上课，否则一巴掌把盛延拍到后面墙上抠都抠不下来。

盛延见喻佳转过头来了，终于切入正题："你知道学校那个'风采之星'的选拔投票吗？"

喻佳忍住把他拍墙上去的冲动，面无表情地说："知道。"

"赢了就是公认的校花校草，我们班推选的候选人是我和你。"

"然后呢？"

"所以你可以给我投个票吗？"

顿了顿，他又补充："我刚刚给你投了。"

喻佳腹诽：这个神经病上课不听讲，还骚扰我，就是想让我在校草选拔赛上给他投个票？

仲福林怕是个傻子才会深信不疑地觉得自己要到了个优等生。

喻佳深吸一口气，对着盛延浅褐色的眼睛，想到了什么，突然一口答应："行啊。"

盛延回道："谢谢。"

喻佳掏出手机，点开师大附中论坛，"风采之星"投票的帖子在贴吧里被加精置顶，一眼就能看到。

她翻到男生投票那一栏，由于活动才刚开始，每个人票数都还不多，按票数高低来排，第一的依旧是林文帆，盛延刚转来不久，认识他的人不多，但也排到了前排。

每个人每天能投三票，不能投同一个人。

于是喻佳当着盛延的面，把她今天的三票挨个投给了三个票数排

在盛延后面的男生。

后面一个男生得完那一票后票数立马反超,盛延的名字在排行榜直接往下掉一位。

当着委托者的面投完票,喻佳心安理得地收起手机,说:"不好意思,手滑了。"

盛延抬头,对上少女嘴角一抹属于胜利者的微笑。

下午第二节是体育课,第一节课下课之后,李元杰就跑到教室门口侦查,看到数学老师一只手端着保温杯,另一只手拿着教案正从办公室出来,立马回头冲班上大喊:"老李来了!"

这像是个什么约定俗成的口令,所有人立马一窝蜂般跑出教室,在数学老师到达前全体撤离到操场,成功地保住这节体育课。

体育老师带着全班做完热身后就让自由活动,男生们都抱着篮球跑到篮球场,女生们有的在打羽毛球,有的围坐在人造草坪上聊天。

九月份天还是热,喻佳热身跑步的时候身上出了点汗,打算去冲点凉水。

体育场的厕所在看台下面最角落,平常用的人不多,喻佳在外面洗手池洗了把脸,听到厕所里有人正对着一个女生指手画脚……

师大附中规定每天必须穿校服,学生们在着装上能自由发挥的,大概只有鞋了,所以所有的攀比也都在鞋子上。

喻佳实在听不下去,走过去和那几个女生辩论,几个刚才还嘻嘻哈哈的女生气急败坏地逃走了。

安慰完因为鞋子而处境难堪的女生,喻佳走出厕所,转了个身,被旁边突然出现的身影吓得差点灵魂出窍。

"你要死啊!"

盛延本来没被吓到,结果被喻佳惊吓过度的反应吓到了,还往后退了一步。

喻佳看清楚人,抚着怦怦直跳的胸口,往四周望了望,看到在操场上的学生都还在自由活动。

她突然上下打量盛延,问:"你怎么在这里?"这里是女厕所门口。

盛延叉腰,也望了望四周,结结巴巴地说:"我……呃……去男厕所,刚好路过。"

喻佳听后眼神狐疑。

盛延开始转移自己为什么会出现在女厕所门口的话题，说："我刚才都听到了，你在里面说的。"

"哦。"

"没想到你对鞋的了解还挺多。"

喻佳腹诽：你在外面偷听了半天，最后得出的结论就是这个？

她目光不自觉地落到盛延脚上。

盛延脚上这双鞋，喻佳见过。

因为喻扬也有同款，只不过喻扬买回来根本舍不得穿，锁在他的鞋架展览柜里，摆在最中间最至尊的位置，甚至都不舍得摸，每次回家都隔着空气和玻璃静静欣赏。

盛延发现喻佳在看他的鞋。

他为掩尴尬咳了两声，觉得太张扬不好，尤其是刚才听到喻佳在里面教育别人的长篇大论后。

于是，盛延干脆跷起脚来给喻佳看："你看好看吗？是山寨的，99块包邮，不错吧，做得像真的一样。"

喻佳"哧"了一声，倒是信了。

因为同款的鞋子喻扬都放在展柜里小心翼翼地锁着，碰都不舍得碰，她不信在临阳这地方，还有人舍得穿在脚下，踩在地上。

喻佳开始觉得喻扬有钱没地方花，买个山寨的明明跟正版的看起来也差不多，山寨的还能穿，正版的锁在那里舍不得穿只能看，买来又有什么用。

要下课了，各班的体育老师都在操场中央吹哨子让集合。

喻佳对盛延说："走吧。"

盛延跟喻佳并排走着："我还有句话想跟你说。"

喻佳顺口问道："什么？"

盛延回道："我的鞋虽然是山寨的。"他大剌剌地把校服外套甩到背上，"但我同桌是最酷的。"

Chapter 03
风采之星

喻佳头也不回:"走了。"

李元杰站在班里的集合地点,双手卷成个望远镜筒在眼前四处寻找,找到盛延的身影时,刚好看到他同喻佳有说有笑那一幕。

李元杰忙用手肘捣了捣旁边的蒋二炮:"快看,快看。"

蒋二炮转过身:"看什么,看什么?"

"八点钟方向。"

李元杰把自己的人造望远镜筒放下来,搭着蒋二炮的肩:"我觉得这两人的照片不挂在学校官网上,简直是暴殄天物。"

蒋二炮翻了个白眼:"是暴殄天物,你个文盲。"

"好好好,暴殄天物。"李元杰点头,"你说我刚才说的是不是对的?"

"确实。"蒋二炮说,"'风采之星'候选人这次按班提名,他们俩这次是我们七班推选出来的候选人,我们班学习学习不行,量化量化不行,但在比颜值的方面拿个名次也是好的啊。"

"就是。"李元杰深感赞同,"以后即便有人说我们班是废物,那也是拥有学校两个'门面担当'的美丽废物。"

当晚,七班全员都在大班群里号召同学们都去学校论坛,给师大附中"风采之星"选拔中,代表他们班出战的喻佳和盛延两个人投票。

李元杰运用了蒋二炮的那番理论煽动大家投票：我们班学习、量化样样不行，在看脸的比赛中拿个名次也是一种班级荣誉。

大家纷纷在群里表示已投，两位主人公却一直没现身，只是最后盛延在群里冒了个泡：谢了朋友们。[抱拳.jpg]

另一边，隔着屏幕，喻佳对着盛延那句"谢了朋友们"，扯了扯嘴角。

她翻到学校论坛，看投票进展到什么样子。

女生那边依旧是白思静第一，她第二。这倒没什么悬念，比起她这个不思进取的人，大家明显更喜欢成绩优异、性格文静、从不惹事的白思静。

喻佳拉到男生那一栏。

第一依旧是林文帆，至于第二……

喻佳往下划了两下，在排名榜中游才找到"盛延 [高二（7）班]"的名字。看到这里，突然不知道盛延每天跑来跟她拉票的意义在哪里。如果排在前面拉拉票说不定还能行，排在这里，明显是没有希望的事情。

不过，这倒不是说盛延长得不行，因为喻佳看到下面有不少人回楼问：高二（7）班的盛延是谁？

盛延这学期刚转过来，学校很多人都还不认识他，所以在投票的时候会优先投给自己认识的人。男生榜中排在前面的要么是像林文帆那样全村的希望，要么就是以前在校运会或五四晚会露过脸的男生。

今年如果不出什么意外的话，又是林文帆和白思静胜出。

喻佳打了个哈欠，收起手机睡觉。

第二天是周末，喻佳本来蒙着被子睡懒觉，早上突然被电话吵醒。她挂断了好几次，电话仍锲而不舍地响着，大有一副你不接我就一直响的势头。

最后喻佳只能摸出手机，迷迷糊糊地看到来电显示是"万南"。

喻佳点了接通键，起床气严重："有毒吗，你一大早打电话？"

万南颇为无奈："这都快中午十一点了，姐姐。"

喻佳不耐烦地说："中午十二点你也是在扰我清梦。我劝你最好说点我认为值得让我从睡梦中起来的事，否则后果自负。"

万南已经习惯了这祖宗的脾气,问道:"你昨天是不是在体育场的女厕所教训了几个女生?"

喻佳不明所以:"嗯?"

她揉着头迷迷糊糊地想,回忆起昨天下午体育课,自己好像是在女厕所路见不平拔刀相助了一下。

喻佳一个激灵从床上坐起来:"你怎么知道?"

"除了我还有好多人知道。"

"什么?"

"你看微信上我给你发的。果然是我认识的喻佳,还是那么酷。"

喻佳点开微信,看到万南给她分享了一个链接,点进去,是临阳师大附属中学的贴吧论坛。

帖子主题名字叫——《还是忍不住想要来发帖正名,她真的不是大家以为的那种纨绔!》

一楼发帖人:

体育场的厕所向来没什么人用大家是知道的吧,我昨天下午上体育课突然尿急跑去上厕所,结果一蹲下就听到外面有几个女生的声音,好像是几个女生把一个女生围在中间,笑她家里穷,还嘲笑她穿了双山寨鞋子。那个被欺负的女生一直在哭。

我当时吓得蹲在隔间里大气也不敢出,生怕被她们发现了,正想发短信求救,突然,一个正义的使者从天而降!

我一听声音就知道是她,我从来不知道她竟然这么正义又热心,我一直以为她是那种目中无人的女生,结果她却把那几个嘲笑别人家境的女生说得哑口无言。我在里面听得心潮澎湃、热血沸腾,如果不是中途从厕所隔间里冲出去的画面太怪异,我一定会冲出去,向她表达我的瞻仰之情。

幸好我昨天带了手机,在隔间里面录了点音,大家不信可以听听。

喻佳点开录音。

录音播放,伴随着一个幽弱的哭声,女生沉静而有力地开口:"我再说最后一遍,给她道歉。我的衣食住行当然也都是父母给的,我也知道没有父母我谁也不是,所以,我没有脸对自己的出身产生优越感,更没有脸对别人的吃穿用度说三道四。人家父母辛苦挣钱给孩子买双鞋,买的时候高高兴兴,都是在尽力给子女最好的,如果这也要被你们嘲笑的话……你们怎么不去指责这鞋子的生产厂家……是怕被人家一巴掌扇到太平洋吗？"

帖子没有指名道姓，全都用"临阳首富""从天而降的正义使者"以及"她"来代替。

然而帖子中的"临阳首富"几乎是个明码，放眼整个临阳，谁还能比喻佳家更有钱？

更何况还有录音。

师大附中学生对于喻佳的声音，在上学期广播中她给特优生点歌之后，已经熟悉得不能再熟悉。看着发帖人说的事情起因经过，再听着录音里少女的每一句话，帖子已经被刷了一千多层。

临江首富，这除了喻佳还能有谁？

一听声音就知道是喻佳。

大家现在都是学生，那些嘲笑人家吃穿的人也太恶心了吧！

那几个嘲笑别人的人是谁啊？听得我好生气，人家父母又不识货，又不是故意买山寨货的。

我一直以为喻佳是那种会嘲笑别人的人，没想到她三观好正啊！

是啊，大家现在都是靠父母，有什么资格对人家的家境说三道四呢？这几年临阳发展得越来越好，家家户户都有了点钱，学校强行让我们穿校服，本意就是要阻止这种互相攀比的风气。

我从来不知道喻佳这么帅，人美心又善，好厉害！

最后怼那三个人的话真的笑死我了，哈哈哈！

对了，另外借楼澄清一下，喻佳没有向白思静的桌上倒过墨水，是校猫弄的，大小姐从来不屑在背后搞这些玩意儿。

大家都说喻佳有钱不可一世，可是说实话，她这种在师大附中最有资本炫富的人，我却从来没见她炫过富。

对的对的，我爸妈要是临阳首富我恨不得贴个条儿在脑门上，喻佳已经够低调了。

……

一千多层的高楼红红火火地挂在学校论坛首页，喻佳翻了几页，实在看得眼花，没再翻下去。

她一时心情复杂，不知道昨天在厕所的时候，竟然还有个人全程躲在隔间里，还录了音，甚至还专门跑来发个帖。

喻佳倒没太大反应，回到跟万南的聊天界面：已阅。

万南：恭喜兄弟！师大附中"风采之星"这次终于非你莫属了！

喻佳：？

万南：你没看帖子后面吗，大家都在号召同学去给你投票啊！

喻佳立马又返回论坛，看到那个高楼帖子后面，不少人在号召在"师大附中'风采之星'"的活动上，去给她投票。

白思静这样的成绩拔尖、文静优秀的女生可以当"风采之星"代表整个师大附中学子，喻佳这种家里有钱却三观超正，并且乐于助人见义勇为的女生，怎么就不可以代表整个师大附中学子呢？

我觉得喻佳长得比白思静好看多了。为什么会传喻佳嫉妒白思静好看，这不很扯吗？

……

所有人都兴致勃勃地去给喻佳投票，喻佳点开置顶的投票帖，"临阳师大附中'风采之星'"选拔活动中，目前位列女生第一名的是——喻佳。

之前喻佳跟白思静的票数就咬得比较紧，这次不少人自发去给喻佳投票，喻佳的票数立马反超白思静，并且拉开不小的差距。

喻佳对着第一名的自己，一时半会儿说不出话来。

之前拉票都没成，这次竟然莫名其妙就第一了，只是她现在不在乎什么"风采之星"，更不觉得当这个第一有多喜悦。

喻佳洗了把脸，下楼吃早午饭。

隔了一会儿，万南的消息又发过来：看了吗，你现在什么心情？

喻佳一个人坐在偌大的餐桌旁，回道：没什么心情。

万南：你现在位列女生第一呢。

喻佳：那又怎么了？

万南：你忘了吗，女生第一要跟男生第一去给学校拍宣传照。

万南：下周投票就要截止了，男生那边现在第一是林文帆……

喻佳喝果汁的动作一僵。

她看到下面，男生投票里，还是跟之前一样，林文帆的名字稳稳地挂在第一。

喻佳放下手中的玻璃杯。

她对着"林文帆"这三个字，皱起眉。

林文帆不是自称从来不跟成绩差的人当朋友，她还不想跟他拍照呢。

喻佳低骂一声，又在排名榜上划了划，看到位列中游的"盛延[高二（7）班]"。

喻佳的目光在盛延的名字上突然停留。她想起之前在课上，这位高二（7）班的盛同学不怕死地叫她"小鱼"，还厚颜无耻地让她给他投个票，而她当着他的面把票投给了别人……

喻佳心情逐渐烦躁起来，她翻到上面的票数统计，第二名跟林文帆的差距都不小，更别说中游后排的盛延。

喻佳现在心里只有一个念头——打死也不跟林文帆去拍什么无聊的宣传照。

自从师大附中搞这个"风采之星"的投票活动以来，得第一的人都把这当成一种荣誉，并且是一种对外貌的肯定，所以每个人都十分乐意去给学校拍宣传照，把自己的照片挂在学校官网上供广大学子与家长欣赏。

喻佳打定主意，这次如果她真拿了第一的话，她就直接去跟组织老师说不拍。

反正又不是什么正儿八经的校级大赛，只是学校论坛里学生们自嗨的投票活动而已，她不去总不能逼她。最好能把机会让给第二名的白思静，让白思静和特优生一起拍。

想到这里，她微微放下心。

手机上还是男生的投票界面。

喻佳看着上面盛延的名字，想起这人之前向自己拉票时的样子，如果自己最终第一，最好男生也是自己班的人，她莫名伸出手指，点了点。

系统提示：您已把今天的票投给"盛延[高二（7）班]。

师大附中校园周末也开放。

大多数住校的学生周末回家了，只剩极少数学生周末待在学校，整个校园冷冷清清，只有宿舍楼和食堂还有些人气。

师大附中财大气粗，学生宿舍都是两人间，盛延的舍友从开学见过一面后就再没来过，东西也全都收拾走了，据说家里在学校附近租

了房子，家长专门来陪读。

盛延同样起得晚，洗漱后拆了个昨晚在超市买的三明治。

盛延咬着三明治，看到李元杰一大早就给他发了消息，是一张学校论坛里的投票截图，附文：延哥，今日已投，冲呀！

李元杰发来的截图上有目前排名情况，盛延看到自己现在排在中游的位置。

他动动手指，十分配合地回复：感谢兄弟！

盛延回复完消息就开始吃三明治，似乎并不为自己目前中游的排名担心。

因为他也没多在乎这个投票。之所以在群里冒泡感谢大家投票，对于李元杰他们给他投票显得很感激，纯属是觉得这群人兴致勃勃地给他拉票的样子挺好玩儿的，他怎么着也得配合一下大家的情绪，不能像喻佳那样，处处显得不在乎，打击同班同学的积极性。

盛延吃完三明治，洗了个手，坐到书桌前刷了会儿题，教辅资料上写的都是"高二下册"。

S市四中教育质量全国闻名，教学进度也很快，临阳师大附中每一科的教学进度普遍都比S市四中的慢一学期，现在课上讲的他都早已学过，所以没什么兴趣。

盛延刷了会儿题，想起今天还没有给小鱼投票，索性放下笔，拿起手机。

李元杰刚给他发了一串新消息。

盛延先点开消息。

李元杰：延哥，别感谢了。

李元杰：只是我们班再怎么努力给你投，但一个班也只有那么点儿人，真的好遗憾没有让你取得名次。

李元杰：你明明比林文帆帅多了。

李元杰：你如果也是第一，我们班就同时承包男女生双料第一，多么光荣的事情！

李元杰：我一想到林文帆要跟喻佳拍照挂到学校官网上就意难平！

盛延看了前半部分，正想给李元杰回个"知道你延哥帅就行了"，然后他看到李元杰后面两句，突然皱起眉。

什么叫如果他也是第一，七班就承包了男女生双料第一？

喻佳不一直是第二吗？

林文帆要去跟喻佳拍照？

盛延立马点开学校论坛的"风采之星"投票，看到女生那里之前一直位列第二的高二（7）班喻佳，在不到一天的时间里突然反超，目前票数排名第一。

原因是昨天大家都看了那篇"正义的使者"的帖子，觉得喻佳这种成绩不好但家里有钱三观正，并且乐于助人见义勇为的女生，更能代表整个师大附中学子的精神面貌，于是纷纷给她投票。

盛延看到位列男生榜第一的林文帆，以及位列女生榜第一的喻佳……

他深吸一口气。

盛延来到七班，一直感受到这个班级的温暖，老师的包容和同学的关爱，既然同桌都得了第一，他说什么也不能落后，多少也要为班级争光。

盛延跳回自己跟李元杰的聊天界面，发消息。

盛延：不要在这里跟我说抱歉遗憾，我，一定要得第一！

李元杰看到消息有些愣怔。

他原本就是客套客套，这位爷怎么还来劲了呢？

李元杰：啊，这……

李元杰：延哥，说实话，我们大家已经尽力了，就算接下来班上每个人注册十个小号给你投票，你也得不了第一啊。

盛延：我不管，我就是要得第一。

李元杰发现男人有时候任性起来真的很任性。

盛延鞭策完李元杰，对着男生榜上他跟林文帆差了八百里的距离骂了一声。

他落后的原因很大一部分是他刚转过来，虽然之前凭借一张脸在一些女生之间小有名气，但是大部分的人还不认识他，所以根本不知道排行榜上那个叫"盛延[高二（7）班]"的人有多么帅，自然也更不会给他投票。

盛延知道自己落后的原因，于是在某搜索软件上提问：有什么方

法能在最短的时间里让一个学校的全体学子知道一位高中男生十分帅气？

下面第一个高赞回答是让他去照照镜子或者去精神病院看看医生。

第二个回答倒是比较正经，说可以在学校论坛里发自拍，然后让他发完以后别忘了附个链接，让他们也去欣赏一下这位高中男生逼人的帅气。

盛延否定在论坛里开帖发自拍的这一项。

因为他觉得这样对其他参赛者不公平，而且论坛里毕竟活跃量有限，活跃的就那么点人，对于喻佳反超白思静倒是够用，而他现在想要反超林文帆，起码要煽动全校大半的人都给他疯狂打投。

问题的第三个回答是一个现身说法，说当年自己读书的时候翻墙出去上网被逮到了，周一当着全校的面做检讨，结果他握着话筒在台上大唱《向天再借五百年》，教导主任在后面追，他就在前面跑，经此一战全校成名，到现在学校里还留有他的传说。

盛延对着第三个回答，若有所思。

李元杰又突然发来消息，他似乎也在网上看了跟盛延同样的答案：延哥，你要不现在搞点"为非作歹"的事情？

李元杰：然后下周一你就会被"罗阎王"抓上台当着全校的面做检讨，到时候，师大附中全体师生就可以认识你，欣赏到你绝世的容颜！

李元杰：上台去念个检讨就能换个校草的名头，如果我有你的脸，我愿意每周都被逮到，上去做检讨。

盛延："……"

又是新的一周，周一。

距离师大附中"风采之星"的选拔投票活动结束还有两天。

喻佳仍以高票数领先白思静，是女生组里的第一。

男生组里位列第一的仍是临阳师大附中乃至整个临阳市的希望，本市最有可能考上清北的种子选手，省级三好学生林文帆。

喻佳知道这个结果几乎是板上钉钉了。

不过，她已经决定跟老师说不想拍照，所以也没什么心理负担。

只是在第一节课,喻佳看到自己的同桌,这位同样是七班选送、目前位列排行榜中游的转校生,心情莫名复杂。

盛延看起来却似乎很悠闲,早上一来班长韩霜就对他说了什么,他吊儿郎当地靠着椅背,抬起下巴说:"肯定没问题。"

喻佳默默哼了一声,别过头。

盛延注意到同桌这细微的反应,看过去,懒懒地笑着说:"恭喜小鱼,那个'风采之星'投票你第一了。"

喻佳又被叫"小鱼",一拳抡到盛延背上:"你想死吗!"

盛延被捶得咳了两声,开始趴在桌子上笑。

喻佳不知道这个每天都在给自己拉票,结果连前十都没进的人现在有什么可笑的。

周一第二节下课的课间不做操,全校集会讲话。

开学还没几周,但已经有人犯错被记过了,一排人低着头被轰到旗台上念检讨。

集会时七班站成两列,男生女生各一列,喻佳个子高站在后排,平常盛延也跟她站在差不多的位置,这次喻佳却发现盛延不见了。

喻佳扭头找了一圈没找到盛延,对着台上那排低着头挨个念检讨的人,突然想到什么,睁大眼。

她仔细在台上搜寻,似乎保不齐里面的哪一个就是她那个曾被两个班主任疯狂争抢的同桌。

不过,直到台上的人挨个念完检讨,喻佳也没有找到她同桌的踪迹。

喻佳微微放下心,又百思不得其解:人去哪儿了?

周一全校晨会进行到下一项。

师大附中规矩先抑后扬,受处分的做过检讨之后,每周晨会惯有的环节——国旗下的演讲。

相比于刚才的检讨部分,这个环节明显格外励志,每周每个班轮流派一名学生上去,当着全校师生的面做一次正能量主题的演讲,主题可以是勤学,也可以是爱国,还可以是"拒绝早恋,从我做起"。

喻佳正琢磨着她的同桌跑到哪里去了,旗台上,一个颀长而挺拔的身影走入大家的视线。

盛延站到旗台正中央，接过"罗阎王"递过来的话筒，迎着清晨的阳光，少年一身蓝白校服，浑身朝气蓬勃，意气风发。

"大家好，我是来自高二（7）班的盛延……"

喻佳看着台上，愣住了。

台上少年转过身来面向所有人的那一刻，全校躁动了。

盛延并没有带发言稿，先简单做了个自我介绍，等到台下的躁动声安静下来，才开始他国旗下的演讲。

喻佳从震惊中缓过来，注视着一上台就自然而然抓住所有人眼球的少年。

演讲一共十分钟。

结束后，掌声经久不息，明显是发自肺腑，与平常走个流程的敷衍掌声明显不同。

盛延把话筒交给老师走下台，在全校的注视下，走到高二（7）班队列里。

此时，高二（7）班的人个个都昂首挺胸，雄赳赳气昂昂，这个成绩、量化都不行的班，似乎从来没有一刻像现在这样有面子。

七班所有人的脸上似乎都写着：看到了吗，这个长得又帅又会演讲的帅哥是我们班的，你们想要？不给。

直到老师在上面开始讲话，众人才把注视的目光收回去。盛延插进男生的队伍中，站在喻佳身边。

李元杰迫不及待地扭过头："延哥！你讲得太好太牛了！你是我的偶像！"

盛延冲他抬了抬下巴："嗯，普通水平。"

喻佳前面的韩霜也转过头："你吓死我了！我给你的稿子呢？你换题目也不跟我说？"

盛延给韩霜赔了个笑脸："我觉得上去讲《拒绝毒品，从我做起》没什么意思，毕竟我们天天向上，思想觉悟那么高，怎么可能碰那玩意儿，便临时改了个。不好意思，忘了跟你说。"

韩霜又问："那你刚才的讲稿内容是什么时候写的？昨天？你全都背下来了？"

盛延回道："没，上去随便说了两句，自由发挥。"

韩霜震惊了，刚才那段严丝合缝的演讲竟然是他的自由发挥。

"谢咯，霜姐。"

盛延这个上台演讲的机会是找韩霜要的。

这周刚好轮到七班派人上去演讲，仲福林本来选的是韩霜，盛延周末突然给她发消息说他想上台。韩霜高一的时候就上去演讲过，见盛延想要也不吝啬，直接把机会给了他，顺便把自己的演讲稿也发给了他，题目是《拒绝毒品，从我做起》。

只是没想到盛延上去后全程脱稿，题目还直接变成了《拒绝早恋，从我做起》。

盛延演讲的台风轻松而平稳，正把台下的小姑娘们迷得七荤八素的时候，台上少年突然无情地抛出他的演讲主题——拒绝早恋，从我做起。

喻佳看了一眼身旁正应付同学的盛延。

摸着良心说，盛延的演讲水平比他的人看起来靠谱多了，"拒绝早恋，从我做起"这种主题都能被他讲得绘声绘色，台下观众听得专心致志，明明字里行间都是"别爱我，没结果"，偏生小女生们就是生不起气来。

晨会散会后，高二（7）班的盛延同学凭借一篇名为《拒绝早恋，从我做起》的国旗下的演讲，在临阳师大附中一战成名。

众人正好奇以前怎么没有听说过这人，一打听发现是这学期才转来师大附中的，怪不得之前都不认识。

而且盛延来自全是"学霸"的神级中学S市四中的消息不胫而走。

正如他演讲时的台风和发言，甚至连长相和从头到脚的打扮都透着浓浓的优秀生气息，比起林文帆那种清高不可一世的"学霸"，盛延表现得更像一个每天打打闹闹就能考第一的"学神"、老天送给师大附中的"礼物"。

学校论坛里连续两天都被有关盛延的帖子刷屏，"风采之星"的投票里，盛延的票数如坐了火箭般直线上升，在投票截止前实现绝地反超，成功挤下林文帆，登顶男生榜第一。

所有人，不光学生，还有师大附中的老师，已经开始摩拳擦掌期待起了开学以来的第一次月考，老牌年级第一林文帆和"新学神"盛

延的第一次交锋。

仲福林最近频繁找盛延去办公室谈话。这天,盛延去了一整个大课间,快上课时才打着哈欠回来,像是被仲福林说困了。

喻佳也刚接完水,端着保温杯回座位。

两人打了个照面。

这节是语文课,盛延摊开自己干净的语文书,扭头对喻佳说:"待会儿下课我们一起过去?"

两人在"风采之星"上分别位列男生女生第一,要去拍宣传照。拍照老师看了七班的课表,为了不耽误孩子的休息时间,选在今天上午第四节体育课给两人拍摄。

喻佳对着同桌的脸。

她怎么也没想到,这人竟然会凭借一场演讲,在距离投票结束不到两天的时间里扭转乾坤,成功踢掉林文帆,登顶第一。

喻佳点头,"嗯"了一声。

下课,班里其余人都去体育场上体育课了,喻佳和盛延向跟老师约定的校门口走。

拍照的老师姓陈,脖子上挂着相机,身后竟然还跟了个助理。

陈老师见到两人立马被这画面养眼到了,笑着招手:"快过来。"

第一组照片是两人抱着书并肩站在师大附中校门口。

喻佳不怎么爱拍照,抱着道具书站得有些僵硬,面对镜头时也没什么表情。

陈老师按了几下快门,从镜头前抬起头,说:"女孩子别紧张,笑一笑。"

喻佳深吸了一口气,尽力露出笑容。

陈老师又拍了几张,似乎还是觉得不对劲。

他又说:"女孩子别那么僵硬嘛,跟男同学之间互动一下。你们不是同班同学嘛,认识的,往男同学那边靠一靠,要显得我们师大附中学子之间关系十分融洽。"

盛延听后倒是主动站得离喻佳更近了一点。

喻佳不知道拍个学校宣传照为什么还要男女生靠在一起,突然怀疑这老师之前是不是搞婚纱摄影出身。她略不服气,但还是抱着书,把头往盛延那边偏了一点,露出笑容。

起风了,阳光自然地洒在两人身上,少年少女均穿一身蓝白校服,怀抱书本,少女的脑袋微微向少年的肩头偏了一点,两人对着镜头,一起露出笑脸。

再顶级的时尚大片都比不上这份少年人之间的悸动与青春。

快门将画面完美定格。

除了校门口,两人还去了图书馆、花园、体育馆,拍了好几个场景。喻佳一开始还要老师指导指导,后面肚子饿了满心想着快点拍完,跟盛延互动得无比自然。

奈何对面的老师就跟拍上瘾了似的,不停地让两人再来,换个姿势,很棒,再来一组。

喻佳记得之前林文帆和白思静两个人也是体育课去拍的,根本没拍多久,很快就回去了。为什么到了她这里,体育课都下课该吃饭了,老师却完全没有拍完了的意思?

等到最后结束时已经快下午一点。

摄影爱好者陈老师这次终于拍了个痛快,心满意足地放下相机,一看表,惊呼:"啊,都这个时间点了!"他忙冲喻佳和盛延摆摆手,"你们快去吃饭。"

喻佳、盛延终于解放,一起往食堂走。

盛延第一次跟喻佳吃饭,问:"你想吃点什么?"

喻佳瞟了他一眼:"你应该问现在食堂还剩点什么。"

两人走到食堂,窗口空空荡荡的,食堂阿姨都下班了,里面还剩了点洗碗水。

喻佳觉得这个"风采之星"应该改名叫"饥饿之星"。

她揉了揉头,又跟盛延一起去学校超市。超市倒是开着,门外摆着几张供大家休息的桌椅,两人一人买了一桶泡面,接了点热水泡上。

两人对坐着,等面泡好。

喻佳拿出手机看了看。

盛延见喻佳拿手机,想到什么,突然说:"加个好友吧。"

"嗯?"

"我给你发申请了一直没通过。"

喻佳翻到微信,有一条过期好几天的好友申请,她没注意。

两人都在七班微信群里,盛延是通过群加她的。

他又发了个好友申请过来。

喻佳点了通过。

两人加上好友,喻佳看到盛延的头像和昵称,她原以为他的头像会是什么卡通图片,结果发现只是一张很简单的照片,昵称是"sy"。

这倒是挺出乎喻佳的意料,她又点进盛延的朋友圈。

半年可见,这半年他只发了一条朋友圈。

时间是一个多月前,一张风景照,配文:临阳。

这应该是他刚来临阳的时候,在路上拍的。

喻佳从盛延的朋友圈里退出来,抬头对着少年的脸。他也在手机上看什么,微低着头。

喻佳突然发现盛延不对她笑不说话的时候,看起来还是挺正经的。正经到甚至有一点冷,眉眼间天生有淡淡的疏离。

师大附中论坛前几天都刷疯了,不仅因为盛延的脸,还因为他来自S市四中,那个全国绝大部分重点中学也都只能仰望的S市四中。

盛延为什么会从S市四中转到他们临阳师大附中,一直让人百思不得其解。

喻佳不是八卦的人,这次却突然生出点好奇。她托着下巴,对着面前的少年,轻声问:"你为什么会转回来呢?"

盛延听后"嗯"了一声,蓦地抬头。喻佳正看着他,似乎正在等他的回答。

他顿了下,然后样子轻松地回答:"户口在这里。"

喻佳没有再继续问下去,觉得因为户口转回来这个理由听起来有些牵强。之前既然能升进S市四中,就说明户口其实并不是什么大不了的事。

两人吃完面,下午的课已经要开始了。

第一节是仲福林的化学课,他课只讲了一半就开始开展思想教育,话题主要围绕着下星期要举行的本学期第一次月考。

"在上学期的期末考试中呢,我们七班的同学通过刻苦努力,取得了来之不易的进步,我希望在下星期的月考中,大家也能继续保持前进的步伐,朝着更高层次的目标奋斗!"

七班上学期平均分第一次摆脱年级倒数第一，成了年级倒数第二，这次仲福林口中更高层次的目标，显然是进步到年级倒数第三。

下面的人齐齐回答："好！"

仲福林笑眯眯地看着台下一张张精神饱满的小脸，比了个"收"的手势，继续说："希望同学们在接下来的一周好好复习，所以今天上午那节体育课，就当是大家月考前最后的放松。"

"月考之前的几节体育课呢，我分别派发给了我们班的几位任课老师。你们知道，他们其实也不想占用你们的体育课，在我的百般劝说之下才好不容易同意，尤其是你们的数学老师李老师啊，那是根本不想多上课，我好不容易才说动他，希望大家珍惜这来之不易的机会。"

此话一出，讲台下一片哀号。

李元杰抓住前座蒋二炮的衣领："老仲当我们傻吗？想占课就直说，说这些话脸都不红一下。明明最想占课的就是老李，上周那节体育课要不是我们跑得快，他就抱着卷子进来了。"

蒋二炮把后衣领从李元杰手中解救出来，义愤填膺道："就是！"

喻佳对这倒是没什么反应，反正她成绩摆在那里，对她来说上什么课都一样。

由于即将进入月考，七班的人嘴上在为体育课被占用而哀号，实际上还是默默开始了学习。下午放学后，班里大部分人都没有直接回家，而是主动留下来上自习。

喻佳本来不在主动留下来自习的行列，结果看了眼手机，一个月没回她消息的老喻今天突然给她发了微信，说：爸爸妈妈今天都回家了，放学早点回来一起吃饭。

喻佳对着老喻的消息思考了一下，决定留在学校里自习。

她同桌也留了下来，正对着手机打游戏。

喻佳看了一眼盛延的游戏界面，突然心情复杂。他难道不知道现在全校都觉得他是从名校转来的大"学神"？即使知道回天无力人设要破裂，就完全不挣扎了吗？

盛延赢了一局，发现喻佳在看他的游戏界面，问："你要一起吗？"

喻佳淡淡地回道："不玩。"

盛延本来准备又开一局，袁自强从教室后门走进来，从后面拍了拍他:"延哥。"

盛延回头:"什么事?"

"有人找你,让你去教师办公室一趟。"

"是老仲吗?"

袁自强摇摇头:"不知道,我也是帮别人传话的。"

盛延似乎有些疑惑,最后还是收起手机,出去了。

喻佳正在座位上思考着自己今天几点回家,杨小娟又从后面拍了拍她。

杨小娟自从见识过上次喻佳在三班对峙的场景后,打心眼里把喻佳当成了女神,跟喻佳说话时又亲热又腼腆:"佳佳,外面有人找你。"

"找我?是谁你知道吗?"

"一个男生。"

"行,我出去看看吧。"

喻佳走出教室,看到林文帆站在七班教室门外的走廊上。他见到喻佳,样子突然显得有些局促。

喻佳皱了皱眉:"你又找我?"

林文帆看了看周围不停经过的学生:"我们……能换个地方说话吗?"

喻佳并不想动:"你要说什么快说。"

林文帆动了动唇,对着面前显得不耐烦的少女,话没说出来。两人就这么相对站着,不少路过的人在回头悄悄看。

喻佳也感受到了那些注视,又看着面前不说话的林文帆,拧着眉,问道:"你要去哪儿说?快点。"

两人来到人少的走廊尽头拐角。

林文帆吸了口气,对着面前突然显得陌生的少女,说了声:"对不起。"

喻佳感到疑惑:"嗯?"

林文帆收紧手指:"上学期那件事,对不起。"

喻佳知道林文帆应该是在说上学期期末的时候,白思静一书桌墨水,他直接跑来让她去给白思静道歉的事。

喻佳现在想起那个画面就觉得可笑,扯着嘴角"哧"了一声:"哦。"

林文帆紧攥着拳,听到少女冷淡的回答,他又开口:"你在七班,还习惯吗？"

喻佳一愣："啊？"

"下星期就要月考了，我……"林文帆顿了顿，"你有空吗？我可以给你补习。你月考考好一点，我可以去跟王老师说，让你再转回三班。"

喻佳听完这些话，对着面前说要给她补习的特优生，心里突然有一种说不出的惊悚。他甚至还要帮她再转回三班？

看着林文帆这张曾经对着她永远爱搭不理，冷漠且嫌弃，不可一世的脸，喻佳并不感激林文帆此时的示好。

她擦着他的肩膀就走。

林文帆站在原地，对着少女的背影，咬了咬牙叫道："喻佳！"

喻佳脚步顿了一下。

林文帆恨恨道："你以为自己很了不起吗？没有你家里，你根本什么也不是。"

喻佳回头，不可思议地看了他一眼，不想再与他有过多交集，径直离开。她一边往前走，一边感叹从前不知道林文帆竟然这么可笑。

教学楼是"回"字形设计，刚刚喻佳和林文帆说话的角落在实验室区，放学后没什么人，喻佳走过一个拐角，听到有人在楼梯间说"老师是真的很希望你能转到我们三班"，她停下了脚步。

因为这声音她太熟悉了，是她曾经的班主任王萍。

紧接着，另一个声音响起："盛延同学，你好好考虑一下好吗？你这么优秀，应该待在一个更好的班级里。"

喻佳顿时觉得事情有意思了，因为这声音她也熟，来自白思静。

白思静说的是"盛延同学"？

原来盛延刚才是被这两人叫了出去。

王萍是三班班主任，白思静是三班班长，敢情这两个人是在这里挖墙脚，撺掇着盛延转班呢。

仲福林饶是脾气再好，要是知道他的希望现在正在这里被挖墙脚，估计已经找她了。

喻佳靠墙站着，放轻呼吸，想听盛延怎么回答。

盛延刚转来一个月，无论是跟七班的同学老师，还是跟她这个同桌，要说有什么深刻的情谊，明显是说不上来的。

不过,喻佳还是莫名期待盛延的答案。

然后喻佳听到她同桌,用每天在她耳边循环的熟悉声线回答:"好的,老师,我一定考虑。"

喻佳:"……"

王萍明显欣喜不已:"哎呀,那太好了,等这次月考一过,老师一定把你要到我班上。今天就这样,老师先走了,你快回去学习吧。"

楼梯间传来高跟鞋声,王萍下楼。

白思静还没走。

喻佳听到白思静等王萍走后,对盛延说:"盛同学,很期待接下来能跟你当同班同学,一起探讨学习上的问题,共同进步。"

盛延"嗯"了一声。

白思静的声音听起来十分欢喜:"再见。"

然后白思静也走了。

盛延送走三班的两尊女大佛,上楼回教室。他上了两级台阶,拐角处突然站着一个人。

喻佳正看着他,表情极为冷漠,眼神里都沁着寒意。

盛延没想到在这里能碰上喻佳,问:"你怎么在这里?"

喻佳冷笑一声,没回话,直接往前走。

盛延发现喻佳对他的态度比刚开学时还要差劲,跟在后面问:"你刚才都听到了?"

喻佳心里有一股说不上来的气,明知道这人刚转来七班,对这个班肯定没什么感情,就连她也是这学期才转到七班,可刚才听到他那么干脆地答应王萍,她还是觉得自己看走了眼。

盛延大概知道喻佳为什么会突然对他这样了,他跨了两步,走到喻佳身前,拦住她。

喻佳停下来,斥道:"让开。"

盛延忙解释:"我刚才故意那样说的。王萍都堵了我好几次了,我要是不那样回答,你觉得她会这么干脆地放我走吗?况且我又没答应,我说的是一定考虑。我真没想转班,要不要我给你发个誓?"

听了他的解释,她胸口的气顺了些。

喻佳看着眼前正儿八经要举起手给她发誓的少年:"你跟我发誓做什么?你爱转就转喽,人家那么苦口婆心地挖墙脚,你不给点表示吗？反正你跟现在七班的人也刚认识，没什么感情。"

盛延笑道："谁说没感情？我跟班里同学感情好得很。"

喻佳睨了他一眼，两人一起往教室走。

班上还有一半的人在学习。

喻佳突然想起刚才楼梯间里白思静跟盛延说的话。

她转过身，对着盛延的脸。这张脸实在长得太有欺骗性，再加上一个"神级中学的大神"光环，对于任何一个人，都有绝对的吸引力。

盛延摸了摸鼻子："你看我做什么？"

喻佳若有似无地笑："你真不想转个班？人家都邀请你了，过去一起讨论学习上的问题。"

盛延问："白思静？"

"你终于记住她名字啦？"喻佳歪了歪头。

如果说从前喻佳对白思静顶多算没有好感的话，现在，她对这个人很反感。

上次墨水的事情真相大白之后，白思静装可怜，把自己摘得干干净净，眼泪一流，比喻佳更像个受害者。

时间过去这么久了，这件事情似乎在白思静那里已经过去了，这个处处谦卑忍让的人，竟然没有来跟喻佳道个歉。

盛延发现喻佳在看他，第一次被喻佳这么直勾勾的眼神盯得不太自在。

他心一横，索性转过身，跟喻佳相互对视。

喻佳也没想到盛延会直接转过来。

两人莫名较起了劲，谁都不肯先错开眼神，似乎谁躲闪，谁就输了。

前排蒋二炮正转过身趴在李元杰的桌子上一起写作业，他好不容易算完个题，浑身轻松地抬头，在看到教室后面的场景时，突然整个人震惊了："天啊！"

李元杰顺着蒋二炮的视线扭头："你干什么呢？"

当他看到后面的那副场景时，来了句一模一样的："天啊！"

蒋二炮倒吸一口气，四处张望着怕被别人瞧见："难道这就是传说中的'内力比拼'？"

"不愧是大佬，打架都是靠眼神，佩服。"

"谁说不是呢?"

喻佳今天在学校留得晚,回家的时候已经八九点,早已过了饭点。

她在门口换鞋,看到客厅沙发上许久不见的夫妻俩,说了声:"我回来了。"

老喻问道:"今天怎么回来得这么晚?"

"在学校里。"

老喻一听似乎很高兴,自己这个荒废堕落的女儿竟然放学后主动留校:"真的吗?在学校里学习?"

只是喻佳还没回答,旁边的吴女士就从文件中抬起头:"别又是跑到什么地方玩去了,回来骗我们说是在学校里学习吧?"

此话一出,满室沉默。

喻佳突然笑了一声,说:"猜对了,我其实就是到外面玩去了。"

吴女士听后气不打一处来:"你自己看看你现在这个样子。"

喻佳把书包扔到沙发上,不为所动。

吴女士有些气急败坏:"你都不为你自己的未来考虑?成天不搞学习,你以后想干什么?要饭吗?你能不能多跟你哥学学?"

喻佳听后笑了笑。

她和喻扬的性格其实很像,区别在于,喻扬懂事,几乎不给父母找麻烦,成绩好;她不懂事,一直在给父母找麻烦,成绩差。

"不干什么,混吃等死呗。"喻佳做无畏状,"反正我是亲生的,你们挣那么多钱,会养我。即便你们不养我,喻扬总不会放着亲妹妹不管吧?"

"你……"

吴女士气得把手里的文件摔在茶几上,老喻赶紧拉住她:"算了算了。"

喻佳转身上楼,进屋,锁门,靠在自己房间的沙发上。

她望着灯,依稀听见楼下老喻和吴女士因为自己在争吵。喻佳觉得有些可笑,这两人似乎都忘了,女儿也曾经有拿年级第一,往家里抱奖状的时候。

她吸吸鼻子,看了眼手机。

喻扬刚给她发了微信,说:今晚爸妈难得回家,好好的,别吵。

喻佳想说你的微信发晚了,现在已经吵起来了。

不过,她编辑了一排文字最后还是没有发出去,又挨个把编辑好的文字删掉。

她跟喻扬从小打到大,但关系一直很好。喻扬在家里跟她打,但在外面碰到有谁欺负妹妹,会把人揍个半死。

她很多事情都会跟喻扬说,也会毫不客气地让喻扬帮忙,就像上次让他帮忙找负责学校监控的老师。

但只有在面对老喻和吴女士时,喻佳知道,有些事情,喻扬永远理解不了。

就好像当她第一次知道吴女士当年并不想要她这个孩子,最后是不得已才生下她的时候,她觉得整个世界都破碎崩塌了,喻扬却觉得这并没有什么关系。

喻扬当时说:"妈妈怀你的时候,你还只是个小胚胎,把你生下来之后,当世界上真正有了喻佳这个人之后,爸爸妈妈不依旧在好好爱你吗?你是他们的亲女儿。"

喻佳对着微信界面发呆。

第二天早上进教室,喻佳发现班里的同学都扎堆围在一起,交头接耳议论着什么。

李元杰一见到喻佳进教室,立马握着手机直冲过来:"佳姐!"
喻佳不解地问:"怎么了?"
李元杰把手机摊在喻佳的课桌上:"你跟延哥一起拍的'风采之星'宣传照片出来了!"

今早,班里人一来教室,都在讨论盛延和喻佳一起拍的照片。

李元杰手机上是学校官网的界面,喻佳放大,发现那张她跟盛延在校门口抱着书的照片被贴在官网首页,上面还写着文字:临阳师范大学附属中学欢迎您!

李元杰说:"佳姐,我从来不知道你笑起来竟然这么好看!"
喻佳看着照片:"……"

这张照片被放在学校官网首页,还有两人在图书馆、花园、体育馆等地方拍的照片,那个陈老师一起修了图,传到了学校的公众号和论坛。

公众号家长会看，评论区有筛选所以画风倒还正常，而学校论坛的帖子里，早已经画风突变。

讨论喻佳跟盛延宣传照的楼又被顶了上千层。

万一以后外校的看了这照片都以为这是我们师大附中的平均颜值，那我该怎么解释？

我宣布喻佳和盛延在我这里已经超过白思静和林文帆了！

+1+1+1，这两对颜值根本不是一个水平的。

可是盛延才演讲了拒绝早恋，呜呜呜。

我有预感，就冲这宣传照，明年师大附中的报考人数又要上一个台阶！

他俩不是在同一个班吗？中间真的没有什么猫腻吗？

七班的悄悄披马甲现身说法一下，他俩每天眼刀子乱飞，铁定没有猫腻。

……

喻佳面无表情地看着这些回帖，在心里骂了声。

早知道不光是林文帆她不去，换成盛延之后，她也不应该去！

盛延今天照样踩着点来上课，手里还拎了杯奶茶。

老师上课他就躺在椅子上吸奶茶，喻佳想起论坛里那些"好配"的评论，也不知道该怪谁，只能憋着气，瞪向身旁的人。

盛延倒没注意到喻佳在瞪他，吸完奶茶，又靠着座椅玩手机。

喻佳看到盛延竟然正在手机上看两人拍的宣传照片，忍不住一脚踢在盛延的小腿上。

"啊！"盛延突然痛呼一声，俯身去揉小腿。

讲台上的英语老师一个粉笔头精准无误地扔下来："盛延！你在做什么？！"

盛延龇牙咧嘴地站起来，低头看了眼旁边镇定的少女，回答："没什么。"

英语老师对盛延很有意见，因为知道盛延是神级中学转来的超级"学神"，可就这个"学神"，英语课上连"beauty"都能读成"beta"，明显是那种语言课不行的偏科型人才。

英语老师推了推眼镜："给我站着听课。"

盛延站了一节课，直到下课才坐下来，问喻佳："你刚才踢我做什么？"

喻佳起身去上厕所，撂下一句："踢你要理由？"

女厕所有点挤，喻佳选择去实验室那边上厕所。

这里倒没什么人，喻佳上完厕所，起身正准备出去，听到有人一边说话，一边走进来。

"凭什么是喻佳？"走进来的人在说。

喻佳开门的动作顿了一下。

接着有人附和："对啊对啊，喻佳成绩那么差，凭什么能代表我们学校的女生？明明应该是白思静和盛延拍才对。"

"你们别这样说，是大家选的喻佳，我输了。"

一个喻佳无比熟悉的声音又响起——白思静在外面。

另一个女生不服气道："思静，你就是脾气太好了，喻佳不就是因为那个帖子才冲上来的吗？说她三观正、见义勇为什么的，呵呵，我都怀疑是不是她为了得第一，自编自导的。"

白思静小声劝道："别说了，喻佳和盛延拍的宣传照，挺好看的。"

女生又说："思静，你明明比喻佳长得好看！"

白思静没有说话，脸上挂着点笑，似乎认同这个女生的说法。

几个女生正七嘴八舌地为白思静抱着不平时，厕所隔间的门突然被推开，喻佳从里面出来。

当看清从隔间里出来的人是谁时，几个女生顿时住了嘴。

喻佳扫了一眼站在一旁的几个女生，倒也没说话，像个没事人一样到洗手池前洗手。

白思静也站在洗手池前，见到喻佳从里面出来，脸色苍白。

喻佳在洗手池的镜子里跟白思静的目光对上，笑了一下。

白思静紧咬住唇，因为她看到，喻佳的表情明明白白地在说，你比我好看，认真的吗？

喻佳算是知道为什么有谣言说她嫉妒白思静的美貌了，原来是这样来的。

今天上午的大课间不做操，由于月考快到了，各班都在教室里上自习。

教师办公室里不停有学生进进出出,大考之前班主任都喜欢叫学生去谈话。

喻佳和盛延今天一起被仲福林叫到办公室。

仲福林说来说去还是那些话,鼓励喻佳好好学习,再让盛延多给予同桌帮助。

两人明显已经对仲福林的套路听得耳朵快起茧子,不停答着"嗯嗯嗯"。

仲福林喝了口枸杞菊花茶,继续说:"既然当了同桌,这就是一种缘分,老师希望你们能够珍惜这段缘分,这些在一起的日子可能有吵闹有欢笑,这是一个相互磨合的过程,你们现在可能不觉得什么,但是等你们长大后回忆就会发现,跟同桌相处的记忆,即便是吵架,都是十分美好的。"

喻佳惯例答着:"嗯。"

她是答完之后才发现这话有点不对劲的。

她为什么感觉怪怪的?

仲福林也突然发现自己刚才说的话好像有哪儿不对劲,但具体哪里不对劲,他一时又说不上来。

最后他只能让两人回教室:"好了,今天就说到这里,你们先回去吧,顺便把李元杰和韩霜叫来。"

喻佳和盛延一起答应,从教师办公室出来。

盛延一出来就说:"你有没有觉得刚才老仲说的话有哪里不对?"

"没有。"

盛延追问:"真的吗?"

喻佳回他一个"你再给我多问一句"的眼神。

盛延闭嘴。

恰巧碰到正朝教师办公室的方向走来的另外两个人——林文帆和白思静。两人手上都抱着沓卷子,应该是三班刚收上来的作业。

喻佳没想到这么有缘分,第一节课下课在实验室洗手间碰到白思静,第二节课下课又在教师办公室外面碰到白思静。

白思静和林文帆明显也看到了他们,不约而同地放慢脚步。

喻佳发现白思静又在看盛延,想起白思静和那几个女生的聊天内容:"应该是白思静去拍。"

还想起白思静听这些话时那一脸的不甘,喻佳忍不住笑了出来。

林文帆也在看盛延,因为盛延是从名校转来的,这次月考,将会是他最强劲的对手。

喻佳笑完,看着各怀心思的白思静和林文帆。白思静似乎很想认识传言中成绩更好的盛延,而林文帆由于盛延的出现,似乎年级第一的位置岌岌可危。

喻佳发现没有比让这两人不开心更令她开心的事情,于是又往盛延身边站近了一点。

Chapter 04
锁死

两人站得很近，校服衣袖挨着，是很要好的朋友之间才会有的距离。

喻佳紧张到心脏快要跳出来，因为她怕以盛延不走寻常路的性格，会突然当着所有人的面给她来一句"你离我这么近干什么"。

好在他并没有开口。

盛延看到喻佳微抬了抬下巴，看向对面一动不动的林文帆。

白思静本来见到盛延后眼里有些欣喜，然而现在，目光黯了下来。

很明显，喻佳是故意要做给她看的。当着她的面，嚣张得意地告诉她，一场演讲就把学校论坛搅得"腥风血雨"的转校生，早已跟她成了好友；甚至是故意做给林文帆看，她现在已经找到了处处比他好的同桌，早已不把他放在眼里。

喻佳站在盛延身边，笑意嫣然，看到林文帆和白思静面如土色，通体舒畅。

白思静和林文帆两人都没有说话，顶着难堪的脸，抱着作业默默转身进了办公室。

喻佳一直等到白思静和林文帆两人在视野里消失，才松了一口气，稍稍站远了一些。

盛延感觉身旁一空，顺势转了个身，倚着走廊栏杆，嘴角噙着笑意,用一种"你现在不想跟我说点什么吗"的眼神看着喻佳。

喻佳发现盛延"神级中学转校生"的人设还挺好用,对上盛延探究的眼神。她想着这人转过来都一个月了,她之前跟白思静还有林文帆两个人之间的恩怨,他多多少少也应该知道了。

喻佳拍了拍手,刚才对着白思静和特优生时的得意笑容消失了,表情淡定地说了句:"多谢。"

起码盛延刚才的表现,她还是很满意的。

盛延知道自己刚才当了一回工具人,抬了抬眉毛:"这就完了?"

喻佳反问:"那不然你还想怎么样?"

"咝——"盛延吸着气,望向白思静和林文帆两人消失的方向,似乎在想着什么,"人家是年级第一第二呢。"

喻佳不解。

盛延突然若有所思地说:"要不以后,你跟我一起当年级第一和第二怎么样?"

喻佳回头用一种"你在开什么国际玩笑"的眼神看向盛延,却发现他表情还挺认真,一副不像是在跟她开玩笑的样子。

盛延说完自己的提议,冲喻佳点了点下巴:"你觉得我说的怎么样?"

喻佳对着少年的脸,突然陷入了一种迷茫。

之前那种"到底是别人错了还是我错了"的困惑又来了。别人一直觉得盛延是"神级中学转回来的大神",只有她通过每日观察,坚持认为盛延是个"废柴"。

然而现在,"废柴"表情认真地跟她说,要跟她一起承包年级第一、第二。

喻佳心里动摇了,对自己产生怀疑。万一……真的是她错了呢?

只有真正的"大神"才会这么淡定、自信,并且认真地向她发出两人一起当年级第一、第二的邀请。

喻佳对着少年的脸,鬼使神差地答了句:"好啊。"

喻佳是放学后,抱着一堆书走进没人的空教室时才反应过来不对劲。

她的同桌向她发出两个人以后一起当年级第一、第二的邀请,而

她竟然同意了？

她不仅同意了，甚至还约定了放学后，他给她补习。

两人约定的课后补习地点是没人的空教室。

其实本来可以在自习室或者去图书馆，但是喻佳作为坦坦荡荡的"学渣"有自己的尊严，不愿意让别人看到她竟然在课后补习，所以让盛延挑个没人的地方。

喻佳抱着书，走进教室前，还有一种"我今天是不是疯了"的感觉。

教室里，盛延靠着窗，看楼下不远处，喻佳正抱着一沓书，闷头往这边走。

他回到书桌前，翻了翻上面的几张 A4 纸。

A4 纸上字迹清晰工整，是他临时整理出来的数学、化学的知识点。其他科目还没整理完，物理刚归纳了一半。

到月考还有一个星期外加一个周末，如果能把这些补完，到月考，虽说真不至于考年级第一第二，但每科及格肯定没问题。

盛延提笔，在 A4 纸上方空白处，笔锋凌厉地写下"喻佳"两个字。

这些是给她的。

他一边整理资料，一边等喻佳上来，这时，压在一沓习题卷上的手机响起。

盛延拿起手机，看到来电显示的时候顿了顿，眼神一深，还是接通了。这通电话的时间不长，一直到结束，喻佳都还没有上来。

盛延扔掉手机，靠着椅背，看着桌上那些习题和资料，目光微怔。他指节压着眼皮，突然笑了一声，然后把桌上所有的书本资料都收了起来。

等盛延收完最后一份资料的时候，教室的门刚好被敲响。

他过去开门。

喻佳抱着书进去后，问盛延："坐哪儿？"

盛延给她搬了把椅子，放到书桌前："坐这儿。"

喻佳把手里的书放到书桌上，坐下。

她突然发现盛延的书桌上连书都没有。

不过，喻佳还是没有开口问，觉得可能"大神"是不用看书刷题的。她现在人都来了，就还是暂时相信她从前看走了眼，盛延其实真的是个"大神"。

盛延在喻佳旁边坐下。

喻佳问:"先讲哪一科?"

盛延从笔袋里抽了支笔:"数学怎么样?"

喻佳把数学书还有配套的教辅资料摊开:"讲吧。"

盛延扯了一张皱巴巴的草稿纸:"你听我给你讲啊……这个……"

二十分钟后。

那张皱巴巴的草稿纸上面写得像鬼画桃符。

盛延捏着笔歪在草稿纸跟前,嘴里念叨着:"这个单调函数吧,你像这样一写,它就单调了,你不像这样写,它可能……嗯……这个参数范围是什么意思?"

喻佳看着纸上推了半天一点进展都没有的公式,脸已经拉了下来。

她深吸口气,一把抓着盛延的后衣领,把他提了起来,两人面对面。

喻佳咬牙:"盛延,你耍我是吧?"

盛延一本正经地说:"我都是正儿八经说的,绝对没耍你。"

"没耍我?"喻佳冷笑,瞥了一眼他手下那张当厕纸都没人要的草稿纸,"这是可以当年级第一和第二?"

"你听我说。"盛延梗着脖子,把后衣领从喻佳手中缓缓解救出来。

他看着喻佳,表情谨慎,说:"其实,我的意思是这样的。"

他指指喻佳带过来的一套卷子:"这样,考试的时候,我全都不填,倒数第一,你只填一个,倒数第二,这样,我们不就承包了年级一二?"

说着,他冲对面的少女挤出一抹笑,问:"你觉得怎么样?"

"我觉得?"喻佳的表情突然看起来很温和,"我觉得……你的话挺有道理的呀。"

盛延听后似乎正准备松一口气,下一秒,少女瞬间换了脸,扑杀过来:"有道理个鬼!"

喻佳整个人愤怒上了头,她觉得自己就是个傻子,放学不回家跑到没人的教学楼来让他补习,听他吹了二十分钟的牛,最后得出我们承包年级倒数第一和第二的"好提议"。

盛延被愤怒的少女吓到,慌忙从椅子上站起来,后逃两步。

喻佳从小跟喻扬打到大,技术全在喻扬那里练的,出手稳准狠,

逮住后逃的人，一个闷肘敲了过去。

盛延捂住肚子，喻佳明显找了个极好的人肉靶子，拳拳到肉，泄愤上了头。

盛延最后无处可逃，喻佳追上去，揪着少年的衣领："你给我等着！"

喻佳胡乱地收拾好自己的书，摔门就走。

"砰"的一声。

盛延上前两步，倚着门框，看少女一路走得气势汹汹。

开学以来的第一次月考如期而至。

不过月考不是非得卡着一个月的点，这次月考距离开学已经一个半月了。

各班教室的桌椅都被拉成了规范考场的样子，师大附中的考场按成绩划分，一考场坐的全是排名前列的大神，最后一个考场则汇聚了来自各班的差生。

喻佳拎着笔袋去了她熟悉的最后一个考场。

距离考试开始还有三十分钟。

最后一个考场的气氛明显与之前不同。之前的考试，教室里睡觉的睡觉，聊天的聊天，在今天这个师大附中最差生聚集地，整个教室都比平常安静些，所有人明显对手里的事情心不在焉。

喻佳感受到引起所有人蠢蠢欲动的源头，就在她的后座。

盛延。

盛延是转校生，没有上学期期末考试的成绩，所以理所当然地被分到了最后一个考场。

他嚣张到只带了一支笔就过来考试，似乎没有发觉大家都在关注他。他一手转笔，一手撑着头看窗外，打了个懒洋洋的哈欠。

终于，在离考试还有二十分钟的时候，一个男生率先走到盛延的课桌前，俯身说了几句。

喻佳坐在前面，听得很清楚："同学，待会儿你写完了题，答案能不能给我传一份？"

男生问着，整个考场的人都屏息凝神，在等盛延的回答。

从前这里坐的都是差生，互相抄破了天也都还是那个水平，但今天不一样，今天这间考场混进了来自S市四中的盛延。

据说他可是最有实力和林文帆争年级第一的存在。

男生问完，紧张又期待地等着盛延的回答。

喻佳听到盛延不慌不忙地打了个懒洋洋的哈欠，说："行啊。"

爽快到他旁边的男生都愣住了，似乎没有想到幸福来得那么突然。

男生顿了几秒才反应过来，惊喜地冲过去握盛延的手："谢谢！谢谢！"

盛延淡淡道："小事。"

教室里所有人都听到盛延答出那句"行啊"，又说了句"小事"。

他们都没有想到，这位"大神"竟然这么平易近人，如此好说话。

第一个男生走后，教室里的人立马往盛延座位上挤，疯狂求"大神"考试时多多关照。

喻佳把桌椅往前搬了又搬，冷笑着，身后的"门庭若市"皆与她无关。因为只有她知道，这些人现在拜托的"大神"，到底是个什么惊世骇俗的水平。

而这位"大神"似乎还真当上瘾了，热情回应来自学渣们的恭维。

喻佳觉得在不要脸界，盛延的确是个天才。

监考老师进来的时候，还有一拨人在盛延座位周围停留，老师在讲台上拍了拍，那些人才慌慌忙忙地回到座位。

两个监考老师交换眼神，互相意会今天的监考重心要放在哪里。

从前监考最后一个考场，都知道下面这群人是个什么水平，抄破了天也抄不到哪儿去，所以很多时候睁一只眼闭一只眼也就算了，但今天不同，今天这个考场不光坐了一堆差生，还坐了一个新来的、最有可能抢走林文帆第一名宝座的、老天送给他们师大附中的"礼物"。

开考铃打响。

试卷发下来。

开考后没多久，教室里的小纸团就开始满天飞。

两个监考老师尽管决心要正义监考，但"道高一尺，魔高一丈"，两个老师任职以来估计都没监考过几次最后一个考场，而这个考场里的人可是次次都坐在这儿，可以说是没有一盏省油的灯，老师的监考技术比起他们的作弊技术，依旧是要甘拜下风。

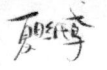

来自四面八方的小纸团总会抓住任何一个监考老师松懈的空当，像雨点一样，哗啦啦地飞向盛延的考位。

经常纸团没扔准，到了喻佳的桌子上。

喻佳几次被纸团砸中头，都恨不得把身后的人踢出去。

开考时间过半，喻佳听到身后的盛延不再动笔，哗啦啦地翻着卷子，明显是已经写完了。他在那些纷纷砸来的纸团里挑了一个，写上自己的答案，随意扔出去。教室里的人顿时像蚊子见到血腥，兴奋得不知所以。

很快，写着盛延答案的小纸团传遍教室。

喻佳桌上也蹦来一个，不知道是谁传的。

她翻了个白眼，掸掉。

考试时间一共两天。这两天里，喻佳对那些飞向她后桌的小纸团从厌烦到习惯，最后已经被砸到麻木。

今天是周五，考完就放假，所有学生考完回教室，等班主任讲点事情就可以走了。

盛延嘴里叼着根棒棒糖，拉开椅子坐下来。

仲福林还没来，教室里吵吵闹闹的，都在对答案。前面蒋二炮正在跟韩霜对最后一场物理考试的答案，越对越心慌，仰头干号了几声，然后抱着草稿纸冲过来："延哥！"

盛延把棒棒糖嚼碎了，问："找你延哥作甚？"

"物理倒数第二个多选题，小车加速度的那个，你选的什么？"

"我选的CD，可是韩霜选的AB。"

"加速度那个题？"盛延似乎回忆了一下，说，"我好像选的CD。"

蒋二炮听到盛延说他选的CD，立马如释重负："耶！我就说那个题该选CD！"

他抱着草稿纸回去向韩霜显摆，盛延也跟他一样选的CD。

韩霜听到盛延选CD后皱起眉，不知道自己那道题到底哪里做错了，对这突然失去的五分感到痛心不已，喃喃着："怎么会呢？"

大家对答案对得热火朝天，盛延座位附近不一会儿又挤满了人，从他座位上离开的人神色各异。蒋二炮那样成绩差的个个都喜笑颜开,而像韩霜那样平常成绩好的,却几乎都愁眉苦脸,开始怀疑人生。

喻佳被挤得受不了,索性把自己的位置让了出来,坐到另一大组一个女生的位置上去。

盛延被对答案的人围得里三层外三层,他应付着来对答案的同学,突然抬起头张望,发现自己身边的人没了,喻佳的椅子被另一个人坐着。

盛延立马停下对答案,问:"我同桌呢?"

袁自强正趴在喻佳的桌子上奋笔疾书,一边写,嘴里还一边念:"生物第二个填空题的答案是'我同桌呢'。"

他写完才发现不对劲。

盛延发现同桌都被挤不见之后立马不回答任何问题,像是在不高兴,所有人也都纷纷停止跟盛延对答案,回头去找他的同桌。

盛延的同桌喻佳同学,此时已经被挤到别的地方去坐了。所有人望着喻佳的方向,都默默让开一条道。

袁自强像被点着屁股似的从喻佳的椅子上跳起来。

喻佳发现围在盛延身边的同学都在看她,她本想说"你们对你们的答案,看着我做什么",结果那些同学都把路给她让开,明显是让她快坐回去。

喻佳只好走过去,坐下。

刚好这个时候仲福林进了教室,所有人也纷纷都散开,回到自己的座位上。

仲福林手上还抱着一沓化学卷子,不知道是哪个考场的。众人目光都汇聚到他手里的卷子上。

仲福林放下卷子一笑:"放心,下周来了就差不多知道成绩了。"

教室里顿时哀号一片,对于班主任这种放假前还要制造焦虑的行为十分不满。

仲福林每周放假前的讲话都大同小异,基本都是注意安全,回家好好学习。

今天周仲福林另外多讲了一点内容。

"距离开学已经过去一个多月了,同学们的座位都还是上个学期调的,所以这次考试之后,我们大调位置。还是跟之前的老规矩一样,大家自由组合,把座位安排报给韩霜,我过目没问题后,就可以互相

坐。"

"好！"众人齐声回答。

听到要调位置，喻佳心里突然有一种说不上来的感觉。

她刚开学就跟仲福林说她想换同桌，仲福林让她坚持坚持，没想到时间过得这么快，现在终于到可以换同桌的时候了。

对于调位置这件事，明明是从开学期待到现在的，喻佳却突然发现自己没有想象中的那么高兴。

她正默默思索这是为什么，旁边的人突然碰了碰她的手肘，"欸"了一声。

少女转过来后，他发出邀请："下次调位置我们还坐一起，好吗？"

喻佳翻了个白眼，表示无语。

盛延见她不说话，又道："好的，那就这么定了。"

喻佳认为自己应该好好思考一下。

月考后的周末一晃而过，周一一来，整个师大附中都笼罩既紧张又期待的情绪中等待成绩出来。

教师办公室里，学生老师都忙忙碌碌，一沓一沓的卷子压着，老师们加班加点用了一个周末的时间把所有的卷子都批改完成，现在只需要算分和录入计算机。

批改卷子学生不能插手，算算总分学生则可以帮忙。

蒋二炮除了是生活委员，还兼任仲福林的化学课代表。他自从上周跟盛延对了答案之后觉得自己考得还不错，将胳膊搭在李元杰肩膀上，说："走，老仲让我去办公室帮他算分，一起。"

去办公室算分意味着可以提前打听到各种消息，李元杰一听就觉得刺激，从笔袋里抽了一支红笔："走。"

中午大课间，几乎每个班的课代表都去办公室帮老师算分统计成绩。

卷子还是按照考场分的，为了公平，学生姓名、班级信息那一栏都被封了起来，老师批改的时候虽然不知道这是谁的卷子，但是根据一摞卷子的正确率，也能基本估算出这是哪个考场的卷子。

所以在这种情况中，在同一沓卷子里，如果有某个人的分数高于考场平均水平，或者是低于考场水平，则会十分引人注意。

就比如说在一沓都是二三十分的卷子中,突然有一个人考了五六十分,可谓是鹤立鸡群。

李元杰忙活了一中午,饭都没顾得上吃。他一回教室就开始在讲台上渲染紧张气氛:"所有科目的分数都已经算出来了,现在只等计算机录入就可以知道排名。"

教室里一片"这么快吗"的哀号。

喻佳听到她同桌也在跟着号"这么快吗",扯了扯嘴角。

李元杰在讲台上给全班渲染完气氛,又兴冲冲地朝着喻佳的方向跑来。

"喻佳。"李元杰的心情看起来十分不错,"老仲让你去办公室一趟。"

喻佳皱眉:"我?"

"是的,快去快去。"李元杰冲喻佳摆手,"老仲让我来叫你的时候脸笑得像朵菊花,一看就是好事。"

"好事?"喻佳不明所以地从座位上站起来,还是走向教师办公室。

喻佳在门口喊了声"报告"。

王萍碰巧拿着一沓卷子经过,看到喻佳的时候,脸上的表情显得有些古怪。

仲福林听到喻佳在门口喊报告,立马扭头招手把她叫进来:"过来过来。"

仲福林一转头,喻佳才发现李元杰没有骗她,因为仲福林现在就笑得像朵菊花,看样子还是一朵沐浴春风的小野菊。

喻佳被仲福林笑得头皮发麻,硬着头皮走过去。

仲福林说的第一句话就很振奋人心:"老师果然没有看错你!你这次能有这么大的进步,绝对是你平常努力学习的结果!"

喻佳刚站定就被仲福林这两句打鸡血的话吓了一跳,然后满脸写着"你说了什么,这到底是怎么回事"。

仲福林振奋完,先喝了一口枸杞菊花茶,然后对着面前还是一头雾水的少女,欣慰又喜悦地说:"你知道你这次表现得有多耀眼吗?"

喻佳有些愣怔:"不知道。"

仲福林拿过他办公桌上的一沓化学卷子:"你看。"

卷子还没按班分,这沓卷子都来自同一个考场。仲福林给喻佳翻动他手里的那沓卷子,喻佳看到这些卷子的分数全是二三十分,只有一张上面的分是"57"。

这张57分的卷子,在这一水儿的二三十分里,简直是鹤立鸡群,闪耀无比,凭一己之力拉高整个考场的平均分。

仲福林指着那张57分的卷子,笑眯眯地问喻佳:"你看,这张卷子是谁的?"

喻佳弯了弯腰,凑过去看那张卷子。

这张"出尘脱俗"的57分卷子是她的。

仲福林对着喻佳眉开眼笑。

这次月考过后,各科老师阅卷期间,发现属于最后一个考场的试卷中,绝大部分二三十分,居然还有几分的卷子里,一直有一个人的分数是五六十分或六七十分。

这次也不知道是什么原因,可能是升入高二,师大附中差生们更跟不上进度了,成绩下限拉得特别低。从前这群人高一时连蒙带猜也能凑个四五十分,结果这次全是二三十的分数,所以就显得五六十分高得"鹤立鸡群"。

有老师批改时就忍不住好奇想看看这个在最后一个考场鹤立鸡群的人是谁,费力地扒拉开封印,看到姓名处是"喻佳"。

紧接着,今天几个算分的学生一对接,发现喻佳竟然每一科的成绩都在最后一考场排第一,并且高出第二一大截。

仲福林听到后高兴得攥紧拳头,本来他们班他最头疼的差生就是喻佳,现在喻佳都从差生堆里冲起来了,再加上盛延,这说明他们七班要逆袭了。

仲福林给喻佳看完她"鹤立鸡群"的成绩,又语重心长地说:"能坐在最后一个考场里考出高于这个考场平均分两倍的成绩,你知道这说明了什么吗?说明你根本不属于这个考场,属于你的考场在前面,你未来的征途是星辰大海。"

"老师说过了,你的潜力是无限巨大的。"

喻佳听得一阵牙酸,突然不知道该说什么。

仲福林觉得自己应该跟喻佳好好聊一聊,找到她拔高的方法,然后传递给七班所有人。

他和气地问:"你能告诉老师,你是怎么进步的吗?"

喻佳腹诽:我哪知道,我从前怎么玩现在还是怎么玩,这个57分明明就是差生运气好,多蒙对了两个的水平,可能这次考二三十分的太多了,愣是把我的57分衬得无比耀眼。

"我……"喻佳语塞。

仲福林倒也不逼,主动替喻佳找原因,把重点落在喻佳的同桌、转校生盛延身上。

他每次把盛延叫到办公室谈话的时候,都会叮嘱这个大神,要多在学习上帮帮自己的同桌,所以这次肯定是盛延的带动起效果了。

说起盛延,仲福林这才突然想起他还不知道这位转校生这次是什么成绩。他开始有些紧张,幻想盛延会不会直接超过林文帆,勇夺年级第一。

刚好这会儿各科成绩也都差不多出来了,仲福林想找找盛延的卷子。

他翻了翻自己文件夹里的考试座位安排表,念叨着:"对了,你同桌盛延在哪个考场……考号多少来着……"

喻佳听到仲福林的念叨,突然有些不忍心。

她看仲福林在密密麻麻的考试座位安排表里一时找不到盛延的名字,最后还是开口:"仲老师,呃,盛延跟我在同一个考场。"

"最后一个考场,他坐我后面。"

仲福林听到喻佳的话,反应过来:"啊,我差点忘了,盛延刚转到我们学校,是应该在最后一个考场。"

办公室的另外几个老师听到仲福林这边在说盛延的名字,也纷纷凑过来。

月考成绩总算出来了,没有人不期待这位转校生,几个老师纷纷问:"仲老师,你班上的盛延考得怎么样?"

"三班林文帆的成绩差不多统计出来了,如果数学满分的话,这次总分能上七百。"

"快找找盛延的卷子,看他考了多少分?"

仲福林刚才给喻佳看的刚好就是最后一个考场的卷子。

盛延既然也在最后一个考场,那么他的卷子也在里面。

仲福林本来脸上还挂着笑,说不用找,盛延的卷子就在这里,然

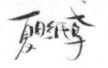

而当他拿起这沓除了喻佳,其余全是二三十分,甚至几分的卷子时,愣了一下。

仲福林僵住了。

旁边一个女老师嫌仲福林动作慢,直接拿走仲福林手里的那沓卷子:"盛延的卷子是在里面吧,我来找。"

所有老师聚在一起,看着女老师挨个挨个地翻,终于在最下面找到一张姓名栏写着"盛延"的化学试卷。

女老师把卷子抽出来。

上面红色的分数醒目而刺眼,就这么明晃晃地出现在大家眼前。

喻佳看了一眼。

总分:9。

选择题全错,蒙都没蒙对一个。

对着这个"9",整个办公室突然陷入安静。

原来这就是从神级中学转来,老天送给他们师大附中的"礼物"。

众人都惊呆了。

王萍那边刚找到林文帆的数学卷子,选择题错了一个只有145分,总分还是差一点上七百。她知道S市四中能考七百分以上的学生不少,危机感十足,见仲福林那边在找盛延的卷子,也拉着脸凑过来,心里想的是她已经和他沟通好,等这次月考一过,"学霸"就是她三班的了。

然后王萍看到那个"9"……

喻佳对着刚才见了她还笑得像朵菊花,此时却已经呆若木鸡、眼圈通红的仲福林,轻声说了句:"老师,要是没什么事的话,我就先走了。"

喻佳退出老师们以仲福林为圆心的包围圈,往七班教室走去。

很明显,她能在最后一个考场鹤立鸡群的原因,是因为所有人中只有她没有抄盛延的答案,考出的是正常差生发挥好一点的水平。

而其余的差生,纷纷选择了跟随9分的盛延,把答案改成跟他一样。不过,他们不敢完全跟"大神"一样,觉得还是要错几个,结果万幸说不定还改正确了一些。

喻佳走回教室,见到盛延正戳开一杯奶茶在喝。

上课铃响。

所有人迅速回到座位,喻佳拉开椅子坐下来。

盛延说:"你回来了。老仲找你做什么?"

喻佳听着他的询问,看着面前悠闲地喝着奶茶的9分选手,一时竟然不知道该说什么。可能这就是传说中的无敌心态吧。他不担心如何跟仲福林交代就算了,竟然也不担心被最后一个考场的人追杀。

盛延发现喻佳一直盯着他,一脸的欲言又止,他低头,看向自己手里的那杯粉色的"草莓啵啵"。

她难道是想喝他手里的饮料又不好意思说?

盛延想了一下,缓缓地把他刚喝一小半的"草莓啵啵"递过去:"呃,没多余的吸管了,要不你将就一下?"

月考成绩录入完毕,单科、总分、平均分,各种成绩排名一一揭晓。

印着红色分数的试卷如雪片一样纷纷发下来。

仲福林把七班的成绩表贴在七班教室的后墙。

一下课,所有人都蜂拥过去,成绩单前围得水泄不通。

李元杰挤到了最前面的位置:"霜姐,你又是我们班第一,年级第十!"

韩霜第一次考进年级前十,笑得很开心。

大家围在一起研究前面几个人的成绩,突然发现有什么不对劲。

不对啊,他们班这次的第一还是韩霜,那个转校生呢?

怎么没有盛延的名字?

李元杰在前面找了好几遍都没有看到盛延,只好把视线一直向下移,在七班成绩表最后的最后,终于找到"盛延"两个字。

语文78分,数学53分,英语59分,化学9分,物理21分,生物32分……

总分:249。

承包七班班级内部和高二全年级双料倒数第一,甚至连"250"都还要差一点才能达到。

就连原以为会考倒数第一的喻佳都比他整整高了八十多分,总分331。

大家对着那个"249",都沉默了。

盛延也起身,走到那张成绩单跟前,所有人自动让开一条道,盛延站到最中间。

李元杰对着盛延的脸,表情迷茫而复杂,正想说一句"延哥,分数是不是给你算错了",就见盛延俯身仔细地扫了扫他的成绩,然后抓了抓头发,似乎对自己的249分很是满意,说了句:"发挥得还不错。"

所有人都快疯了。

自此,不光七班内部,师大附中所有老师,乃至整个师大附中的学生,在看到月考成绩单后,才发现原来他们期待了一个多月的神级中学转校生,在国旗下演讲得绘声绘色,据说最有可能夺走林文帆年级第一宝座人,其实是个彻头彻尾的"学渣"!

偏偏这个万众瞩目的存在如今就跟个没事人一样,依旧很快乐,对自己的249分表示满意。

仲福林今天来上课时整个人都是恍惚的。原想的正数第一变成了倒数第一,七班上学期好不容易摆脱平均分倒数第一的位置,这次又哐当一下倒回去了,甚至还跟倒数第二拉开了不小的差距。

因为七班这学期直接转来了两个拉低平均分的存在——喻佳和盛延。

现在回想开学时,他跟王萍争抢盛延的画面,简直讽刺。

同时讽刺的还有上星期考试时,那些争抢盛延答案的年级差生。当卷子发下来,他们看到自己再创新低的分数都惊了,纷纷怀疑是盛延故意传错误答案耍他们。正盘算着要一起去找盛延寻仇,他们就看到盛延考得比他们还低,岿然不动地垫着底。

准备寻仇的众人蒙了。

所有人中,只有喻佳最淡定,因为她早已看破了这一切。

由于上学期七班原本的倒数第一超常发挥考了年级倒数第三十一,所以这次月考幸运地没有在最后一个考场,成功地逃脱了盛延的答案,发挥出了正常水平,比同样正常发挥的喻佳分数高点,前进到七班倒数第三。

喻佳倒数第二,盛延稳稳地排在倒数第一。

中午大课间,喻佳嫌教室里闷,倚在走廊栏杆上,看到盛延从教师办公室里出来。他在门口碰到了王萍,看样子想上去打个招呼,王萍抱着一沓教案,躲瘟神一样地逃了。

明明一个星期前她还单独找过盛延,诚恳地希望盛延转到三班去。

盛延见王萍躲他跟躲瘟神一样,似乎生怕他提转班的事,他倒也不恼,懒懒散散地往教室走。

教室里吵吵闹闹,因为按照安排,到了月考后换座位的时刻。韩霜让大家先自由组合,组合好了之后再到她这里登记。

班里大约一半的人对现任同桌很满意,手牵着手去跟韩霜说两人还要坐在一起,不过有人欢喜有人忧,还有一部分人对于目前的同桌已经厌烦疲倦,早已悄悄找到下家。

就比如袁自强正抱着书,一脸伤心欲绝地对着身旁已经悄悄找好下一任同桌的曾倩倩。

喻佳坐回位置。

虽然她也想换座位,但是实在不知道和谁换。

喻佳刚坐下,一个女生抱着书本,慢吞吞地向她走过来。

女生站到喻佳座位前,低着头,脸通红,鼓起勇气叫了声:"喻佳。"

喻佳抬眼:"嗯?"

女生嗫嚅着说:"我能……能……跟你一起坐吗?"

喻佳听后愣了一下。

因为她没有想到,除了盛延,还有人会主动向她发出同桌邀请。

喻佳本以为自己已经把七班的人都认得差不多了,结果发现自己现在还叫不出这个女生的名字,只记得她名字里好像有一个"慧"。

女生先天性口吃,所以平常极为沉默寡言,独来独往的,走路总是低着头,成绩中等偏下,在班上存在感几乎为零,有时甚至连仲福林都想不起来班上还有这么个学生,除了每学期发放贫困生补助时。

女生见喻佳一脸陌生地看着她,头垂得更低了些,声若蚊蚋:"我叫陈慧。"

陈慧从前的同桌是个男生,这次找到了别人搭档,所以陈慧落了单。她走遍教室,不知道该如何跟人开口,然后看到喻佳从教室后门进来。

喻佳在陈慧心里是一个特殊存在——长得那么漂亮,家庭条件又好,从来都大大方方的,只是看起来有些冷漠,实际上人很好。

陈慧对喻佳印象最深的,就是喻佳之前在三班孤身跟白思静对峙,

那么勇敢坦荡,是她这辈子都做不到的事情。

陈慧咬了咬唇,觉得这辈子做的最大胆的事情,就是开口问喻佳愿不愿意当她同桌。

喻佳对着面前极度内向的女生,沉默几秒。

因为她实在不忍心拒绝。

由于口吃又性格内向自卑,加上成绩和家庭条件都极为一般,班里有些手欠的男生平常喜欢捉弄陈慧,韩霜还管过好几次。

喻佳看着陈慧,最后对她露出一个笑脸,说:"好呀。"

陈慧抬头。

喻佳继续道:"去给韩霜说一声吧,我跟你坐。"

陈慧眼圈已经红了,没有想到喻佳会答应得这么干脆。她带着鼻音说:"谢谢。"

陈慧去找韩霜登记后,喻佳坐在自己的座位上,看着旁边的空位,有些愁眉不展。

盛延回到教室,看到班里不少人都围在韩霜身边吵吵闹闹,才想起他跟喻佳还没有去登记。

盛延撑着课桌问了喻佳一声:"你跟韩霜说了吗,我们还坐一起。"

喻佳看向盛延,站起身。

"那个,我刚才答应了和别人一起坐。"

盛延怔住了,一僵,似乎接受不了这个事实。

对着少女的脸,他缓缓地问:"跟谁?"

喻佳回道:"陈慧。"

盛延心想:陈慧是谁?

盛延没说话,周身气压很低。

他在自己的脑海中使劲翻找,终于找到了点关于"陈慧"的印象——一个口吃、内向、自卑的女生。

盛延吐了口气,说:"行吧。"他抬头张望,"谁还落单,我也要找新同桌了。"

喻佳心里突然有点不是滋味。

"对不起。"

盛延看到少女皱起的眉头,忙说:"别,我又没怪你。你请我吃一顿好的就行。"

喻佳"嗯"了一声。

盛延抬头给自己寻找新同桌。

那边袁自强见到盛延似乎也落单,激动地飞奔过来:"延哥!"

盛延看到袁自强,心想:这同桌的水平下滑得不是一般的大。

他扶着额头,正说服自己接受这个残忍现实,教室前面突然响起一声:"你们班中午在干什么?!"

全班皆静,纷纷回头。

因为这个声音一听就来自师大附中号称"罗阎王"的年级主任罗才。

中午课间,罗才惯例要到教学楼走一圈,别的班要么在上自习,要么午休,只有七班,声音吵得他在楼下都能听到。

所有人见他来了,忙回到自己的座位坐好,一声不敢吭。

罗才站到讲台上:"班长在哪里?你们班这是在搞什么名堂?!"

韩霜低着头站起来,说:"我们班今天中午调座位,仲老师说可以自由组合。"

罗才听后,锐利的目光射向下面的众人。

这次月考,七班平均分又是全年级倒数第一,个人年级倒数第一也在他们班上,而且是给了师大附中所有师生一个大大"惊喜"的盛延。

罗才在教室最后一排找到盛延,觉得再多看两眼就要被气晕过去,又移开目光。

他板着脸,听完韩霜的陈述,说:"这都什么时候了,你们班座位还是想跟谁坐就跟谁坐?"

韩霜硬着头皮答:"是。"

"怪不得成绩一直那么差,上课不搞学习,光顾着跟同桌聊天了,成绩能提得起来吗?"

下面所有人齐刷刷地低着头。

"我看就是你们仲老师平常对你们管理太松了,让你们想做什么做什么,所有人都没有点危机感。"

"听我的,所有人,起立!"

七班人轰隆隆地全班起立。

罗才指着教室第一排的位置:"你们班这次考试第一名是谁,坐

过去。第二名,坐第一名旁边。从现在开始,你们班按成绩排位置,第一名和第二名坐,第三名和第四名坐,以此类推,好让你们有点危机感和耻辱感。现在,立刻,马上执行!"

七班人接到命令,立马"抱书鼠窜",忙碌地找寻着自己成绩对应的位置。

喻佳倒是不用费力找,因为她是班里倒数第二。

喻佳走到最后一排,找到属于倒数第二的位置,坐下来。

紧接着,盛延悠闲跟在喻佳的身后,作为班里的倒数第一,也轻松找到自己的位置,坐下来。

两人甚至连排数都没换,只从最后一排中间,换到了最后一排边缘。

前排有正数第一和正数第二,后排有倒数第一和倒数第二。

上面"罗阎王"还在指挥:"你们班不要在那里磨磨蹭蹭,位置赶紧换,正数的要跟正数的坐在一起,倒数的只能跟同为倒数的凑在一堆。"

喻佳扭头,跟身边悠闲地坐下来的盛延双目对视。

盛延笑着说:"你好,我叫盛延,是本次月考的倒数第一。"

喻佳怔住了。

她第一次体会到了什么叫"锁死",刚才内心那点抱歉立马烟消云散。

罗才盯着七班所有人换完座位,一切尘埃落定。

喻佳看到陈慧跟杨小娟坐在一起,杨小娟人不错,她略微放下心。

盛延靠着椅背伸了个懒腰,然后一手扶住喻佳身后的椅背,问道:"小鱼,你刚才说的请我吃饭,还算数吗?"

看着对方像是百八十年没吃过饭一样,喻佳暴躁地回了一句:"吃吃吃,不给我吃到扶墙不许走!"

盛延似乎没想到喻佳这么干脆,从椅子上坐直:"今晚就去,我已经想好要吃什么了。"

喻佳又是一拳打在棉花上,哽住。

下午放学,两个人等学校里的人都走得差不多了才出校门。

喻佳提的请客,本以为盛延会挑什么高端大气上档次的高级餐厅,结果她跟着盛延,来到了学校后面的一条小吃街。

盛延带她进了一家很小的烤串店,店里搭着几张木桌,各种食材被储存在立式冷柜里。

喻佳看盛延一眼:"就吃这个?"

"不可以吗?"

"没。"

她只是以为,她提出请客,盛延应该要宰她一顿才过瘾。

两人在店里找了张桌子坐下,盛延用纸把自己跟喻佳面前的桌面都擦了擦,老板拿来菜单。

喻佳请客,所以让盛延先点,等他点完之后,又在他点过的菜单上加了几样。

喻佳的目光落到菜单酒水一栏。

盛延点了两瓶冰可乐,她发现他真的很喜欢喝甜味饮料。

老板拿过菜单去忙活了。

小店坐落在小吃街比较偏的位置,再加上已经过了放学的点儿,所以店里只有他们一桌食客,等两人吃了一半的时候,店里才进来另一桌客人。

六七个人的样子,其中只有一个女生。有两个男生头上还挑染了几撮黄毛,一进来就乌泱泱地围坐了一桌子,吵吵闹闹。

不像学生,更像是社会青年。

喻佳回头看了一眼,他们中有人脱下外套,挽起袖子露出手臂上的文身。

盛延也看到了,半笑着跟喻佳感叹:"炫酷。"

"酷你也文一个呗。"喻佳说着,推了一串鸡翅给盛延,"喏,没蘸辣椒。"

盛延爱吃甜,不能吃辣,跟喻佳刚好相反。

盛延接过鸡翅:"算了,我怕疼。"

喻佳递完鸡翅,面向自己的同桌,又举起饮料:"干个杯吧。"

盛延看到喻佳举起饮料,于是也拿起自己面前的可乐:"干杯。"

两人接着吃下去,不一会儿喻佳面前的饮料就空了,盛延倒没喝多少,但也喝完了一瓶。

店里另外那桌客人的动静越来越大,他们直接点了一箱啤酒和几

瓶二锅头,大家划拳聊天热火朝天。

几个人中间只有一个女生,女生像是划拳输了,身边的男生全都拍着手让她快喝。

女生已经上了脸,醉意明显,摇头:"不能喝了,不能喝了。"

她身边的男生直接倒了杯二锅头送到她唇边:"快点,输了就得喝,还想耍赖是吗?"

女生摇着头推阻,"黄毛"直接捏着女生的下巴,把那杯二锅头给灌了下去。

"好!"其余的人拍手助兴。

下一局,半醉的女生反应变得更慢,又输了,一群人起哄着还要她再继续喝。

喻佳看向隔壁桌的女生,皱眉。那些人一看就知道是什么货色,为什么还要跟他们一起出来吃饭喝酒?

喻佳又跟盛延对视一眼,两人从眼神中读懂了对方的想法。

于是盛延回头,冲身后那桌叫了声:"兄弟。"

几人停下灌酒的动作,看过来。

盛延说:"人家姑娘不喝就别逼人家喝了呗。"

一直搂着女生的那个"黄毛"见对面桌上只有两个人,不客气地来了句:"关你屁事。"

盛延倒也不生气,又往那桌转了转,似乎要好好跟他们讲讲道理:"这光天化日的,几个大老爷们儿自己不喝,逼一个女孩子喝酒,说得过去吗?"

"黄毛"身边几个男生附和着开口:

"愿赌服输。"

"少在这里多管闲事。"

"你是谁啊?"

盛延回道:"我就是一名普通学生,祖国含苞待放的花朵,社会主义未来的接班人。"

众人:"……"

"黄毛"正觉得对面小子不仅没事找事,脑子还有些问题,视线突然落到坐在盛延对面,手托下巴,似乎一直在歪着头看戏的喻佳身上。

他眼睛一亮，女孩一身师大附中校服，扎了个马尾，小脸白净明丽，不施粉黛，漂亮得让人心痒痒。

"黄毛"突然撇开身上半醉的女生，指向喻佳，对盛延说："那这样，你让她来跟我们认识认识喝几杯，我就不让这个喝了，怎么样？"

盛延脸一沉。

"黄毛"见刚才还有说有笑的盛延突然拉下脸，来劲了，说："来，就这么定了，你今天让她来跟我们加个联系方式再喝几杯。三杯，三杯不多吧？喝完你们就走。"

他似乎仗着自己那边人多，言语之间已经透着威胁："小姑娘这么漂亮，加个微信又不做其他的，只陪兄弟几个喝几杯不过分吧？"

喻佳在身后听到对话，皱着眉，看向盛延，已经在心里默默估算他的战斗力。

对面有六个人，她应该能撂倒两到三个，剩下的，盛延能行吗？

喻佳回忆了一下她跟盛延的交手过程，然后发现记忆中她跟盛延的交手，盛延只会躲，一边躲一边说"轻点"。她顿时觉得事情有些棘手。

好在她余光瞟到收银台后面的老板娘正一边观察双方动静，一边拿起电话，似乎时刻准备报警。

这时，盛延从椅子上站起来，慢慢走过去。

少年个子高，俯身压迫感很强。他对视"黄毛"的眼睛，突然笑了一声，还是和声细语的："让我朋友陪你喝一杯？"

"黄毛"注视少年的眼睛，后脊微微发毛。不过少年的话语还是和气，他吞了吞口水，想着对面就两个人，不能在兄弟们面前丢脸。"黄毛"突然指着桌上那瓶二锅头，改口："现在已经迟了，除非把这瓶喝完才让你们走。"

"喝完？"盛延低头看了看"黄毛"指着的那瓶二锅头，几乎是一瞬间，脸上笑意收敛起来，"你做梦！"

"砰！"

这场架以"黄毛"砸过来的一个啤酒瓶拉开序幕。

那个半醉的女生被吓得尖叫一声。

盛延在开始之前还突然回头冲正颤抖着手指报警的老板娘说了

声:"老板娘,店里有没有监控,看清楚是他们先动的手。"

"黄毛"身边的几个朋友见这人打架之前还不忘问老板娘监控,社会哥的尊严受到了极大的侮辱,一拥而上。

盛延明显不打算在店里打,怕砸碎老板娘的东西,抓着"黄毛"就扔出店面,然后跟上去。

喻佳把那个缩在角落的女生扔给老板娘,骂了她两句跟这么群人混在一起还喝酒,然后怕盛延被打死,赶紧出去帮忙。

喻佳慌慌张张地跑出店面,看到眼前的场景后,才发现自己帮不上什么忙。

盛延正把"黄毛"撂倒在地:"喝酒?"

现场惨叫四起,哀号连连。

喻佳从一开始的震惊,慢慢变为震撼,最后直接变成了佩服,甚至还搬了个板凳,坐在店门口欣赏并学习盛延的打法。

喻佳想起这人从前被她按在墙上大喊"轻点"的样子,一时心绪复杂。

盛延那边撂倒第五个男生时,第六个男生发现最后竟然只剩下自己,想起这人刚才轻松撂倒他五位兄弟时的样子,选择投降。

远处隐约传来警笛声。

喻佳回店面让老板娘待会儿把喝醉的女生交给警察,然后跑出去,抓住盛延说:"快跑。"

盛延还没反应过来,直接被喻佳拉着手腕跑起来。

手腕被少女紧紧抓着,感受到少女指尖的力量和掌心细腻的温度,盛延一边跟着跑,一边怔怔地看着身前少女的背影。

所有街景仿佛虚化,霓虹模糊,四周的声音都被吸进宇宙黑洞。

盛延看着少女,她颈间皮肤格外白皙,耳郭却软而红。他清晰地听见自己的喘息声和心跳声,不是因为跑步,也不是因为刚才的打架。

喻佳带着盛延跑了两条街,到一个还算"安全"的地方才停下来。她跑累了,松开少年的手腕,靠在墙上喘气。

盛延整个人微愣,就这么站着,最后,轻轻启唇问:"跑什么?"

喻佳说:"不跑你想大晚上被抓到警察局做笔录?"

盛延没说话。

喻佳掏出手机看了眼时间，说："我打车回家，你也快回学校吧。"

她突然想起刚才盛延虐那几个社会青年的场面，回头看向现在突然变得异常安静，安静到不知道在发什么呆的少年。

"盛延，想不到你还挺会打架的啊。"

盛延心不在焉地"嗯"了一声。

喻佳不由得眯了眯眼睛，开始不服气："那你从前跟我打架只会求饶，是不是看不起我？"

喻佳靠近，抓起心不在焉的少年的衣领。

盛延对着少女倏然凑近的面容，两人中间近到只有一拳的距离，他真的觉得自己晕了，天旋地转，晕得彻彻底底。

Chapter 05
差生

盛延回到宿舍闷头睡过去,不过这一觉睡得并不久,中途被一通电话吵醒。他先是翻了个身,试图用被子蒙住头阻隔声音,无果,最后还是闭眼接起电话,略烦躁:"喂。"

"盛延,你看到自己的月考成绩了吗?"电话那头的男人压着怒气质问。

盛延听见这个声音后,睁开眼睛,整个人似乎清醒不少。

他从床上坐起来,笑了笑,眼里却没有笑意,答道:"看到了啊,发挥得还不错。"

盛同泽那边刚登上私人飞机,看着秘书小心翼翼地送来的文件,他说:"你想在临阳待一辈子是吗?"

"不劳你费心。"

"你妈要是看到你现在这个样子……"

盛延突然紧咬牙关:"你没资格提我妈。"

电话被他直接挂断。

宿舍里很安静,盛延一动不动地坐着……

第二天,喻佳看到盛延来上学,精神如常,手里还不忘拎着杯奶茶,证明已经恢复过来。

结果两人没上一会儿课，就一起被仲福林叫到学校教务处办公室，办公室里有两个穿制服的警察。

事实证明昨天跑是没用的，警察今天直接到学校来了。

好在有监控做证，那几个社会青年在局子里已经交代得七七八八，喻佳、盛延两人在学校里做了点笔录，就被警察放走了。

临走时警察还不忘嘱咐："年轻人出发点是好的，但是遇事不能冲动直接动手，你们有没有想过，万一对方手里持有刀具该怎么办呢？"

盛延稍息立正，就差鞠个躬："好的，谢谢警察叔叔教导。"

警察看了一眼手里的笔录，又看向面前一副三好学生模样的少年，想起昨天在监控里看到他轻松撂倒那几个社会青年的画面，一时有些恍惚，甚至怀疑不是同一个人。

盛延跟喻佳做完笔录一起回教室，刚好是下课时间，走廊里人挺多。

喻佳记得之前做完那个国旗下的演讲后，盛延走在学校里可谓是十分风光，不少女生会偷瞄他，隔壁班男生也会过来套个近乎，叫一声"延哥"。

只不过现在一次月考过后，"学神"人设被戳破，盛延明显没有之前那么受人欢迎了，变成了一个排名垫底且毫无特色的帅哥，人设一下子就平凡起来。

教务处办公室和教室离得远，两人回班路上路过三班，刚好碰到白思静从教室里出来。白思静见到盛延，眼神都没有给一个，仿佛根本不认识这个人，继续跟身边女生说说笑笑。

喻佳看着身边穿"99块包邮盗版鞋"的盛延，从前都只是别人问她，这次她破天荒地问了盛延这个问题："你这个成绩，有没有想过你将来该怎么办呢？"

盛延手插校服裤兜："这还不简单。高考结束立马南下去电子厂找到一份月薪三千包吃住的满意工作，认识同在电子厂工作的打工小妹，两人情投意合，从此我打工养家她在家带娃，过上一家三口贫穷的幸福生活。"

"你还真把自己安排得明明白白。"喻佳愣住了，半天回了句，脑子里甚至已经浮现出盛延在电子厂打工给手机拧螺丝时的样子。

别的不说,他穿电子厂的制服,应该还挺好看的。

这时候仲福林托着教案走过来,看到两人:"你们俩笔录做完了?"

喻佳和盛延立马回道:"做完了。"

仲福林的目光在两个人身上扫了扫,没说什么,一个年级倒数第一,一个年级倒数第二,突然心情有点复杂。

这周六是李元杰的生日。

他从周三开始就在班里广发邀请函,本着"人可以不到,但是礼要到"的原则,班里凡是跟他关系好一点的,他都请了。

坐在李元杰后座的喻佳和盛延是第一个收到他邀请的。

喻佳想起上次这人像贴牛皮癣小广告一样给她澄清墨水事件,左右周末也没什么事,便答应下来。

盛延见喻佳答应,也跟着答应。

喻佳拍了拍李元杰,问:"你想要什么生日礼物?"

她这人不喜欢挑礼物,觉得麻烦,并且有可能挑了半天的礼物人家收到其实并不怎么需要或喜欢,所以喻佳每次送礼,喜欢直接先问对方要什么礼物,那样既不会送错,也省去她挑礼物的时间。

李元杰听后一脸"竟然这么直白"的惊悚表情。

他正想客气地说"这怎么好意思",就听到喻佳旁边的人突然一脸不可思议地插嘴:"什么?还要送礼物吗?"

李元杰:"……"

喻佳扭头,一言难尽地看着自己的同桌。

"你当然也可以空手去。"她对盛延说。

李元杰干笑两声:"延哥人去就是给我面子,您哪还需要送什么礼?"

喻佳又转向李元杰:"快想你的礼物,想好了直接把链接发我。"

李元杰心里直呼一声:好家伙,"首富"就是"首富",送礼都是这么直爽。

李元杰默默转过去想礼物了。

盛延撑着头,敲了敲喻佳的课桌。

"你们都送,我还是也送一个吧。"

"你说我送什么好？"

喻佳表情淡定："我哪知道。"

她把早上用到的书拿出来整理了一下，给了个普通而简单的建议："男生爱好不都是那些，你不也是男生吗？你现在最想要的是什么，送一个给他不就行了。"

他立马转回去，像是试图转移注意力，也学着喻佳乱七八糟地整理书本，一边整理，一边不停念叨："不行，我想要的不能送给他。"

周六中午，李元杰的生日聚餐地点在市商业区的一家餐馆。

一共十几个人，上午十一点的时候基本都到齐了，大家挤挤围坐了一大张桌子，知道是生日聚会，所以都带了礼物。

每个人的礼物都挺别致，喻佳送了一台游戏机，蒋二炮送了一个篮球，韩霜送的是护腕，至于盛延，他背了个包，看起来还挺重，到场后直接把包里的东西整整齐齐地摆出来——

《五年高考三年模拟》《小题狂练》《高考模拟精编》。

他一边摆还一边说："我在书店逛了圈，觉得这些题还挺适合你的，你成绩差，要多练练。"

在场众人听得表情复杂。你一个倒数第一是哪里来的勇气说别人成绩差要多练练的？！

李元杰感动得"热泪盈眶"："谢谢延哥，谢谢延哥。"

蒋二炮正被这一幕惊到呆滞，看到盛延转头看自己，以为他要坐自己这里，立马起身给这位神人让座："来，来，延哥，您请。"

盛延有点蒙地坐在喻佳旁边，这出门都和同桌坐一起，莫名有种"锁死"的感觉。

喻佳看了一眼身旁落座的少年，一言难尽，不知道他刚才是怎么把劝别人多练练的话说出口的。

人到齐，大家聊天的聊天，吃饭的吃饭。

吃完饭，李元杰又订了个KTV去唱歌，他买了个双层蛋糕，大家给他唱了生日歌。

轮到许愿吹蜡烛的时候，李元杰戴着寿星帽，双手合十，愿望许得十分虔诚。

他直接把自己许的愿望说了出来："许愿我下次考试能够上本科

线。"

"就这么点儿要求?"袁自强在那里起哄。

曾笑笑一巴掌呼在袁自强后脑勺:"你专科线都上不了还好意思说人家?"

袁自强"嗷"了一声。

李元杰吹完蜡烛,说起刚刚自己许的生日愿望,突然起了那么点儿忧愁。

"我妈说了,我要是最后真的考不上本科就让我别念了,直接去我爸的厂子里当搬运工。"

"这么惨的吗?你妈也太狠心了吧。"蒋二炮听得一脸辛酸,没想到自己这个兄弟背后竟然这么苦。

韩霜"咳"了一声,冷不丁地开口:"画重点,'我爸的厂子'。"

蒋二炮:"……"

不仅是七班,包括整个师大附中,家庭条件好的学生不少,像李元杰这种家里有厂子的比比皆是。

生活太轻松,导致学生们大多都没有那种破釜沉舟为自己努力的勇气和血性。

李元杰吹完生日蜡烛,大家忙着分蛋糕点歌。喻佳坐在沙发角落,想着李元杰刚才的话,突然有些恍惚。

她算是家里有钱,却最不务正业的典型。

她从前成绩也很好,考第一,家长大会上当年级代表发言,拿各种奖状、奖学金。

可后来,她渐渐发现自己拿回去的那些奖状老喻和吴女士并不在乎,他们忙着赚钱,她在家长大会上发言,下面坐着的人群里却没有她的家长。

喻扬超常发挥考上"985",老喻能直接给他奖励一套房,她从小得过那么多第一,家长大会上却找不到她家长的人影。

喻佳并不嫉妒喻扬,只是突然问自己,她这么认真读书到底有什么用?

当她不认真读书的时候反而有用了,老喻说对她很失望,吴女士看到她跟男孩子混在一起,给了她一巴掌。

后来老喻跟吴女士吵架,喻佳站在外面,听吴女士歇斯底里地说:

"当时都怪你,为什么没把这个孩子打掉?"

老喻说:"我们不是什么方法都试过了,可她就像根野草一样,死死攀附在你肚子里,怎么甩也甩不掉吗?"

盛延从那边抢了块带草莓的蛋糕过来,见喻佳一直坐着发呆。

"小鱼。"他凑近,叫了声。

"嗯?"喻佳倏地回神。

盛延把手里那块草莓蛋糕递给她:"给你切的。"

喻佳接过蛋糕,用小勺挖了一点奶油放进嘴里,感受甜蜜绵密的奶油在唇齿间慢慢化开的感觉。

她平常并不怎么爱吃甜食,此时却突然能理解盛延为什么那么爱吃甜食。

一群人正凑在点歌台叽叽喳喳地点歌,蒋二炮不忘回头问:"延哥,你唱什么歌?"

盛延正在看喻佳吃蛋糕,所有人都在打闹,他敏感地感觉到少女周身围绕着落寞,蛋糕吃得有一搭没一搭,眼神空洞地盯着地板。

她有心事。

"你想听什么歌?"盛延对喻佳笑笑,"我唱给你听。"

"唔?"喻佳含着勺子抬头。

盛延问得很认真。

喻佳看了一眼点歌台的众人,说:"随便,都可以。"

"好。"

蒋二炮霸占着话筒鬼哭狼嚎,袁自强吐槽植物人听了都能站起来,韩霜和曾笑笑两个女生情歌对唱。

喻佳手里还拿着蛋糕,坐在沙发上,在听完他们激情澎湃的歌声后,终于等到盛延点的歌被顶上来。

不是蒋二炮的《男人哭吧不是罪》等苦情情歌,不是李元杰的某音洗脑神曲,也不是两个女生唱的甜蜜情歌,盛延点了首大家都没怎么听过的英文歌。

李元杰在看到英文歌出现后直呼震惊,然后不可思议地看向点歌的盛延:"延哥,你牛啊。"

"英语考59分还敢挑战英文歌。"

盛延接过话筒:"不行?"

李元杰双手合十举过头顶："行行行。"

盛延点的歌不是什么热门单曲,大家都没怎么听过,前奏舒缓轻松。

原本吵闹的众人渐渐安静下来。

盛延举起话筒开始唱。

少年声音本来就好听,唱歌的时候似乎更吸引人。

喻佳本来忐忑英语课上能把"beauty"读成"beta"的盛延会把英文歌唱成什么样子,结果听下来,意外地发现盛延的英语发音很标准。

起码这首歌唱得十分地道好听。

歌唱完了,但所有人都没说话。

只有袁自强换上一脸的惊艳与崇拜,很没有眼力见地开口："延哥,你练了多久?在哪儿学的?快教一下我……啊,哝——"

曾笑笑适时拧上袁自强的胳膊,示意他不会说话就闭嘴。

袁自强闭上嘴。

喻佳听完歌,终于,缓缓露出笑脸。

李元杰的生日聚会结束时是下午四点多,一行人在密闭的KTV里唱了一下午歌,出去才发现外面竟然下雨了。

天上乌云密布,黑得像晚上六七点。

一场秋雨来得突然,雨势渐大,雨珠细密地砸向大地,地上朦朦胧胧起了一层雾,路边积水严重,街上都没什么行人,车辆的雨刮器不停运转着。

这一行人除了盛延家都在市里,大家站在商场门口,看到下雨,纷纷点开打车软件打车。

可能是由于天气的原因,车很不好打,软件显示前面等待的人有好几十个。

"喻佳,你也打车回家吗?"韩霜问。

"我让家里司机来接我。"

喻佳点开微信,正准备给司机陈叔发个消息让他来接一下,突然想起今天早上看到陈叔的朋友圈,他今天休假陪小孙女过生日,买了许多气球、彩带,家里布置得像游乐园。

喻佳于是退出微信，也开始在软件上叫车。

时间转盘一直转着，一行人终于叫到车，由于没伞，顶着雨跑到车里，也来不及说再见，上车后匆匆挥了个手就算道别。

由于喻佳是最后打的车，软件一直显示"正为您努力搜寻附近的司机"。

她没说自己也在打车，李元杰还以为她在等家里司机，道别后匆匆跑到车里。

盛延刚去商场里买了把伞，出来时发现喻佳还等在商场门口。

"你家司机呢？"他走到喻佳身后，看她手机上是打车软件的界面。

喻佳冷不丁被吓了一跳，转身看到盛延。

"司机今天不上班。"

她又抬头在街上搜寻着，打不到网约车，似乎想找有没有路过的出租车。

盛延望向白雾蒙蒙的车道，远处的红绿灯光源似乎都晕染在一起。

路上能见度低，刚才送李元杰走的那一拨应该是司机们一天的最后一单，很少有人会选择在这个天气出来拉客。

一阵风吹过，喻佳牙齿打了个战，又看一眼站在她身边的盛延，问："你怎么还不走？"

盛延回道："我走了把你一个人留在这儿？"

喻佳倒也没说话，又低头看了看天气预报，本想看待会儿这雨会不会停或者小一点，结果天气预报显示这雨要下到明天，并且会越下越大。

喻佳抬头，望着雨幕皱起眉。

盛延撑开伞："你家离这儿远吗？我送你回去。"

喻佳说："远啊。"

临阳这个城市其实还挺大，这边是商业区，她家住在市中心别墅区，两个区分开的，平常坐车感觉十分钟就到了，但走起路来差不多要半个小时。

不下雨走一下也还行，可这雨越下越大，走回去早就淋成落汤鸡了。

喻佳叹了口气，正想着淋湿就淋湿，今天总得回去，盛延突然在她身边开口："你要不跟我走？"

喻佳看过去，不明所以："跟你走？"

据她所知，临阳师大附中离这里也不近，盛延走回去起码也得半个多小时，两个人的路程并没有什么差别。

盛延说："不是回学校。"

喻佳问道："那是哪儿？"

盛延平静地吐出两个字："回家。"

他又补充："我家没人。"

两人撑一把伞，走进连绵的雨幕里。

盛延撑伞，喻佳小心翼翼地躲避地上的水坑，她一开始还想要分开走，可是两人步伐不协调，她躲着躲着水坑就发现自己跟盛延站远了，盛延把伞往她那边打，自己身上全是雨点。

喻佳看着少年衣服上的雨点痕迹，想了想，最后还是站到他身边，清了清嗓子，表情很镇定地说："我就说应该再买一把伞。"

盛延笑了一下："快到了。"

盛延说的地方果然很近，喻佳跟盛延穿过两条小巷弄，来到一片城中村里的老小区。

这片小区全是五六层楼的老房子，二十世纪七八十年代建的，周围被贫民窟环绕，没有地下车库，各种配套设施也不完善。近些年临阳大搞拆迁，但一直没拆到这里，条件好的基本上都搬走了，住在这小区的大都是一些条件一般的老临阳人。

老小区的树倒是郁郁葱葱，雨滴打在树叶上的声音听起来很舒服。

喻佳见盛延一直住校，本以为他们家在临阳没有房子，没想到少年领她上了楼，在一户门前停下拿钥匙开门。

盛延说："进吧。"

喻佳进门，好奇地打量，一切风雨都被阻隔在外。

符合这片老小区的风格，屋里装修得也很有二十世纪的风格，两室一厅，沙发还是那种木质凉椅，头顶吊灯发黄，从陈设来看，平常应该没有人住。

喻佳像是感慨，又像是询问："这是你家啊？"

盛延去那边卧室的衣柜找了件外套出来："嗯。"

"你家怎么没人住?"

"都去外地了。"

喻佳点点头:"哦。"

盛延把手里的外套递给喻佳:"喏。"

喻佳不解地看向他。

盛延又问:"你不冷?"

喻佳看着他手里的外套。

是挺冷的,刚才她在路上就开始打喷嚏。

喻佳也不忸怩,接过外套穿上,这件明显是盛延自己的,袖子长了很多,衣摆盖过她臀部,从衣服上闻到平常盛延身上的气息,淡淡的青草味,很干净。

盛延去厨房烧热水,喻佳穿着外套坐在他家沙发上,看了看头顶发黄的吊灯,觉得这世界差别真的很大。

即便在临阳有房子,但看样子,盛延的家庭条件在班里也算是差的那一拨。别人不用功学习就算了,他怎么能顶着这样的家庭条件心安理得地考倒数第一?

再这样下去,他高中毕业说不定真要南下去电子厂打工。

喻佳又开始想象盛延在电子厂生产手机的情景——由于长得帅,下了工就被厂里同龄的打工小妹妹环绕,没两年就生了个孩子。

一想起盛延现在还一副少年模样,结果可能过不了两年就会变成孩子爸,臂弯里抱一个拖着鼻涕脏兮兮的小孩冲她笑的画面,喻佳突然倒吸一口凉气。

盛延端了两杯热水出来放在茶几上,见喻佳在沙发上若有所思。

听到水杯放在茶几上的响声,喻佳突然看过去,样子格外认真。

"盛延。"喻佳注视着少年的眼睛开口。

"嗯?"

喻佳从未如此郑重其事,苦口婆心:"我觉得你应该好好学习。"

盛延一愣。

喻佳把身上外套过长的衣袖挽到小臂,示意盛延坐下,试图说得比较委婉:"你知道吧,有些时候呢,班里的同学看起来都一样,都在一个班里学习,但其实,大家是不一样的。"

"就比如说李元杰,你看他成绩那么差,可是他家里有个厂子;

又比如说韩霜,家里虽然没有厂子,但你看她成绩多好,年级第十。"

"所以……"喻佳仔细观察盛延的表情,"一个人,两样中总得占一样吧。其实学习也没有那么难啊,老仲不是说了吗,三本只要努力就能考上。"

盛延看向一脸谨慎,似乎生怕说得太直白伤他自尊的少女,但她话里的意思还是很明显的。

"呃……"他犹豫一下,"我家里,其实没你想的那么差。"

喻佳一脸"你还真有自信"的表情,看向这个逼仄老旧的两室一厅,以及门口那双山寨鞋。

盛延干脆直说:"我家庭条件挺好的。"

喻佳听后表情冷漠,扯了扯嘴角,只觉自己一番苦口婆心都喂了狗:"你觉得我还会信?"

在她看来,这是盛延为不想学习找的借口。

喻佳认为这人彻底没救了:"你不想学习就直说。"

月考前他还跟她说他成绩挺好,邀请她一起去补习,她信了,结果补习的内容就是如何承包倒数第一第二。

现在他又大言不惭地说自己家庭条件好,好到什么程度?将来邀请她一起南下打工吗?

窗外响起轰隆隆的闷雷声。

喻佳喝了一口热水,从来没有想过明明以前只有别人劝她,她竟然也有一天会劝别人学习。

还劝失败了。

盛延看着沙发上劝学失败浑身无力的喻佳,只好又软下来,说:"你要怎么样才肯相信呢?"

喻佳冷笑一声,眼神杀过去:"要我相信?"

安静半分钟。

"行吧。"面对劝学的喻佳,盛延突然开口,"我努力学习。"

喻佳回忆仲福林给学生打鸡血的方式,补充道:"这样,你是倒数第一,我是倒数第二,从现在开始,你学习上的第一个竞争对手就是我,你要先以我为目标,争取缩小我们中间一百多分的差距,再向着超过我的目标而努力。"

"当然。"喻佳抬了抬下巴,很有自信的样子,"我是不会轻易让你超过的。"

盛延:"……"

外面依旧下着雨。

正如天气预报上所说,越到晚上下得越大,老小区很多住户窗外安装了防盗窗,雨水打在防盗窗铝合金棚上听起来格外响。

盛延在厨房里煮饺子,喻佳先是低头看了看正在锅里翻滚的白胖的饺子,然后走到厨房窗前往外望了望,天已经完全黑了。

少女对着乌云密布,没有月亮星星的夜空微皱起眉。

她要怎么回得去呢?

盛延也站到喻佳身后看了看外面的天。

他说:"要不你在这儿住一晚吧,明天再回去。"

喻佳听后扭头,看少年一眼。

盛延怕她戒备,本想说"你睡床我睡客厅",还没说出口,喻佳自顾自地点了点头:"也行。"

导致盛延后半句话没说出来。

喻佳家里本来就没人,她只给家里阿姨发了个短信说今天下雨她住同学家,然后问盛延找洗漱用品。

盛延家里虽然是两室一厅,但另一间卧室里都是杂物,喻佳洗了个澡,躺在盛延家唯一一张床上。

盛延今晚睡外面沙发。

李元杰拉个群,现在才记起来问参加他生日聚会的诸位有没有平安到家。

众人纷纷报平安。

曾笑笑:李厂长,你现在才记起来问,要是真有谁被坏人盯上早就遇害了。

李元杰:不好意思,搞忘了。这样,为了确保大家真的安全,不是有人冒充,麻烦大家都拍一张手比耶的自拍照发到群里。

蒋二炮:你有毒吧,想要我自拍就直说。

袁自强:图片.JPG

众人:"……"

李元杰发现群里只有喻佳和盛延还没有报平安,于是把两个人艾

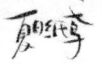

特出来：@喻佳 @盛延 平安到了吗？

　　喻佳看到消息，回复：到了。

　　李元杰：@盛延 延哥，你呢？

　　盛延没回。

　　李元杰：@盛延 @盛延 @盛延

　　盛延依旧没反应。

　　李元杰：延哥，你不会在回去路上遇害了吧？

　　曾笑笑：男生也能遇害？

　　袁自强：男生怎么就不能遇害了？我们男孩子走在路上难道就不能被坏人盯上吗？男孩子难道就不能保护好自己吗？曾笑笑，你这是在搞性别歧视。

　　曾笑笑："……"

　　群里吵吵闹闹，李元杰在疯狂地艾特盛延，大家甚至已经开始脑补起了无数个他在回家路上先被劫财再被劫色的可能。蒋二炮甚至猜测由于李元杰耽误了最佳营救时间，盛延现在怕是已经在开往国外红灯区的黑船上。

　　李元杰心慌：延哥，你快出来！快出来回个话呀，延哥！

　　李元杰：你再不出来我要报警了！

　　李元杰：你快回我信息，再不回我真的报警了！

　　李元杰：延哥，你为什么不回我信息？为什么？为什么啊？

　　由于李元杰的消息看起来太激动，对话框连续好几次从喻佳的游戏界面弹出来。

　　喻佳太烦，直接噼里啪啦地打字回了句：他在洗澡。

　　那边李元杰看到消息后本来终于松一口气，突然，对着这条来自喻佳的消息愣住了。

　　刚才还在疯狂脑补盛延遇害的其余人鸦雀无声。

　　喻佳打完这局游戏才发现群里终于清静了。她跳回到聊天界面，记录还停留在她刚才的那句"他在洗澡"。

　　喻佳对着这四个字，终于想起什么，愣住了。

　　客厅外传来"嗡嗡嗡"的吹风机声。

　　对话框终于弹出新消息。

　　盛延：刚洗澡，没看到，没遇害，很安全。

喻佳在心里飙了句脏话。

这绝对是她此生面临的最大"社死"场面,她正想着该如何跟这群人解释,一向正经的韩霜突然给她私发了条链接。

好文分享:女孩子都应该懂得这样保护自己。

喻佳:"……"

客厅里,盛延吹完头发,放下吹风机,手机"嗡嗡"收到好几条消息。

李元杰、蒋二炮和袁自强都给他分享了一条链接。

好文分享:好男孩都应该这样保护自己的女孩。

盛延:"……"

周一,喻佳特意把事情给这群人解释了一下,雨下大了她回不去才去盛延家里坐了会儿。为了求真,她还编了并不存在的爷爷奶奶。

一群人小鸡啄米似的点头,也不知道是真的信还是假装信。

第一节班会课,仲福林给大家说了一件事,七班的生物老师由于周末突发阑尾炎住院手术了,这周七班的生物课由三班班主任王萍暂代。

七班人一听到王萍要来代课,纷纷仰着头,不情不愿地来了句:"啊——"

仲福林虽然当初跟王萍争抢盛延起过争执,不过现在还是维护王萍作为教师的尊严:"啊什么啊?人家王老师是市级优秀教师,肯给你们代课就不错了,给我好好学。"

台下,喻佳没有跟着"啊",而是看向身边正用吸管戳奶茶塑封的盛延。

最近奶茶店全都换成了纸吸管,盛延戳了好几下,吸管尖都钝了也没把塑封戳开。

他似乎还想再试几次,喻佳拿出笔袋里的圆规,用尖端"啪"一下戳上去。

开了。

盛延抬头看向身旁的少女。

喻佳似乎嫌他磨磨蹭蹭:"快点喝。"

盛延不解:"为……为什么?"

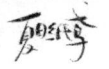

"喝完了开始学习。"

"你跟你目前的竞争对手，也就是我中间差了一百多分，你知不知道这一百多分补起来有多困难？"

"有不懂的题可以问我。"

盛延动了动唇，最后倒也没说什么，只是顺着喻佳用圆规戳开的洞把吸管插进去，吸了一口，然后磨磨蹭蹭拿出笔。

桌上是本化学书，盛延就着翻开的那一页低头开始看。

喻佳看到盛延看书的样子，心里舒服了。她自己也不知道为什么会对这个同桌的学习突然这么上心。

可能是发现他不光成绩差家庭条件又不行，她竟然开始害怕他以后没有未来。

在喻佳的监督下，盛延终于跟从前那种数学课打瞌睡、物理课玩手机、化学课发呆的日子彻底告别，开始抬起头听课。

数学课，老李在上面讲一道思考题，班里一大半的人都把脑袋趴下去放弃听了。老李手握三角尺扫一圈教室，除了前排有人抬着头，最后一排，汇聚全班倒数的地方，有个人竟然十分醒目地也抬着头。

盛延在听他讲课，不仅在听，嘴角还噙着一抹笑。整个人的感觉怎么说呢，别的人抬起头，全都一脸的求知若渴，只有他抬头带着一抹笑，给人的感觉仿佛他非常蔑视。

老李觉得奇了："盛延。"

班里人集体回头，看向教室后排角落的盛延，发现他在一边看黑板，一边笑。

老李问道："你笑什么笑？嫌我讲得不好，还是嫌我讲得简单？要不你起来给我说说这题怎么做。"

"哈哈哈！"班里爆发出一阵笑声。

盛延站起身，似乎正准备说两句，老李突然冲他往下摆摆手："算了算了，不为难你，你坐下，以后继续保持。"

这小子好不容易有一天在抬头听课，无论怎么说，行为是值得鼓励的。

盛延只好又坐下。

喻佳刚才也低着头没听，觉得盛延是由于听了她的话一直抬头才被老李叫起来的，心里有点过意不去，压低声音说："呃，以后这种呢，你不听也行。"

"不过，简单的一定要听。"

下午有一节生物课。

王萍踩着高跟鞋，抱着教案走进七班教室。

上课铃刚打响，七班的人本来还在吵吵闹闹，一见到王萍进来，纷纷噤声坐好。

王萍进来没有说其他，只是先扫视一圈，然后直接翻开书："把教材翻到你们杜老师上次讲到的地方。"

喻佳坐在教室后排，悠闲地跷着腿，翻开书。

她在王萍手底下待了一年，对她的教学风格很熟悉——上课喜欢提问，答不出来就站着。

由于身边的小鱼一直监督着，盛延也不得不抬头看黑板。

从前七班的生物老师杜老师讲课讲得很细，似乎生怕学生有哪里没有听懂。王萍今天上课却格外快，不知道是不是她教优秀的三班教习惯了，平常上课就是这个速度，导致七班人适应不过来。

王萍上课上得快，下面的人听得糊里糊涂就被点起来回答问题，不一会儿教室里就站起了一大半，甚至连七班成绩最好的韩霜都站着。

讲到一半，王萍又提了个问题。

她不认识七班的人，所以提问时都直接说第几排第几列，抽到谁是谁。

王萍对着教案："第一列第七排，把我刚才总结的原核生物要点复述一下。"

教室里的人自动开始点数，最后把目光落到教室最后一排的盛延身上。

盛延刚才虽然一直抬着头在看黑板，但王萍讲的内容实在太简单，他没听。

盛延"啊"了一声，发现应该是点到他了，站起来。

前座李元杰转回来，小声提示刚才王萍问的问题和答案。

盛延还没听，王萍发现教室里的窸窸窣窣声，抬头，立马喝止："不许提示！"

李元杰只好灰头土脸地又转回去。

王萍看到被她点起来的人竟然是盛延。

她当然认识盛延,没开学的时候还为了这人分到哪个班跟教务处吵了一架,月考前又私底下找了他几次,让他转到她的三班去。

结果这人月考给了师大附中所有人一个大"惊喜"。

王萍现在无比庆幸当时没有要到盛延,从前以为他成绩好的时候,她看他乖巧活泼,如今,盛延站起来,王萍怎么看怎么都觉得他吊儿郎当、不务正业,没有一点学生该有的样子,让人一看就生厌。

教室里很安静,没有人再敢出声提示。

王萍直接叫名字:"盛延,我刚才问的问题是什么?"

盛延没说话,因为他没听。

王萍想起之前自己私底下竟然还跑去找这种人转班就觉得气不打一处来,把手里的教案拍到讲桌上:"我问你话呢,不开腔是什么意思?"

盛延于是开口:"不知道。"

王萍一惊:"不知道?"

盛延又说:"没听。"

王萍气笑了:"上课不听讲,那你坐在这个教室里干什么?"

她从前在三班的时候并不怎么说喻佳,因为知道喻佳家里的背景,但面对盛延却没了顾忌,这只不过是师大附中那么多学生中,成绩最差最普通的一个。

"你以为自己有多了不起?你这个样子有前途吗?有未来吗?我要是你,我都没脸坐在这个教室里,考那么点分,丢人现眼,中午还好意思吃饭?"

王萍平时习惯了对差生挖苦和嘲讽。

讲台下安静到极点,所有人都深深埋着头。

喻佳嘴角紧绷,脸上如罩一层寒霜。

盛延上课没听讲,答不上来问题,错了就是错了,王萍前几句说也便说,后面的话却早已超出底线。不仅仅是老师,任何一个长辈,都不应该对一个少年这样侮辱。

王萍在讲台上噼里啪啦地说。

盛延倒没什么反应,突然,他身边的喻佳站起来。

椅子摩擦过地板,声音刺耳。

王萍看到盛延旁边的喻佳也站起身。喻佳她也熟,好不容易才从三班弄走的大熟人。

喻佳冷冷地看向王萍。

她看了盛延一眼:"走。"

王萍从来没有被学生这样当面挑衅过,怒道:"喻佳!你做什么?!"

喻佳回头:"你不是说上课不听讲,还坐在这个教室里干什么吗?我刚才也没听,所以跟他一起走。"

见倒数第一和倒数第二无视王萍走出教室,教室里顿时一阵骚动。

不少人见到这一幕,只感觉浑身上下仿佛充满了洪荒之力,无比想扔掉课本站起来,也冲王萍来上那么一句"我刚才没听,我也走。"

不过,剩下的人中到底没人敢这么做。

王萍冷眼扫向讲台下众人:"怎么,有人也想走吗?!"

"上课!"

喻佳和盛延走出教室,一直下了两层楼才停下,回头看向盛延。

他看起来似乎对于王萍的那些话并不感到难过,更不怎么愤怒,脸上甚至还带着若有似无的笑意,不知道现在还有什么事能让他笑出来。

见喻佳停下,他似乎很不解地问:"怎么不走了?"

喻佳没有说话,转身接着走,方向是学校超市。

大家都在上课,超市里除了上体育课的学生,基本没什么人,员工在货架前点货,喻佳跟盛延一人点了份关东煮。

两人在超市外面的桌椅上坐下。

喻佳用竹签戳了个丸子,一边嚼,一边对盛延说:"王萍说的那些话你别往心里去。"

盛延戳了块鱼排:"我没往心里去,差生不都这样嘛。"

喻佳看面前的少年悠闲地吃着关东煮,发现他的确没怎么往心里去。

她一时觉得有些恍惚,心情复杂。

她知道,王萍那些话不仅是对盛延说的,其实还是在对她说的。

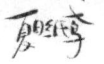

她虽然成绩不好,但家庭背景的原因,即便有人心里那么想,也没人会对她说那些话。可是盛延不同,没人会顾忌他家庭背景,他们想说就说,肆无忌惮。

他现在能这样,明显是已经听习惯这些话了。

喻佳凝视少年的脸,尽管之前说了好几次,她这次还是要说,并且说得比之前任何一次都认真。

"盛延。"喻佳叫他,样子很郑重,"不管怎么说,你以后要好好学习。"

不要让那些人再对你说那种话了。

盛延抬头,对着少女坚定的眼神,怔了怔。

他蓦地想起一个人。

这次,他也答得很认真:"好。"

盛延答应完,又试探着,一点一点,小心翼翼地冲对面的少女缓缓伸手。

喻佳看到盛延向她伸过来的手,倒也没动。

他说:"小鱼也要好好学习。"

喻佳一愣,带着那么点儿蔑视地说:"你比我低一百多分,你对我说让我好好学习?"

她嘴上虽然说着不屑的话,但还是伸出手和他击掌。

清脆一声,约定达成。

王萍下课后就把课上的事告诉了仲福林,把自己说过的话轻飘飘带过,主要说的是盛延上课不听讲,她说了两句,盛延就跟喻佳一起目中无人,无视她这个老师直接走了。

仲福林把喻佳和盛延叫到办公室。

王萍那边的意思,如果还想她到七班代课,喻佳和盛延就必须当面给她道歉。

仲福林倒是没有逼着喻佳和盛延道歉,他本来跟王萍的关系就不怎么样,又比较护犊子,加上下课后韩霜又在他面前转述了一份更详细的事情经过,包括王萍说盛延的那些话。

不过,当着老师的面明目张胆地逃课也是不行的。

最后的解决办法,是喻佳和盛延各写一份检查,只用交给仲福林,然后仲福林去年级里给七班联系一个新生物老师。

给仲福林写检讨，喻佳和盛延接受度良好。

两人领着各自的检讨任务回班，班里的人立马激动地围过来。

李元杰满脸崇拜："佳姐！太帅了！真的太帅了！"

蒋二炮激动得满脸通红："你们不知道，当时我们有多么想跟在你们后面一起走！"

杨小娟摇摇头："真不知道三班那些人每天是怎么忍受王萍的。"

曾笑笑附和："就是，真的太过分了。"

喻佳跟盛延对视一眼，打发完那些激动的同学。

下午放学，两人一起留下来写检讨。

喻佳面前放着一张信笺纸，她虽然浑，却没写过几次检讨，此时正一手撑着头，一手转笔，对这篇检讨毫无思绪。

她瞟了一眼旁边的盛延，这人在奋笔疾书，不知不觉已经写了小半篇。

不得不说，盛延虽然成绩不怎么样，但字写得还挺好看，笔锋凌厉，同时又很有筋骨。

盛延察觉到喻佳在看他，似乎知道她在想什么，转过头，说："写检讨挺简单的。要不要我帮你写？"

喻佳一愣："你帮我？"

他居然主动要帮她写检讨？

直觉告诉喻佳其中有猫腻，果然，紧接着，盛延从桌肚里抽出几张纸，递给喻佳。

喻佳看到上面全是化学基础知识点总结，还有几道例题，竟然都是手写的。

这个字迹，明显和盛延写检讨的字迹一模一样。

盛延说："我帮你写检讨，你看看这个吧。"

喻佳皱眉："这是你写的吧？这些你哪儿弄来的？"

盛延顿了一下："网上找的，我抄下来了。"

"你为什么不直接打印？要用手抄？"

盛延答得淡定："因为这样我自己能过一遍，就当学习了。"

喻佳看着手中的资料点点头，她觉得这个说法好像还挺有道理。

喻佳翻了翻手里的几页资料："我不是让你好好学习的吗，你让

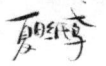

我看这些做什么?"

她把资料还给盛延,从他手中把写了一半的检讨拿过来:"你背吧,我给你写。"

盛延突然有些头疼,知道现在怎么说喻佳都不会相信他其实成绩还可以。

盛延只好说:"我背过了。"

"嗯?"

盛延解释:"昨天抄这些的时候,连夜背的。我不是答应你了吗,以后要好好学习。"

喻佳问道:"真的?"

她不怎么相信,于是对着资料提了几个问题,盛延竟然都答上来了,看来是真的背过。

盛延又说:"你不是我的竞争对手吗,我都背会了,超过你了。"

喻佳见盛延背得还挺熟,突然产生了点危机感。

虽然她跟盛延中间差了一百多分,听起来很悬殊,但这是总分,换算到每一科,只有不到二十分的差距。

盛延把手里这些都背会了,跟她的差距一下子拉近了,说不定都已经超过她了。

盛延重新把两张检讨纸拿回到他那边,然后把化学资料铺到喻佳面前:"都是基础,不难。"

喻佳看他这么淡定,很想拍桌子让他搞清楚"你跟我之间到底谁才是高一百多分的老人",但是大佬喻佳真的对着手抄重点背了起来。

盛延在写两个人的检讨,写到喻佳那份时专门模仿了她的笔迹。

听到身边的少女真的在正儿八经地小声背重点,嘴角浮上一抹不自知的笑。

等盛延把两篇检讨都写完,喻佳刚背完第一篇。

她记忆力不错,这样已经算快的了,但她刚刚抽查盛延,他明显已经把这些都背会了,而且很熟练。

喻佳突然怀疑盛延是不是背着她吃了什么记忆面包,或者是每天奶茶杯里装的不是奶茶,而是提神醒脑提高记忆力的东西。

盛延把给喻佳的检讨放到她桌上。

喻佳背完一篇,看向身边写检讨的人,开口:"盛延,你是不是有什么事瞒着我？"

盛延听后愣了一下。

他思忖着，既然她开始怀疑，也不想再瞒着她。

盛延正准备开口说实话，喻佳接着质问："你是不是在背着我喝提高记忆力的补品？"

盛延："……"

喻佳见盛延沉默，更觉得自己的怀疑是真的，鬼使神差地拿过盛延桌上喝了一半的奶茶，掀开盖子，看里面是不是真的藏着补品。

不是。

喻佳把奶茶放回到盛延桌上，为了掩饰尴尬，又说出一句她早就想跟盛延说的话："你能不能每天不要喝那么多糖水？"

"你这样下去会得糖尿病。"喻佳的奶奶就有糖尿病，她对这病了解得还挺详细，"糖尿病你听起来可能不可怕，觉得打胰岛素就行了，又不会死人，但是它的并发症你知道是什么吗？是周围神经病变，糖尿病足，冠心病，哦对了，男的还会阳痿。"

"可怕吧？"

盛延一时没说话。

喻佳不知道自己把他说动没有。

半响，对面的少年才缓缓开口，眼底有某种莫名的情绪流动，声音只有两个人能听见："你不让我喝，那我以后不喝就是了。"

喻佳听完，本想说句"那就好"，但她突然察觉，现在两个人之间的气氛似乎略微有些微妙。

不知是因为刚才她的话，还是因为盛延的话。

喻佳一时不知如何回答。

Chapter 06
保护我

第二天，盛延来上课的时候真的没有再拿奶茶，而是拎了一瓶农夫山泉。

他刻意把农夫山泉摆到桌子左上角，跟喻佳的课桌右上角的水杯并排。

喻佳看了一眼盛延的农夫山泉。

只不过盛延的确不怎么爱喝没味道的水，这瓶农夫山泉在他桌上从上午摆到下午上体育课，他也没喝掉几口。

体育老师照常叫了自由活动，班里人抱着篮球、足球、羽毛球、乒乓球一齐跑向场地。

李元杰在十几度的天气只穿了一件T恤，抱着篮球来找盛延："走，延哥，打球。"

盛延目光似乎在搜寻着什么："不打。我要学习。"

"什么？"李元杰以为自己听错了。

盛延找到喻佳的身影，又对李元杰说了一遍："我要学习。"

李元杰一脸惊悚，看到盛延绕过他，径直往一个方向走去。

盛延找到喻佳时，她正跟韩霜她们拿着拍子准备去打羽毛球。

他走过去，叫了声："喻佳。"

他冲旁边几个女生笑了笑，然后问喻佳："学习去吗？"

旁边几个女生的表情跟刚才的李元杰如出一辙。

喻佳也以为自己听岔了:"啊?"

盛延解释:"你不是说以后要好好学习吗?"

"老仲说,当别人在学习的时候你也学习是没用的,只有当别人在玩的时候你在学习,这才是你真正在进步的时候。"

喻佳低头看了眼手里的羽毛球拍。

刚决定了以后要好好学习,没想到才开始盛延就这么积极。

喻佳本想说体育课可以适当放松一下,然后又想到这是盛延第一次主动要求学习,不应该打击他的积极性。

喻佳思虑一番:"行吧。"她把手中的球拍还给杨小娟,"你们去打吧,我不去了。"

盛延和喻佳一起并排往教室走。

杨小娟望着两人一起离开的背影,一时有些恍惚:"他们都去学习了啊。"

杨小娟突然小心翼翼地问大家:"我们要不要也去?"

她似乎被盛延刚才的话说动了,你在这里玩,你的同学却在教室里学习,这就是你们之间的差距。

"你有毒吧?"曾笑笑揽住杨小娟的脖子,"你还怕'垫底搭档'学一节体育课就超过你?"

班里的人几乎都感受到了喻佳和盛延关系微妙而特殊,由于两个人位列倒数第一、第二在班里垫底,不知道是谁给两人起了个"垫底搭档"的称呼,然后班里人就在私底下叫开了。

曾笑笑明显已经看穿一切:"两个考30分的选手加在一起难道就能考60分了吗,考破天不都还是只有30分?"

众人:"……"

好像也是。

于是纷纷继续去打球。

喻佳跟盛延一起回到教室。

喻佳还在背昨天的化学知识点,盛延在做题。

他一边咬笔头,一边翻书,半天只做了两道题,甚至有一道还是问的喻佳。

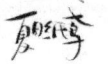

喻佳刚好背到那个知识点,像模像样地来了句"你怎么连这么简单的题都不会",顺利地给他解答。

体育老师说过今天下课不用集合,名列倒数第一和倒数第二的两个人在教室里学习。

两人刚安静地学了一会儿,突然,"砰"的一声,教室后门被推开。

紧接着人声脚步声嘈杂,李元杰冲在前面,手里抱着球,气得脸通红:"太过分了!那些人太过分了!"

袁自强愤怒地附和:"那群人简直不要脸。"

喻佳转过身,看到进来的是几个男生,个个都义愤填膺的。

体育课还没结束,他们此时不应该在篮球场打球吗?

盛延也放下笔,正准备问问怎么回事,那边蒋二炮突然发现盛延也在教室里,立马就跟见着救世主一样冲过来:"延哥!"

盛延推开快要扑到他怀里的蒋二炮:"有事说事。"

众人刚刚只顾着愤怒,这才发现盛延也在教室里,于是纷纷围过来。

李元杰在一群人之中大声说:"延哥,这事你要给我们做主啊!"

原来体育课上的不止七班,三班也在,大家上体育课时基本都是自由活动,球类运动需要场地,所以就有了场地之争。

师大附中操场上篮球场倒是多,但是室内运动馆只在体育课开放,里面有一个最好的室内篮球场,一切设施按照专业标准购买,平常学校之间重要联赛都在那里举行。

室内篮球场平常想占的人多,今天体育课开始之前,七班一伙人就跑去抢场地,放了篮球还有衣服在那里,表明这个场地已经有人占了。

结果体育课一解散,发现他们占的球场已经有人在打球了。

三班的人比他们先解散几分钟,直接过来占了场地,把衣服和球像垃圾一样踢了出去。

青春期的男孩子都不是忍气吞声的性格,双方立马吵了起来。

三班几个男生人又高又壮,为首的叫谢俊杰。谢俊杰也是师大附中出了名的人物,同样不怎么学习,违纪不断。如果说喻佳家是临阳首富,那他家应该是仅次于喻佳的临阳第二。

这也是谢俊杰能够一直待在三班,待在王萍手底下的原因。

这场争执中,李元杰他们明显落下风,不仅被三班那群人抢了场地一通嘲讽,甚至还被迫答应一个不平等的赌约——下午放学后体育场约战篮球,输了的要对赢了的九十度鞠躬叫老大。

之所以不平等,是李元杰他们的篮球水平摆在那里,不仅打球打不赢三班那群人,甚至连平均身高都差一大截。

教室里,盛延靠着椅背,悠闲地听完李元杰对于事情经过的哭诉,点点头:"这样啊。"

李元杰一把鼻涕一把泪:"经过就是这样。"

盛延把自己被压住的笔从李元杰的胳膊下抽出来:"那祝你们下午对战成功,加油。"

李元杰:"……"

蒋二炮悲愤地一把抓住盛延的手:"延哥,你不能不管我们啊,延哥!"

李元杰他们这群人虽然经常打篮球,但却是典型的"又菜瘾又大",七班所有男生中篮球技术拿得出手的没几个,唯一一个鹤立鸡群的就是这学期转来的盛延。

盛延一身鸡皮疙瘩地把自己的手从蒋二炮手中抽出来:"你们是要我去?听你们说,对方技术还可以啊,似乎还有两个校队的?"

"嗯!"众人含泪点头。

对手这么厉害,你不去谁去?

盛延淡淡地说:"那我是乔丹也做不到一个人对战对面一队人吧?难不成输了跟你们一起九十度鞠躬叫老大?"

众人:"……"

李元杰见盛延不肯帮忙,只差没有跪下来抱大腿:"延哥,我们只有你了啊,延哥。"

他号了半天都没号出眼泪:"你不是一个人,我们全都给你打辅助。如果你都不帮忙,我们真的一点希望都没有,放学就要给他们鞠躬喊老大了。"

喻佳在旁边看着这生动精彩的一幕,然后饶有兴趣地等着看盛延要怎么回答。

盛延死活都不能把李元杰扒拉下去,然后看向身边此刻正一脸看好戏的喻佳。

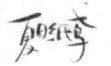

　　李元杰终于意识到喻佳还在这里，他灵机一动，不再去求盛延，转过去求喻佳。

　　"喻佳，你也帮我们劝劝延哥，让他跟我们去吧。"

　　大家注意力突然转到了喻佳身上。

　　紧接着，刚才还声泪俱下劝着盛延的几人，又纷纷向喻佳投去求助目光。

　　喻佳这人吃软不吃硬，更见不得别人对她哭，面对这些人的哀求，突然有些招架不住。

　　还没等喻佳开口，盛延就说："去就去。"

　　教室里顿时一阵欢呼。

　　盛延又说："但是先说好，我是去帮忙的，到时候输了要鞠躬要喊老大，你们别拉上我。"

　　"谢谢延哥！有你我们一定会赢！"蒋二炮这次真的趁机扑到了盛延怀里，感受少年清瘦有力的胸膛，心已经放下了一半，浑身安全感爆棚。

　　"别挨老子！"盛延手忙脚乱地把蒋二炮推走。

　　喻佳"扑哧"一笑。

　　很快，七班人都知道了他们班几个男生和三班的男生打了个赌约：放学后在篮球场打比赛，输了的九十度鞠躬叫老大。

　　盛延会代表七班出战。

　　在这种热血沸腾、集体荣誉感爆棚的时刻，班里一大半的人都表示下午放学后要去看。

　　最后一节课的时候，大家的心更是早早就飞到了操场，恨不得现在下课。

　　盛延也不知道自己怎么就答应了这场听起来很愚蠢的比赛，上课的时候心思越跑越远，最后终于收回来，敲了敲喻佳的课桌。

　　"下午你要去吧？"他指的是那场篮球赛。

　　喻佳斜他一眼，嘴角噙着笑："我去做什么？"

　　盛延一脸震惊："你不去？！"

　　"你居然要背着我偷偷学习，这怎么行！你不去那我也不去了。"

　　喻佳哭笑不得，说："行行行，我去，你好好打吧。"

　　盛延："这还差不多。"

上最后一节课的老李不知道这个班今天是怎么了，上课的时候就感觉这些人心都飞到天边，明显坐不住。等他拖了十分钟的堂，说出一句"今天就讲到这里"的时候，教室里所有人比上体育课还快，一涌而出。

一下课盛延就被几个男生火急火燎拖去换衣服，喻佳倒不忙，跟韩霜一起慢悠悠地往体育场走。

也不知道是谁传出去的风声，除了三班和七班的人，其他班很多不着急回家的人也兴冲冲地往篮球场走。

盛延换了球衣，因为天气冷，还特意把校服外套穿在外面，被身后热血沸腾的穿短袖的李元杰推着。

一群人簇拥着他，开始往球场走。

"延哥，待会儿别对他们那帮人客气。"

"延哥，待会儿我接到球就传你。"

"延哥，安心，待会儿我一定好好发挥。"

其余几个人都只穿着球衣，激动之中似乎都感觉不到冷，一边给盛延鼓气，一边抱大腿，明里暗里表示他是七班的希望。

盛延在想自己是作了什么孽，碰到这一帮同学。李元杰这群人的技术是个什么水平他非常了解。

他待会儿要不要放个水早点输了算了？

一个王者带四个青铜对战五个王者，他今天累死在场上怕是都带不动。

一行人正往球场上走着，前面经过几个其他班的女生，貌似也听到消息，专门来球场看戏。

女生们没发现今天比赛的其中一方就在身后，叽叽喳喳地聊着天。

"七班那个水平，年年篮球比赛初赛就淘汰，怎么敢跟三班比啊？"

"这次七班不是转来了个盛延，听说他打球还不错，说不定能行呢。"

"盛延，就是那个全校倒数第一，师大附中'风采之星'，据小道消息称十七岁还在用电话手表的盛延吗？"

后面盛延本人："……"

最近不知为什么,他当初为了拒绝那几个女生用的理由——十七岁还在用电话手表的事情被传出去了,导致他每次走在路上、食堂、超市,总感觉有人在偷偷往他手腕上瞧。

女生们议论完了七班,又开始说起今天出战的三班。

三班有两个篮球校队的,剩下的也个个都是好手,带队的则是谢俊杰。

"谢俊杰啊。"一个女生听到这个名字似乎很熟悉,"咱们学校除了喻佳,也就是他了吧。"

"什么意思?"另一个女生立马嗅到八卦的气息抢着问。

"你不知道吗?"刚才那个女生似乎很惊讶,"谢俊杰家里好像也是做生意的,很有钱,跟喻佳家里貌似是竞争关系。"

篮球场,今天三班、七班约战的场地边已经围站了不少人,三班人都站在场地左边,七班人则自动汇聚到场地右边,剩下看热闹的人则两边乱窜。

不过相比于几乎大半个班级都出动的七班,三班来的人明显少些,像白思静、林文帆都没到场。

喻佳跟韩霜,还有曾笑笑,找了个靠边的位置站着,听见场上不少人在互相科普两个班这次谁输了谁就要九十度鞠躬叫对方老大的赌约。

正热闹的时候,三班参与赌约的人先来了。

场上逐渐安静下来,目光纷纷汇聚到入场的几人身上。

五个人,统一的黑色球衣,两个个子最高的是校队的,谢俊杰走在最前面,气场强大,站定后围在一起,似乎在说什么,然后看向七班空着的位置。

谢俊杰在对面七班人中扫视了一圈,刚好看到站在七班人群里的喻佳。

谢俊杰目光停留。

两人视线相接。

喻佳倒也不惧,手揣在校服衣兜里,就站在那儿,淡定地跟谢俊杰对视一眼。

曾笑笑不知道从哪里冒出来,扯了扯喻佳,悄悄地指着三班参赛的五人中自动为中心的那个人："喻佳,那个就是谢俊杰吗？"

喻佳把目光移开,对着曾笑笑"嗯"了声。

曾笑笑"哇哦"了一声。

喻佳扯了下嘴角。

谢俊杰其实人长得不错,高中跟喻佳分在一个班,两个人普普通通的同学关系,只是有一阵,喻佳突然发现谢俊杰似乎很喜欢针对她,暗地里给她使绊子。

喻佳一开始还不知道为什么,她跟谢俊杰明明话都没说过几句,后来才发现是因为她家里的生意跟谢俊杰家有冲突,老喻抢了谢家的一个单子。

喻佳对于谢俊杰的针对很是无语。

大人们生意上的事情,她向来不过问,没想到有人会扯到学校里来。但谢俊杰到底不敢直接明着跟喻佳不对付,两人也算井水不犯河水。

事情过了也就过了,而今天喻佳和谢俊杰对视的那一眼,感受到谢俊杰的目光,喻佳觉得老喻估计又在生意上跟谢家产生竞争了。

三班在那边商量战术的时候,七班今天应战的男生们终于出现。

比起刚才三班人进场时的严阵以待,七班这边气场明显放松一截,尤其是当众人看到那个懒懒散散地走在最后,身上还穿着校服外套,手揣兜,貌似比谁都怕冷的人时。

围观群众看得心情复杂。

也就十几度的天,街上都还有女生穿短裙,青春期男生明明是这个世界上最不怕冷的生物,尤其是现在这种双方剑拔弩张的时刻,大家都一身球衣就上了,只有这个人还穿一身校服外套,站在里面异常显眼。

盛延先是在场边找到喻佳的身影,然后手肘撑靠在李元杰的肩膀上,望着对面三班正商量战术的男生。

"哪个是谢俊杰？"他问。

李元杰回道："就是最中间那个,11号,你看明显领头的那个。"

盛延"嗯"了一声,然后对着中间那个11号眯了眯眼。

盛延看完后吐出一句："看起来不怎么样嘛。"

李元杰以为盛延在评价谢俊杰的球技,立马附和："就是,看起

来好看,其实技术很烂,怎么能跟你比?"

双方人都来齐,当裁判的是一个从别班拉来的男生,宣布了今天的比赛规则。

"友谊"赛,只打两场,每场十分钟,比赛马上开始。

双方都开始热身,盛延也终于舍得拉开拉链,脱下一直穿在身上的校服外套。

少年皮肤白,里面是一件红色球衣,红色球衣衬得人格外干净有朝气。

然后他拿着自己刚脱下来的外套,穿过人群,走到喻佳面前。

盛延把自己的外套递过去:"帮忙拿一下呗。"

喻佳看一眼盛延递过来的外套,又看了看那些正在往他们这个方向瞧的人,说:"你不怕我用来垫屁股?"

盛延无所谓地说:"想垫就垫。"

"行吧。"喻佳也没再说,伸手把那件还带着少年体温的外套接过来,挂在手臂上。

那边蒋二炮正想叫住盛延,说那边有可以挂衣服的椅子,就看到盛延已经把脱下来的衣服递给了喻佳。

虽然是非官方非正规比赛,但是流程还挺像模像样,场上裁判开始吹哨,双方入场。

跳球的是袁自强和三班一个校队的男生,男生的个子比袁自强高半个头。

第一颗球擦着袁自强的指尖被三班男生抢到,几次配合熟练的传递之后球落到谢俊杰手中,他打前锋位置,一拿到球迅速带球过人,黑色的身影在众人眼前疾闪而过。开场不过十几秒,"哐当"一声,篮圈微微晃动,谢俊杰投进第一个球。

场边女生一阵兴奋尖叫。

即便知道七班和三班不在同一水平线,但谁也没有想到第一个球来得这么快,像一针加大药量的强心剂。

曾笑笑表情失望,似乎已经看到了他们班几个人鞠躬叫老大的场景,叹了口气:"叫就叫吧,让他们经历一下现实的毒打也好,免得以后再出去乱跟别人打什么赌。"

喻佳"嗯"了一声,算是应答曾笑笑,眼睛继续盯着球场。

李元杰好不容易拿到球,一回身,眼前已经被三班两个人高马大的校队选手锁死。他心里低咒几句,一副要与面前的校队选手同归于尽的架势。场外观众正呼喊着这画面实在太虐,结果李元杰手里的球突然出乎意料换了个方向,没有再向前传,而是直接抛给身后三分线外的盛延。

瞬息的时刻,少年稳稳接住球,抬臂双脚起跳,身体微微向后,空气中划过一道完美的抛物线,篮球精准入圈,砸在地上发出沉闷的声响。

盛延的位置是后卫,得分后卫,用通俗的话讲,就是可以在任何一个位置任何一个角度,投篮进圈。

所有人似乎都还没有反应过来,比分已经变成2比3。

七班是"3"。

"啊啊啊!"

一阵尖叫。

七班女生似乎终于反应过来发生了什么,敲着矿泉水瓶雀跃地尖叫,就连平常板正的韩霜都冲场上喊了声:"加油!"

就好像刚才三班谢俊杰那个极速的两分一样,七班这个紧接着的三分,也来得让人措手不及。

谢俊杰跟几个队友再次交换眼神,脸上的笑淡下来,这才把注意力放到那个他们谁也没在意,以为只不过是多了一个人鞠躬叫老大,高二还在戴电话手表的人身上。

然而,在接下来的比赛中,盛延极尽炫技之能,红色的身影在场上跑动,数次骗过对方跃起的防守,一个接一个的球稳稳砸进篮圈。原本以为会滑跪认输的七班竟然在一棵独苗带领四个人默契配合之下,奇迹般地咬住比分,上半场过后,16比15。

一开始那些还在为谢俊杰尖叫的过来看热闹的女生都突然换了个方向,盛延每进一个球,下面就一阵尖叫。

暂停期间,少年撩起球衣下摆擦汗的时候,微露的结实腹肌更是让人看得激动到兴奋乱叫。

虽然笨到考年级倒数第一,十七岁还在用电话手表,可是就跟大

家当初疯狂地在"风采之星"评选中给他投票的时候一样,因为帅!实在是太帅!

中场休息,七班这边在喝水商量战术。

经过刚才的一场,大家明显精神大振,同时知道下半场绝对不会轻松。

如果不出意外,三班那两个校队的男生下半场会专防盛延,同时谢俊杰的进攻不容小觑,这对剩下的每一个人来说都是一场鏖战,从前学校组织正式比赛的时候,他们都没有这么紧张。

蒋二炮说:"加油!"

李元杰跟着打气:"我们要当老大!"

盛延坐在场边休息,看向乖巧地拿着他衣服的小鱼,突然发现让那个姓谢的叫一声老大的感觉听起来似乎真的很不错。

那边,曾笑笑买了瓶水过来,拉了拉喻佳:"喻佳,可以陪我去送水吗?"

不过,她似乎只是象征性地问了一下,喻佳还没回答就被拉着往七班球队的方向走。

曾笑笑到了后先是冲盛延打个招呼笑了一下,然后直接把手里的水扔给盛延身旁累得满头是汗的袁自强:"接着。"

袁自强接到水,脸一红,不知道自己刚才在球场上表现得帅不帅。

喻佳正看着这两人,胳膊上盛延的衣服突然被扯了扯,见扯衣服的就是盛延本人。

他坐在旁边,手里拎着半瓶水,头发微微汗湿。

盛延刚才拒绝了几个女生送过来的水,现在又看到喻佳来陪曾笑笑送水,于是问:"我有吗?"

喻佳看了一眼盛延手里的半瓶水,问道:"你现在手上拿着的是什么?"

盛延于是晃了晃手里的半瓶水:"那能一样吗?"

"怎么不一样?"

对面,三班的人气氛压抑,原以为一场轻松完虐的比赛,结果谁也没想到会突然冒出个盛延把比分咬得这么死,一群人商量完后,谢俊杰抬头,阴沉地看向七班的方向。

他看到喻佳站在那个姓盛的旁边,怀里抱着盛延的衣服,盛延抬头，两人在说些什么。

谢俊杰摔了手里的半瓶水。

谢俊杰身边的男生也看到了，说了句："傍大款吗？"

谢俊杰站起身，收回落在喻佳身上的目光："呵。"

中场休息结束，下半场开始。

下半场打得比上半场更为刺激。

三班水平依旧，七班则被点燃了斗志，盛延这场果然被对方校队的两人死死盯住，三分球少了。然而袁自强不知道是不是刚才被曾笑笑送的水振奋到了，跟李元杰两人破天荒地配合连进两个球。

到最后还剩三分钟的时候，七班奇迹般地反超一分。

一个非官方比赛，场边观众的尖叫声却可以震破耳膜。

反超的时候，曾笑笑甚至以为在做梦，抓着喻佳的胳膊："我的天！三班难道真的要叫我们班老大？"

喻佳看着盛延，他这场明显比上半场紧绷。

离比赛结束时间越来越近，七班依旧领先一分。

李元杰浑身热血沸腾，他在谢俊杰眼皮子底下进了球，这辈子都没这么逆袭过，正雄心勃勃地期待胜利，突然，脚被人绊了一下。

李元杰一个趔趄，然后球已经到了三班人手上。

裁判似乎没看到，没吹口哨。

李元杰以为这可能是意外，紧接着又全身心投入防守，结果在接下来的时间，三班人打手、推人小动作不断。

被叫来当裁判的那个男生视而不见。

场边观众似乎没看出什么蹊跷，一是因为三班人做得隐蔽，二是大多数观众是女生，看篮球赛就是为了看个进球的气氛感，除非一方把另一方踩到地上捶，一般的小动作在她们眼里就是"啊，原来这是犯规吗"。

喻佳倒是看出了点眉目，皱着眉。

裁判依旧不吹哨，等到终于吹了的时候，是李元杰刚抢到球，他面前防守的三班男生碰了他一下，然后突然飞了出去。

李元杰还没反应过来，裁判的哨子响了，推人犯规，三班得到两个罚球。

现在七班只比三班多一分,三班两个罚球如果都进了的话,分数就能直接反超。

李元杰对这个裁判早就有意见,一听到罚球立马不干了,把手里的球砸到地上:"我根本都没有碰到他!他自己摔的!"

七班其余人刚才也察觉到了那些小动作,此时再也忍不住,纷纷上去跟裁判理论。

刚才摔在地上的男生由他一个同伴拉起来,路过正和裁判理论的七班众人,火上浇油地添了句:"输不起就不要比。"

"你再说一遍!"李元杰像只被点燃的炸药桶一样扑了过去。

其余人本来想去拉架,两个班的男生围成一团,只不过拉着拉着,越拉越火大,从拉架变成互相推搡,最后直接滚成一团动起了手。

人多场面又激烈,两个班本来不参赛的男生甚至也撸起袖子加入进去。

女生吓得尖叫声一片,刚才还拼命往中间围,恨不得全都站场上去看的小姑娘们,现在纷纷四处逃窜,似乎生怕被误伤。

喻佳也没想到一个篮球比赛最后会发展成这样,看着球场上滚在一起的一团人,下意识地找盛延在哪里。

她上次在烧烤店外见识到盛延跟那几个男的动手,虽然知道他不会吃亏,但是在学校里动手,影响绝对不好。

以盛延的战斗力,他应该跟打球一样,现在也是这场架的主力队员。她皱着眉,手里还抱着盛延的外套,先在群架中心圈层搜寻一圈,结果没找到。

喻佳只好又从里搜索到外,搜到外圈层,终于找到盛延人在哪里。

然后脸黑了。

风暴中心的李元杰率领众人正打得激情四射,蒋二炮凭体重优势跟三班校队的男生"日式相扑 battle"。每个人都打得热火朝天,只有盛延,跟在后面划水。

有人来了他就敷衍地"招呼"一下,没人就跟着"走位"糊弄。

喻佳第一次看到打群架还能划水的,纯属凑个人头,气氛组担当,一时不知道该如何评价。

她摇摇头,突然看到几个女生已经跑去找老师。

现在虽然已经放学,但学校里还是会有老师和领导值班,今天也不知道是谁值班。

她身旁的七班班长韩霜同样一筹莫展，不知道怎样才能让这群上了头的人停下来。

喻佳刚找到了在外圈层划水的盛延，这时，胳膊腿乱飞的群架中心，不知从哪儿飞出一个瓶子，在空气中高速打着转，飞快地朝她的方向砸过来。

喻佳扭头，还没反应过来，"砰"的一声，那瓶还没开封的水径直砸到她额头。

"啊！"喻佳立马捂住头，蹲下身。

曾笑笑和韩霜也被这突然飞过来的一瓶水吓了一大跳，反应过来后赶紧围到喻佳身边。

李元杰此时挂着彩和刚才那个假摔的男生滚在地上对捶，突然，感受到一个人影冲进群架中心。

他抬头，看到刚才不知跑到哪儿去了的盛延，此时正揪住谢俊杰的衣领，浑身散发着骇人的戾气。

李元杰从没见过这个样子的盛延。

从盛延转学过来到现在，他给七班所有人的印象都很不错，球打得好，长得帅，却没有那些自持长得帅的人的油腻，每天乐呵呵地抱着杯奶茶踩点来上课，考倒数第一也不见他怎么难过，倡导的一直是爱与和平。蒋二炮往他身上蹭他也只是嫌弃地扒拉开，直到现在，班里人都没有见过他动手。

仿佛这人天生一张笑脸，从来都不会跟别人闹矛盾动手一样。

然而原先这一切的以为似乎都要在现在被推翻。

李元杰看到此刻正把谢俊杰按在地上的盛延张了张嘴，少年身上的气场太可怕，李元杰看得一时连架也忘了打。

谢俊杰此时被盛延打得毫无还手之力，三班那些人甚至都不敢上去帮忙。

由于盛延突然向谢俊杰出手，原本胳膊腿乱飞的"角斗中心"一瞬间停滞，接下来，不知谁趁乱喊了句"老师来了"。

一听到"老师来了"，所有人才忽然反应过来什么，立马停手起身，然后果然看到罗才和一个值周老师气喘吁吁地从操场跑过来。

盛延被七班的两个男生拉开，算是放过谢俊杰，然后赶紧过去看喻佳。

喻佳被韩霜她们围着坐在球场边上,疼得吸气,正用手揉刚才被砸到的地方。

女生们机灵地让出位置,盛延蹲在喻佳面前。

他缓下来,身上已经没有刚才打谢俊杰时的戾气,紧张地询问:"怎么样了?"

"我看看?"他试着拿开喻佳捂在额头上的手。

她额头上一片红,刚才被砸到的地方隐隐有要肿起来的趋势。

喻佳忍痛说了句:"没事。"

盛延看了眼喻佳身边的韩霜和曾笑笑,嘱咐:"快去医务室,用冰块冰敷,否则肯定会肿。"

曾笑笑见到盛延仿佛换了个人的模样,一时恍惚。

倒是韩霜先反应过来:"好。"

喻佳跟两个人一起去了医务室。

罗才看到这一地大战过后的狼藉,气得上头:"你们这些人在给我搞什么?!"

"不准跑!全都给我站好!"

"哪个班的,报上名来!"

盛延望着喻佳离开的背影,然后起身站到七班的肇事人群里去。

他不想动手,所以当李元杰他们打架的时候,他只跟在里面划水凑个人头,只是划着划着,突然看到谢俊杰趁乱从地上捡起一个水瓶,他以为谢俊杰准备用水瓶抡人,却没想到谢俊杰在混乱中直接把那水瓶向场外掷了过去。

目标是喻佳。

听到装满水的水瓶砸到喻佳额头,"砰"的一声闷响之后,盛延反应过来的下一秒,已经揪着谢俊杰的衣领把他按倒在地。

罗才怒气冲冲地看着这一群穿着单薄球服,光明正大地在学校里打群架的中二少年:"全都跟我到教导处办公室去!"

仲福林和王萍接到电话,纷纷往学校赶。

教导处办公室,罗才刚听完李元杰陈述的事情起因、经过、结果。

李元杰还是很不服气:"主任,是他们班体育课的时候先抢我们班的场地,打球的时候也是他们班犯规!"

三班一个男生也不认输:"凭什么你们放了两件衣服在那里,球场就是你们的?"

罗才不耐烦:"行了行了。"

他明显对这群热血男高中生之间鸡毛蒜皮的恩恩怨怨没有什么兴趣,他的关注点是这群人居然在学校里打群架,简直不把校纪校规放在眼里。

"你们这群人今天造成的影响极其恶劣,每人一份三千字检讨,周一的时候当着全校的面念,另外,各罚半个月的学校公共卫生义务劳动。"

除了每个班各自的教室,师大附中校园平常都是清洁工在打扫,只是当有学生犯了事的时候,学校就会罚义务劳动,去打扫学校的公共卫生区。

所有人听到罗才的处罚内容,一声不吭。

王萍和仲福林前后脚赶到教导处办公室,看到办公室里一脸挂彩的自己班上的学生,脸色都不好看。

罗才宣布完处罚,对着两个班主任说:"自己领回班上教育。"

罗才背着手先走出办公室,准备再去宿舍巡查一圈,仲福林和王萍各自领着各自班上的人从办公室出来。

仲福林面对眼前班上几个令他头大的男生,还没开口,不远处王萍劈头盖脸的声音就传过来。

"不想念书就给我从三班滚!"

王萍气得眉毛几乎都竖起来,她平常就看班里这几个"吊车尾"的男生不顺眼,没想到今天又给她捅了这么大的娄子,在学校里搞什么篮球比赛还打群架。

谢俊杰倒是傲气,直接走了。王萍看了他一眼没说话,然后冲剩下的几个男生愤怒地发着脾气,言语间都是她想把这些人从三班踢出去,又希望他们识趣,自己主动提出。

两个校队的男生身高超过一米九,是靠体育特长进师大附中的,此时愣是在王萍面前低着头,被训得一声不吭。

他们曾在学校的篮球比赛中带着三班的队伍打进决赛,然而班主任从开始就不接纳你,大部分同学排斥你,纷纷想把你从这个集体赶走,没有比这更悲哀的事情。

仲福林看了一眼那边王萍和她面前几个人高马大的男生,然后再转向李元杰他们。

李元杰抢先一步辩驳:"仲老师,是三班那些人先抢我们场地,比赛时先犯规的!"

仲福林听后点了点头,还是平常那副笑脸样。

众人见仲福林似乎不怎么生气,以为他会跟从前一样大事化小小事化了,正准备放下心的时候,仲福林突然换了一副脸色,怒斥道:"那是不是你们先动的手?"

刚才还在辩驳的李元杰直接吓得一蹦。

所有人都被仲福林突然的厉声呵斥吓住了,看到他脸上是从来没有过的严肃。

仲福林个子矮,又微胖,平常都是一副笑脸,以至于真的发脾气的时候,样子十分可怕。

面对这样的仲福林,没人敢吭声了。

因为的确是他们先动的手。

仲福林对着面前几个让人不省心的学生,又拉着脸问:"罗主任怎么跟你们说的?"

蒋二炮垮着脸答:"三千字检讨,下周去旗台上念,还有打扫半个月学校公共卫生。"

"才这样,没给你们几个记个过我都觉得轻了。"仲福林看了眼表,"现在六点四十分。去操场跑二十圈,什么时候跑完什么时候回家,跑不完回不了家就让你们家长过来跟我谈。我看你们一个个跑完还有没有精力去打架。"

听到"二十圈",一群人正想仰头哀号,然而对上仲福林罕见的严肃的脸,只好排着队,耷拉着头,挨个去操场跑步。

天已经黑得差不多,操场上开着灯,跑道上稀稀拉拉有几个晚上来跑步锻炼的同学,还有七班那群今天下午篮球比赛中热血群架,此时正在受罚排着队浩浩荡荡地闷头跑步的男生。

盛延最先跑完二十圈停下来,少年饶是身体素质再好也出了一身汗,不停喘息。

袁自强经过,看盛延已经停下来,喘得像条狗一样问道:"延哥,你跑完了？"

盛延捞起自己挂在单杠上的外套："对啊。你们继续，加油。"

袁自强哀号一声，想到自己还有六圈，只好咬紧牙关——不管怎么样，起码要比前面两百斤的蒋二炮先跑完。

蒋二炮看到原本垫底的袁自强突然发力超越自己，也不甘示弱，两人莫名你追我赶地较起了劲。

盛延往宿舍的方向走，准备先回去洗个澡，然后看到操场门口，一个身影正斜斜地靠着背后操场的铁网。

尽管灯光不怎么亮，但盛延还是一眼就把人认出来了。

小鱼。

喻佳一直在等盛延跑完二十圈，看到他走过来，才直起身。

盛延没想到喻佳这么晚了还在学校，正想问她怎么不回家，她突然扔了个东西过来。

盛延忙接住喻佳扔过来的东西。

一瓶水。

学校超市里最贵的矿泉水。

盛延对着手里的水，突然想起今天下午打球的时候，他问喻佳有没有给他的水。

喻佳见盛延对着水愣神，说了声："谢了。"

盛延这才回过神来，忙走到她面前去检查："头怎么样了？"

喻佳回道："没什么事。"她去医务室冰敷了一下，虽然肿了，但医生说过两天就好了。

盛延借着体育场昏黄的光，看到少女原本光洁白皙的额头一片红肿。

他低咒一声，后悔自己今天下手太轻。

喻佳想起今天下午盛延突然暴揍谢俊杰的模样，问："那瓶水是不是谢俊杰扔的？"

盛延"嗯"了一声。

喻佳显然也猜到了，点点头。

谢俊杰以前不敢明着对她做什么，今天估计是趁着乱，又看她一动不动地站在那里，就动了心思。

她微微叹了口气，说："盛延，你有没有想过你今天这么打了谢俊杰,你以后该怎么办?"

"我?"

"你不怕他报复你吗?"

谢俊杰以前不敢明着对喻佳动手,但不代表不敢对贫穷还成绩垫底的平凡男高中生盛延动手,今天他被盛延当着所有人的面暴打,凭他那个睚眦必报的性格,绝对会狠狠给盛延记上一笔。

喻佳面对眼前的少年:"你不可以这么冲动,你不是我,你在师大附中不能横着走,你犯了事也没人会保你。"

盛延没说话。

他的确是冲动了,当看到谢俊杰竟然趁乱对喻佳动手时,他脑子里一片空白,他也不知道这是怎么回事。

喻佳无奈地摇摇头:"所以下次再碰到这种事呢,你只需要把他控制住,然后让我去打回来,好吗?"

刚才沉默的少年听后莫名笑了一声:"好。"

他被喻佳这么一说,似乎才终于重视起自己打了谢俊杰这件事:"谢俊杰后台那么硬,如果他真的报复我,我该怎么办?"

喻佳正想说"你现在终于知道冲动的后果了",盛延认真地注视她的眼睛,先开口问:"那你会不会保护我?"

喻佳对着眼前少年干净的脸,有一瞬间的恍然。他表情里甚至还夹着点天真,仿佛跟今天下午那个对谢俊杰下死手的不是同一个人。

她又想起从前他在她手下一边躲,一边叫"轻点"的样子,还真是反差巨大。

最后喻佳也认真地注视着他的眼睛,挑了挑眉,笑意悠悠地说:"凭一己之力撂翻六个社会青年的人,还需要我一个弱女子保护?"

周一,上周打架的几个人在旗台上做完检讨下来。

蒋二炮一边走,一边抱怨:"不公平,为什么做个检讨盛延的掌声都比我们多?"

李元杰倒是看得很开,胳膊搭上蒋二炮的肩膀,说:"看脸。"

蒋二炮:"……"

盛延站回班级队列,照样站在喻佳旁边,小声问了句:"怎么样,我刚才讲的?"

喻佳脸黑了黑，不想回答这个问题。

她读书这么多年来第一次看到有人把上台做检讨做成国旗下的演讲，声情并茂又"红"又"专"，跟他第一次上去讲《拒绝早恋，从我做起》时一模一样。

由于第一个做检讨的盛延太过出彩，甚至还把勇于认错氛围带动起来了，毕竟台上大部分人都是长这么大第一次当着这么多人的面公开讲话，心里莫名还挺激动，一个个都开始模仿盛延的积极检讨风格，不仅比谁的声音响亮、比谁的情绪饱满，还要比谁的认错态度积极，激情澎湃、气氛高昂，以至于不知道的还以为师大附中在开什么表彰大会，一点做检讨时那种压抑、羞愧、无地自容的氛围都没有。

导致老师最后把这群上台做检讨也开始内卷的人轰下旗台。

把一群精力旺盛的浑小子轰下台之后，老师才开始宣布师大附中一年一度的秋季运动会要来了，在这个秋高气爽的季节里，希望各班赛出风格，赛出水平。

一听到运动会，操场上的学生明显都暗自兴奋起来。这倒不是因为师大附中的运动会多么有意思，主要是运动会那两天不用上课。对于大部分学生来说，只要是不上课的事情，基本上都可以归类为令人开心的事。

盛延听到开运动会，又往喻佳那边偏了偏，问道："你以前参加过运动会吗？挺好玩的。"

喻佳这次终于忍不住转过头，回他个"你认真的吗"的表情。这年代的学生，只要接受过九年义务教育，还有没参加过运动会的？

现在幼儿园都搞亲子运动会了。

盛延对着喻佳好不容易转向他的脸，看到她额头上受伤的痕迹已经完全消失了，小脸重新恢复白净光洁，笑了笑。

仲福林在班会上也强调了运动会的事情，提醒上星期那几个精力过剩跑去打架的男生，要把精力用到该用的地方去，积极报名，为班级争光。

上午过后，七班体育委员去年级上开了个会，然后就拿着报名表回来吆喝大家快到他那里报名参赛项目。

七班成绩不行，从前学校组织的篮球比赛也总是初赛时就被刷下来，但是对于体育的热情倒不小，不一会儿体育委员旁边就围了一圈人。

盛延出去了一趟回来，本来想喝口水，然后发现桌上那瓶农夫山泉已经见了底。

他最近似乎真的开始戒奶茶了，桌上从前摆奶茶的位置现在摆的是农夫山泉。可惜他这人明显不怎么爱喝白开水，从前奶茶可以一天两杯，现在一瓶农夫山泉可能两天都喝不完。

现在他桌上这瓶是昨天买的，本以为还有剩的，结果空了。

盛延扔掉空水瓶。

喻佳正坐在座位上抱着保温杯喝水。

她杯子里的水应该是刚接的，还烫，杯口有白色的水汽，少女每次都要先在杯口吹那么几下，然后才稍稍喝一口。

盛延坐回座位上，目光盯着喻佳手里抱着的杯子，看到少女柔软的唇瓣贴在金属的杯沿喝水时，喉结上下滚了一圈。

盛延莫名其妙来了句："你的保温杯挺好看的。"

喻佳"嗯"了一声。

"我最近都没怎么喝奶茶。"

"哦。"

"你的水烫吗？"

"还行。"

盛延面对少女简单干脆的回答，一时不知道该怎么把话题扯下去，似乎发现暗示是没有用的，于是干脆直说："我能喝一口吗？我没杯子，水喝完了。"

喻佳从保温杯里抬头。

她先看了看自己手中的杯子，然后看向盛延："要喝自己买去。"

上课铃响了，喻佳把下节课要用的书拿出来，盛延还在盯着她的保温杯看。

喻佳用笔帽点了点盛延的课桌："好好听课。"

自从上次决定督促盛延好好学习，喻佳上课前经常会来这么一句，有时候甚至课上到一半还会检查旁边的人到底有没有认真听。

盛延舔了舔唇，翻开书："行。"

这是节语文课。

语文老师上课上到一半，说了一件事情。

他们班盛延虽然成绩不行，但是演讲能力还可以，演讲稿也写得不错，他上次在国旗下演讲的内容被老师打印出来，跟几篇优秀作文一起送到市里去参了个赛，最近结果出来，盛延的那篇得奖了。

一听到盛延的演讲稿都能得奖，全班人齐刷刷地转过头，李元杰更是直接来了句："牛啊，延哥。"

盛延明显不是那种普通的倒数第一，而是有特长的倒数第一。

盛延表现得淡定："还行。"

他那天的演讲稿本来是自由发挥，后来语文老师找他要稿，他只好又写了份交上去。

李元杰说："你以后考不上大学可以去搞销售，我说真的。"

盛延："……"

语文老师对着教室后排每次作文写得离题十万八千里，写个演讲稿竟然还能环环相扣的盛延，也不知道他这是种什么神奇的能力。

不过，这到底是件光荣的事情，语文老师愉快地宣布本校几篇得奖的优秀作文都被打印出来贴在教学楼下面的展览栏里，大家下课可以去观摩。

盛延的那篇可能是选题比较正能量，符合现在向青少年们传递的价值观，贴在一众获奖作文的中心位置，题目被专门加粗放大。

《拒绝早恋，从我做起》

——高二（7）班　　盛延

由于盛延的作文得奖是一件给班集体增光的事情，都不用七班的人下楼去学校展览栏看，仲福林直接就把盛延的演讲稿打印出来，贴在教室后墙。

甚至就在盛延跟喻佳两人位置后面，正对着两个人的后脑勺。

下课，喻佳扭头，瞄了一眼那篇题目被加粗放大的《拒绝早恋，从我做起》，然后又回头，表情很有深意地看了看她的同桌。

喻佳不知道是在调侃还是真心的："恭喜啊，得奖了。"

盛延不知怎的，心里有点不是滋味。

体育委员拿着报名册点了点人数，站在讲台上吼："男子跳高、引体向上，还有男子5000米这几项有人报名没有？"

李元杰听后转过来,也首先恭喜了一下盛延的作文获奖,然后回忆起他上周跑二十圈的风采,问:"延哥,5000米报名没有?"

盛延把目光从喻佳的侧脸上移开,回答李元杰:"太累,不报。"

李元杰追问:"你跑二十圈都是小意思,还怕这5000米?"

"那能一样吗?"

"可是老仲说了啊,上星期精力旺盛去打架的,这次运动会至少要报两个项目,把精力用到正确的地方,为班级争光。"

盛延一脸茫然:"他什么时候说的?"

"班会课上啊。"

盛延立马扭头用询问的目光看向自己的同桌。

喻佳知道这人班会课上肯定又在开小差没听讲,不过班会课不听就不听吧,她点了点头,肯定李元杰刚才所说的话。

盛延若有所思:"那如果我就是不报呢?"

李元杰说:"不报就只有去当啦啦队,你看杨小娟几个人还买了好多花球在排啦啦操,这次不参赛的都要加入。"

李元杰说完,盛延旁边突然传来"扑哧"一声。

喻佳没忍住笑了出来。

因为她莫名想象出盛延手拿彩色花球在场边跳啦啦操给参赛选手加油的样子。

李元杰也越说越觉得有趣:"我觉得你可以当啦啦队队长。男生又不是不能跳啦啦操,有你参加还可以设计个什么托举的动作,多牛,再加上你长得帅,你一上场,我们班一下子就把别的班比下去了。"

盛延又看了一眼旁边已经忍笑忍到肩膀耸动的小鱼,黑着脸去体育委员那里报名了。

他去的时候,引体向上已经被人报满了,最后只剩了男子跳高和男子5000米。

盛延报完名回来,问喻佳:"你报了什么?"

喻佳还没回答,盛延就说:"你是不是什么都没报?你要参加啦啦队跳啦啦操对吗?"

盛延开始幻想喻佳穿一身红色的啦啦队队服的画面,衣服上衣很短,抬手时会露出一点精致的腰腹,她拿着彩色花球,在场边呐喊助威给他加油。

喻佳一看就知道旁边的人现在在想什么,不过她刚才也想过他带领一群女生跳啦啦操的样子,一切当作扯平。

喻佳慢条斯理地合上书:"不好意思,我报名了。"

她被韩霜拉去报了个女子4×100米的接力跑。

盛延看起来有点失落:"哦。"

体育课,体育老师让大家练习运动会上自己的参赛项目,不会的他指导。

盛延这节课倒没邀请喻佳跟他一起回教室学习,5000米懒得练,他老老实实地练了几次跳高。

他采用的是背越式的跳法,少年人高腿长,几步助跑过后一跃,腾空而起,动作轻盈,手、头、肩轻松越过横杆,后背摔在垫子上。

袁自强走过去,比了比这根貌似比他身高还高点的横杆:"牛啊。"

盛延跳完,走下软垫,看了眼在那边跟几个女生玩接力棒的喻佳。

七班的体育委员走过来叫了声:"嘿,延哥。"

盛延不解:"干吗?"

体育委员提醒:"这节课该你跟喻佳去还器材,别忘了啊。"

每次体育课的器材都是从学校器材室借的,班里人每节课轮流收器材还回去,轮流安排就跟蒋二炮的教室清洁卫生安排一样,喻佳和盛延在一组。

盛延答应一声,下课的时候,跟喻佳一起拎了个筐,里面装着各种球拍和球。

路过体育场的形体室,里面传出一阵动感的音乐,两人一起从窗户往里面瞟了一眼,学校啦啦队的女生正在里面排开幕式要表演的健美操,每个人手里都拿着又大又蓬的花球,正对着镜子抠动作。

不同于每个班的"民间组织",学校开幕式有正式啦啦队表演,十分正规,不仅要拿花球,还要穿队服。学校不少女孩子都报名参加选拔,一是可以露脸,二是这是难得的可以不穿校服的机会。啦啦队队服是,T恤配短裙,啦啦队员可以在运动会那两天名正言顺地在学校里露腿露腰。

喻佳发现盛延往形体室里多看了两眼。

去还器材的时候往里面看,还完器材经过的时候又忍不住往里面看。

喻佳对着身旁管不住自己眼睛的少年,再看了看里面青春洋溢跳啦啦操的女孩子们。

她挑眉,冷不丁地开口:"你这么喜欢看,我能理解为其实你很想一起加入吗?"

盛延倏地回神,见身边的喻佳表情玩味。

喻佳用眼神示意形体室:"你要不去跟她们说一声?我想她们会同意你的加入。"

"我不想加入。"盛延说着,沉默两秒,突然来了句,"我想看你加入。"

喻佳黑着脸踢在少年的小腿肚上:"你在做梦!"

运动会定在周四、周五两天。

早上八点,每个班排队入场,经过主席台的时候,扭头面向领导,喊出风姿勃发斗志昂扬的班级口号。

入完场就是开幕式,每个班依次在看台上坐下,操场中间是开幕式表演。

今天天气还不错,天碧蓝如洗,没有云,在看台上坐久了甚至有点热。

当一群穿着短T恤小短裙,手拿彩色花球的啦啦队女孩子蹦蹦跳跳入场表演时,看台上明显更躁了。

七班队伍里,蒋二炮用手圈成个望远镜,看到正在操场中间下腰劈叉的美少女们:"这是我们可以看的吗?"

他们班不参赛的女生也排了啦啦操,但仅限于拿着花球挥舞两下,跟校级的肯定不能比。

青春美少女们的节目作为压轴果然格外受欢迎,跳完舞,大家一番热情的掌声过后,校领导在哗啦啦的掌声中开始讲话。

刚才那些跳舞的女孩子各自拿着花球回班,每个人跑回班上的样子都赚尽了眼球,耀眼夺目。

七班没有人在校啦啦队里,隔壁六班倒是有一个。

红色的T恤小裙子在一众宽松的蓝白校服里面格外扎眼,紧身T恤勾勒出青春期女孩姣好的曲线,短裙裙摆下,少女的腿纤长白皙。

女生脸上还化了妆，回班的时候，班里的人都"哇"了一声。

六班几个女生亲切地拉住那个女生的手："你们刚才跳得好好啊。"

"好漂亮啊。"

"这一身好好看。"

"冷不冷？"

"谢谢。"女生是六班"班花"，笑着回应同学的夸赞，"不冷啦。"

女生回应完班上热情的同学，顺着看台找自己的位置。

女生迈着长腿登上台阶，在最后一排找到自己的位置，然后在她的位置上垫了张纸，坐下来。

喻佳也坐在最后一排，她怕晒，头上顶着盛延的校服，看到六班那个女生一步步往上，竟然刚好坐在盛延旁边。

六班和七班是挨着的，两个班中间只隔了一个人的距离。

喻佳坐在盛延另一边，歪了歪头，看到女生的确很漂亮，这一身也穿得很好看，人白，腿也很长，坐在附近实在惹眼。

她用手指轻轻戳了戳身边盛延的膝盖。

盛延正在听旗台上领导讲话，冷不丁被戳了一下，问："怎么了？"

喻佳脸上带着点儿笑："你不是一直想看吗？"

她用下巴示意旁边六班的女生，压低声音："人就坐在你旁边，怎么不看了？"

然后盛延微扭头，发现自己身旁坐的是六班的啦啦操"班花"。

他转回头来，对着眼前的少女，分明从她脸上看出几分狡黠。

盛延"啧"了一声，然后把喻佳头顶的外套拉过来，盖在自己头上。

喻佳一愣："唔？"

盛延顶好了外套，没有再去看身边的少女，眼睛盯着旗台上正有请运动员代表宣誓的老师，然后开口，声音偏低，带着点儿抱怨："非礼勿视你不懂？"

喻佳愣了愣，然后突然笑了出来。

"假正经。"

Chapter 07
橘子薄荷糖

喻佳突然把盛延头顶的外套掀下来。

盛延不解。

喻佳把外套塞回他怀里，眉头轻轻锁着："盛延，还有两个星期就要期中考试了。"

盛延"啊"了一声，不知道喻佳突然说这个做什么。

"你这次有信心不考倒数第一吗？"

"我……"

盛延没说完，喻佳自我放弃似的说了句"加油"，提分并不是件容易的事情，尤其是才二百多分的总成绩，如果真的要补，可能要从初中开始补起。

可如今他都高二了。

盛延看了一眼怀里自己的外套，然后看了看旁边不说话的喻佳。

他伸手，重新把自己的外套轻轻搭在喻佳背上。

"我会的。"他说。

领导讲话结束，运动员和裁判代表宣誓完毕，运动会正式开始。

师大附中在开幕式结束后还放飞了漫天彩色气球，如果不是信鸽不好借，可能还要放飞和平鸽。

盛延拍拍喻佳的背："放气球了，快看。"

喻佳回过神来，抬头。

湛蓝的天空中飞舞着红、黄、粉、蓝的氢气球，操场上学生们在鼓掌欢呼，风吹过脸颊，喻佳看到前面蒋二炮和李元杰又纠缠在一起打闹，韩霜带人提了矿泉水两箱给班里运动员，每个人都在各自忙碌着自己的事情。

而此时，盛延坐在她身旁。

喻佳蓦地放松下来，刚才的那阵焦虑淡淡消散。

一切都是青春。

开幕式一结束，各项比赛如火如荼地进行，广播通知早上参赛的运动员们去检录处检录。

体育运动会也是要比的，不光是学生之间比，班与班之间也要互相比，在运动会上拿名次可以给班级加量化分，拿的名次多，班级量化分也就加得高。

此时，田径赛道上进行的是男子一百米的短跑。

李元杰报了这个项目，发令枪一响他就从起跑线冲了出去，跑得面容扭曲表情管理失控，然而他使出吃奶的力气，还是在初赛就被刷了下来。

大家正准备安慰句"重在参与"，结果这人下来的第一句话就是："我刚才跑得帅不帅？"

众人："……"

喻佳的接力跑和盛延的跳高都在下午，两人也都在操场上看比赛，盛延从班里女生那里要了两个啦啦队用的花球，拿在手上。

盛延走到喻佳身旁，拍了拍她："小鱼。"

喻佳回头，看到这人手里多了两个紫色花球："干吗？"

盛延把手里的花球递给喻佳："帮我拿一下。"

"嗯？"

喻佳略迟疑，不过还是接过盛延手里的花球。结果下一秒，就看到这人拿出手机，镜头对准她，正在给她拍照。

喻佳把花球扔到盛延身上："你有毒吧。"

盛延已经拍到了喻佳拿花球的啦啦队造型，笑着收起手机。

他捡起掉到地上的花球,刚好现在正在比男子400米,蒋二炮跑得满脸通红,气喘吁吁地从两人面前的赛道上经过。

盛延挥了挥手上的花球,喊了声:"炮哥加油!"

只可惜蒋二炮也止步于初赛。

一上午过去,七班虽然报名参赛的人多,但是进入半决赛的人并不多,不过有一个人表现非常亮眼,可以说给了全班一个惊喜。

惊喜来自平常在班里毫无存在感的陈慧。

这个成绩平平,因为口吃而无比自卑内向的女生,在田径场上却跟发射的小火箭一样,爆发力惊人。她报了女子100米、200米和4×100米接力跑三个项目,除了还没进行的4×100米接力跑,其他两个项目都以初赛、半决赛第一名的成绩挺进明天的决赛。

这绝对是陈慧存在感最强的一天,班里叫好声一片。一群男生抢过班级啦啦队的花球,一边挥舞一边喊"陈慧陈慧,宇宙最美",声音盖过隔壁班的女子啦啦队,然后昂首挺胸骄傲地等陈慧率先冲过终点。

这几个男生报的比赛都被刷下来了,现在开始专注于加油,手拿花球的样子在操场上组成一道靓丽的风景线。

并且男生当啦啦队的优势很明显,那就是嗓门比女生大。

无论隔壁班女生喊得多么激动,当七班男生气震山河的声音一出,别人立马就输了。

连仲福林也来给陈慧加油。

仲福林对着面前都不敢直视他的陈慧,暗自反省自己对班上每个同学的关心是否都足够,然后冲陈慧比了个"加油"的手势:"明天决赛加油,为班级争光!"

陈慧红着脸点点头:"好。"

喻佳本来是抱着重在参与的心态报的4×100米,结果突然发现自己的队友陈慧竟然这么逆天,明显她们剩下三个人努努力,说不定就可以拿名次,于是四人赶紧组织起来,趁中午休息时间练了一下传递接力棒。

操场上还有不少人在为下午的接力赛练习。

喻佳看到白思静也在三班的女子接力赛队伍中,组队的是平常跟她关系不错的几个女生。

两队人擦肩而过，喻佳跟白思静仿佛谁也没看到谁，反倒是白思静身边的罗婷突然跟陈慧打了个招呼。
　　"陈慧。"罗婷叫住陈慧，"没想到你跑步这么快啊。"
　　陈慧停下来，见到罗婷，低下头，声音很小："嗯，嗯。"
　　罗婷扯着嘴角笑了笑，看陈慧低头嗫嚅的样子。
　　两队人错过之后，喻佳才问陈慧："你跟罗婷认识？"
　　罗婷在三班的成绩说实话很不错，年级前五十的水平，只不过她这个人一直以白思静马首是瞻，白思静走到哪儿她跟到哪儿，喻佳不喜欢这样的人。
　　陈慧慢吞吞地回答："她，她是我，舍友。"
　　三班和七班住在宿舍楼同一层，都单了一个女生出来，白思静又不住校，所以单出来的罗婷跟陈慧分到同一个宿舍。
　　喻佳听到她们是舍友，"哦"了一声。

　　午休时间过后，下午比赛开始。
　　盛延在比赛跳高，田径场上先进行的是男子800米和1500米的初赛，以及上午的短跑决赛。
　　喻佳参加的女子接力赛还要过一阵才开始，她领了个号码牌用别针别在背后，然后跑去男子跳远跳高的场地。
　　这边围观比赛的人比她想象中多些。
　　参赛的男生挨个排队起跳，横杆一点一点往上升，每人两次机会，跳不过的就淘汰。
　　到最后，淘汰的人越来越多，比赛的人越来越少，一直到角逐出冠军。
　　喻佳到的时候刚好轮到盛延。
　　她突然发现跳高其实是一项很有观赏性的运动，少年几步助跑，宛如踩着轻飘飘的风，纵身一跃，身体在空中划出一道轻松的弧线，然后沉身收脚，潇洒地越过横杆。
　　盛延跃过横杆之后，周围一片叫好声。
　　喻佳身边的两个女生正拿起手机拍照，照片主角是盛延。
　　喻佳听到她们一边拍一边聊："那个就是七班的盛延啊。"
　　"真的好帅。"

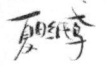

"而且好高。"

"唉,如果他不是个倒数第一的傻子就好了。"

喻佳听不下去了,听到"傻子"两个字时莫名还有点不高兴,正准备换个地方站,两个女生的声音却突然兴奋起来:

"啊,他是不是在往我们这边看!"

"他真的在往我们这边看!天哪,我拍到他的正脸了,正脸更帅。"

"他是在看我还是在看你啊?"

"啊啊啊,不知道啊!"

紧接着,身边两个女生激动到互相抓紧手:"笑了笑了!他冲这边笑!"

喻佳站定,又回头。盛延刚跳完一次,已经重新加入参赛选手队列中,他手叉腰,明显看到她了,正笑着朝她的方向看过来。

喻佳看到他用口型在问:"帅不帅?"

喻佳又看了看她身旁两个激动的女生腹诽道:帅个屁。

不过,虽说是这么想的,但喻佳还是掏出手机,给盛延拍了张照片。

少年站在橙红色的塑胶跑道上,穿校服裤子,上身一件黑T恤,笑着面向镜头,眉眼间都是朝气,似乎没有比他现在更好的年纪。

他是耀眼的。

盛延站着让喻佳拍了两张照片,又轮到他跳高。

他面前的横杆越来越高,身边的对手越来越少,到最后,只有他一个人在比。

少年每跃过一次,周围就要发出一阵热情惊呼,横杆一点一点升到极限。

李元杰率领的七班男生啦啦队在旁边疯狂地挥舞彩色花球加油,裁判老师一笔一笔地记录着数据,直到最后,本子上的数据终于停止在一个打破校运会纪录的数值上。

盛延结束最后只剩他一个人挑战极限的跳高比赛,冠军,打破校运会纪录。

组队围观的七班啦啦队激动地冲上去:

"延哥厉害!"

"我们班第一个全校第一!"

"你是怎么做到跳得比我身高还高的?!"

……

盛延被围了一圈，打发他们现在去给女子跳远加油，不要"重男轻女"。

李元杰回过神："对哦。"

于是一群人又拿着花球花枝招展地跑到女子跳远的场地。

盛延打发完男子啦啦队，终于朝喻佳的方向走来，冲她抬了抬下巴："怎么样？第一。"

此时，喻佳身边的两个女生终于反应过来盛延刚才看的不是她们，脸一红，牵着手跑开。

喻佳回头看了一眼两个小姑娘的背影，说："一般吧。"

盛延穿上校服外套，没拉拉链，敞开着："你的接力赛是不是快开始了？"

他笑着说："我要看不一般的小鱼表现得怎么样。"

喻佳"嘁"了一声，看完跳高，正准备去那边等候参加她的接力，田径赛场上突然传出一阵惊呼和嘈杂。

她往声音来源处看过去，发现许多人正围在一个地方，赛也不比了。

盛延也望向人堆："走，去看看。"

两人走到事发地。

旁边围观的人很多，一个当裁判的老师正在那里生气："让你们离赛道远点，有些人恨不得站到赛道上来看！"

喻佳跟在盛延后面陆续绕过几个人，发现一个背后贴号码牌的男生正被两个同学搀扶着一瘸一拐地站起来，而旁边跑道上还坐着一个人。

陈慧？

刚才那个老师的话明显是对她说的。

陈慧满脸通红，抱着膝盖，已经哭了出来。

因为七班没有人进入男子短跑决赛，所以这边没有几个七班的人，男子啦啦队都在跳远的沙坑旁，田径赛场上都是别的班在看热闹。

陈慧一个人坐在地上，明显是受伤了。

喻佳跟盛延赶紧走进去把陈慧扶起来。

喻佳看到陈慧手心一片擦伤,马上问道:"你没事吧?"

陈慧紧咬下唇,摇摇头。

刚才那个老师发完脾气,一手叉腰,一手指了指医务室:"快过去看看。"

喻佳跟盛延两人准备一起把陈慧扶到医务室。

陈慧路上一直掉眼泪,却一声不吭。

紧接着,仲福林听闻消息,带着一批七班的人急匆匆地赶过来。

医务室医生在里面给陈慧做处理,喻佳刚才也没搞清楚状况,问跟仲福林一起赶过来的韩霜:"弄清楚怎么回事了吗?"

韩霜皱眉说:"陈慧刚才一个人在那里看比赛,好像站得太靠近赛道,跟一个比赛的男生撞上了。"

喻佳听后也拧起眉。

二十分钟后,医生给陈慧处理完身上的伤口。

男生全力跑过来的速度极快,冲击力很强,两人相撞时陈慧直接被撞飞了。陈慧的手心和小腿上都是擦伤,脚也崴了一下,好在没有伤筋动骨,不过要休息两天。

仲福林冲医生说了两声"谢谢",然后进去关心陈慧的情况。

李元杰听到医生说陈慧要休息两天,突然仰头号了一句:"啊,那她岂不是参加不了明天的决赛了?"

喻佳听后转头看看自己身上接力赛的号码牌。

不仅是明天的短跑决赛,就连今天的接力赛她们也参加不了了。

韩霜瞪了李元杰一眼:"你不关心陈慧伤情反倒在这里关心这个。"

闻言,李元杰吐了吐舌头。

主要是他们七班男生短跑全军覆没,女生中好不容易出了个种子选手,结果现在还受伤了,挺遗憾的。

仲福林从治疗室里面出来。

七班别的项目还有比赛,他现在要过去,叮嘱韩霜和几个女生照顾一下陈慧,然后让韩霜在班群里提醒大家观看比赛的时候一定要远离赛道。

韩霜一一应着。

仲福林走的时候叹了口气,想起刚刚陈慧在治疗室里,医生给她处理伤口，看得他都疼，这孩子竟然一声不吭。

喻佳进去的时候，陈慧坐在床边，头低着，她的校服裤腿被挽上去，右腿膝盖上面包着一块厚厚的白纱布。

陈慧看到喻佳她们身上还挂着4×100接力的号码牌，早上仲福林为班级争光的话似乎还在耳边，她不停地嗫嚅着："对不起，对不起……"

曾笑笑先坐过去："没事啦，你比我们班那群没用的男生强多了。哦，除了盛延。他跳高第一，还破了校纪录。"

喻佳参与的唯一一个4×100米的项目由于陈慧受伤只有退赛，在为期两天的运动会里彻底变成了观众。

女子4×100米的冠军被一班女生摘走，喻佳看到白思静她们组得了第三。

由于第一天七班的男子啦啦队占尽了风头，第二天，各班也开始争相组织起了男子啦啦队，不比赛的男生都上场，操场上全是你追我赶的怒吼与加油。

运动会的最后一个项目是男子5000米长跑，盛延以几乎领先第二名半圈的优势冲过终点。七班除了因为脚受伤坐在看台上的陈慧，全体跑过去庆祝。

李元杰率领的七班男子啦啦队此时正冲旁边几个班的男子啦啦队骄傲地咆哮：

"胜利属于七班！"

"胜利属于盛延！"

"没有人能比盛延更快！"

"盛延是师大附中最快的男人！"

其他班的男子啦啦队纷纷哼一声走了。

盛延刚跑完5000米，还撑着膝盖在喘气，扭头就听到李元杰和蒋二炮的声音格外洪亮，简直整个操场的人都能够听到。

最后一个项目比完，运动会召开了个简短的表彰会和闭幕式，解散后全体学生回到教室，黑板上写满了各科老师布置的作业，等班主任再讲点话就能放学回家。

七班这次运动会上的成绩一般，只有盛延的跳高和5000米得了

第一,体育委员扔铅球得了第一。

女生那边没什么出彩的名次,原本最有希望的种子选手陈慧,意外因伤退赛了。

不过,仲福林对这个成绩已经很满意了,他站在讲台上总结,这次运动会展示了大家积极向上的风采面貌,说老师为大家骄傲,希望大家把这种积极向上的风貌用到学习上去。

然后他还着重表扬了一下给班里拿了两个第一的盛延。

一阵哗啦啦的掌声。

只不过当大家都在鼓掌的时候,喻佳看到身边的人正沉浸在自己的世界里,对着他桌上的两张奖状仔细端详,念叨着:"我还以为会发点钱呢。"

仲福林讲完话,喊了声"放学",早就收拾好书包的人迫不及待地拥出教室。

喻佳跟盛延约了留在教室里学习一个小时,不急着走。

盛延把他的奖状随意丢进桌肚,去了趟厕所。喻佳坐在位置上翻看待会儿要让盛延背的知识点。

教室里差不多都空了。

喻佳正翻看着书,突然感受到前面有人靠近。

她抬起头,陈慧竟不知什么时候站到她面前。陈慧平常行动很轻,似乎总是悄无声息的。

"陈慧?"喻佳望着眼前的女孩,"你腿上的伤好点没啊?"

陈慧埋着头,似乎不敢注视喻佳的眼睛,说:"好了。"

喻佳点点头:"那就好。"

由于口吃,陈慧说话喜欢几个字几个字地往外蹦:"昨天,谢谢,你,还有盛延。"

喻佳以为陈慧是专门来跟她道谢的,笑了笑:"小事。"

喻佳说完准备低头继续翻书,结果却发现陈慧似乎并没有要走的意思。陈慧站在她面前,一动不动,仿佛还想说什么。

喻佳面对这样的陈慧,总觉得有什么不对劲。

她合上面前的书本,柔下声音,试探着问陈慧:"还有什么事吗?"

喻佳左右望了望:"没有其他人了,如果你信得过我的话,你可以跟我说。"

陈慧微微抬头，对上喻佳干净的眸子。

她想到那一次，她鼓起勇气问喻佳愿不愿意跟她当同桌，喻佳笑着答应她，跟她说好。

虽然两个人最后还是没能坐到一起，但她已经知道，喻佳是无比耀眼却又无比温柔的女孩。

喻佳不会嘲笑她口吃，会耐心地听她说话，会跟盛延第一时间跑过来把她扶起来。

喻佳跟盛延，都是耀眼而温柔的存在。

陈慧对着喻佳，终于忍不住哭了出来。

"昨天，好像，有，有人，推我……"

盛延回教室的时候，喻佳没有在写题。

教室里传来一阵隐约的啜泣声。

他进门，看到陈慧坐在喻佳前座的位置上，喻佳拉着她的手。

啜泣声是从陈慧那里传出来的。

喻佳听到进门的动静，回头看了看盛延。

陈慧也看到盛延进来，试图停止哭泣。

盛延对着陈慧的反应，觉得有点尴尬，仿佛进教室也不是，不进教室也不是。

喻佳又抽了两张纸巾给陈慧，捏了捏她的手以示安慰。

喻佳看了一眼在门口进退两难的盛延，试探着问："陈慧……我们能跟盛延说吗？不再告诉别人。"

陈慧手里攥着喻佳给她的纸巾，闷了一会儿，重重地点头。

喻佳今天走路回家。盛延说散步，跟喻佳顺路所以送送她。

通往市中心别墅区的路上很安静，行人稀少。

盛延仔细听完喻佳跟他说的关于陈慧的事情，想了些什么，然后问喻佳："你觉得呢？"

喻佳低头看脚下的路砖："不知道。"

因为这件事就连陈慧也不是完全确定，她今天是鼓起勇气，深思熟虑了一天一夜，才把事情说出来。

她当时一个人在那里看男子短跑，那是个热门项目，跑道边围了

很多看比赛的人,大家都想往前面挤,不由得有些推搡。

陈慧说她当时被挤到了前面,听到那边体育老师在让围观的学生往后站,退到线后面去,她听话地往后站,但是后面的人却根本不挪位置,还在一个劲往前挤。

陈慧当时往后退的时候,不小心踩到了身后的罗婷。

罗婷大声地吼了她一句"你挤什么啊",对着面前唯唯诺诺道歉的陈慧,又低声骂了几句。

后来比赛正式开始,身边几个啦啦队的喊加油喊得热火朝天,陈慧低头,发现自己又踩到了围观线,她试图往后退,退着退着,却突然感到后背被谁顶了一下。

陈慧顿时失去平衡,往前趔趄一步,刚好跟一个正全力冲过来的男生撞到一起。

陈慧摔在地上,所有人都在惊呼尖叫,她看到自己刚才站的那个位置后面还是罗婷。

喻佳回忆今天下午陈慧一边哭,一边磕磕巴巴地跟她说这些的样子,绝对是抱了极大的信任才会把这件事讲给她听,如果是以前的话,不出所料,这件事将会永远埋在陈慧的肚子里。

因为没有证据,什么也没有,只有陈慧背后瞬间的一个感觉。

盛延开口:"这事其实说简单也简单,把罗婷找到,问一问她到底有没有推陈慧不就行了?"

喻佳一言难尽地看过去:"你当她跟你一样傻?"

罗婷又不是个傻子,哪有人做了坏事还老老实实承认的?

盛延站定,看着正一脸嫌弃的小鱼。

喻佳问:"你怎么不走了?"

盛延对于自己智商受到质疑表示不满:"我又没有说直接上去问,要用点方法。"

"用点方法?"喻佳忽然上下打量着眼前的少年,"难不成……美男计?"

他还没开口,喻佳果断肯定刚才自己的提议:"我觉得可以。"

盛延翻了个白眼。

周六,罗婷突然收到一条添加好友申请,备注是"高二(7)班盛延"。

头像是盛延本人才会有的一张大头自拍。

不出意料,好友申请通过。

在热络地聊了一晚上之后,高二(7)班的盛延同学表示:明天可不可以约出来见一见,带上书本,希望成绩优异的罗同学能够给我补一补知识。

果然,第二天,学校图书馆门口,喻佳见到身穿黄裙、小皮鞋,披着头发,戴水钻发卡,明显精心打扮了一番的罗婷。

喻佳回头看了一眼身后的少年,没想到他的魅力还挺大。

盛延拉着脸,想起昨晚自己被喻佳逼着拍了几十张大头自拍当头像。

盛延跟罗婷约的见面地点是图书馆顶层的自习室,顶层自习室平常人就不多,周末则更少,罗婷进去的时候里面空荡荡的,盛延还没来。

她放下书包,先去顶楼洗手间上了个厕所。

等她从厕所隔间里出来的时候,突然看到洗手间里还站着一个人。

喻佳。

这是周末,喻佳不住校,不知道为什么会突然出现在学校里,更不知道她为什么会站在这个顶层洗手间。

罗婷看到喻佳手揣裤兜,脸上没什么表情,站在那里看着她,仿佛一直在等她出来。

罗婷顿了一下,选择回避喻佳的对视。她绕过喻佳,洗了个手,准备出洗手间,却突然发现洗手间的门被锁上了。

罗婷不停地旋转门把手,洗手间的门纹丝不动。

喻佳这才慢悠悠地走过去。

罗婷转过身,感觉头皮发麻:"你,你想做什么?"

"没什么。"喻佳反倒悠闲,一步一步靠近,把罗婷逼到角落的时候,俯身轻轻说,"我只是想来问你点事情。"

盛延站在女卫生间门口。

这期间倒是过来一个男生,见盛延站在女卫生间门口,一路表情惊悚地看着,脖子都快扭断了,然后一回头撞到了门上。

二十分钟后。

女卫生间的门终于被打开。

罗婷哭着从里面跑出来,泪眼蒙眬中,看见守在女卫生间门口的盛延。

罗婷哭着跑开。

喻佳在水龙头下面仔细洗了手,甩了甩手上的水珠,慢慢走出来。

盛延问道:"问出来了?"

喻佳对着刚才罗婷跑走的方向:"嗯。"

她看了眼盛延:"你的主意还不错。"

喻佳拿出手机,手机上是一条视频。

视频是监控画面,学校操场上,一群人挤在一起在看跑步。

只不过这并不是运动会时的监控。

这是盛延的主意,知道如果强问罗婷可能会咬死不承认,所以可以套路她一下。

上次喻扬帮喻佳找监控时搞了很多学校的监控来,喻佳选了一条相似的,只给罗婷看了一眼。她本来还一直嘴硬,后面看到喻佳竟然把监控拿了出来,说要放给全校看时,强撑的防线顿时崩溃。

盛延又问:"她怎么说的?"

喻佳回道:"她说当时陈慧一个劲地往后面退,挤到她,她又嫉妒陈慧运动会上表现得好,所以就有点不服气,一时糊涂,把陈慧往前面推了一把。她说她也没想到陈慧会跟跑来的男生撞到一起。"

"哭得还挺可怜的。"喻佳想起刚才罗婷在她面前一边哭,一边招供的样子,冷笑一声。

面对喻佳时,罗婷会害怕,会哭得可怜;但面对软弱的陈慧时,罗婷无比嚣张,盛气凌人。

盛延听喻佳说完经过,点点头,又问:"那你怎么跟她说的?"

"我让她敢作就要敢当,回去写一千五百字检讨,周一去教师办公室,当着仲福林和王萍的面给陈慧道歉,然后让王萍给她换宿舍。"

"她答应了?"盛延又问。

"一开始没,后来我说把这个视频发到学校贴吧,实名举报她,她就答应了。"

盛延听得笑出来,给喻佳竖了个拇指。

周一，运动会过后离期中考试不到两个星期。

中午课间，教室里很安静，阳光晒进来暖意融融，班上一半人在写题，一半人趴着睡觉。喻佳趴在桌子上，侧脸贴着课本，在看旁边的盛延默背语文古诗词。

她似乎困了，打了个哈欠。

今天还是罗婷要给陈慧道歉的日子，喻佳抬头看了眼前排陈慧的背影，离今天放学还有一个下午，不知道罗婷打算什么时候执行。

盛延看到喻佳打哈欠："困了？"

喻佳闷闷地"嗯"了一声："你快背。"

盛延看到少女侧脸贴在书上，坚硬的桌面把她侧脸印出了淡淡的痕迹。

喻佳眼皮打架，做了一个梦。

梦见在某个电子厂，盛延在那里打工，穿一身蓝色工装，下了工以后回到厂里分配的七平方米的小房间。

房间里有婴儿的啼哭声，一个女人背着身，看不到长什么样子，怀抱孩子正在哄。

盛延笑着进屋，高兴地说："老婆，我干活努力，工头给我涨工资了，从两千涨到了两千五。"

抱着孩子的女人一听，立马转过身，惊喜地问："真的吗，老公？"

盛延抱住老婆孩子，在老婆头顶亲了一口："当然！"

好一幅一家三口其乐融融的画面。

而此时，由于那个转身，喻佳也终于得以看清画面中抱孩子的女人。

女人身穿一件印着"××饲料就是好，联系电话×××××××"的T恤，怀抱只有几个月大的爱情结晶。她靠在盛延胸口，此时正因为老公的工资从两千涨到了两千五，露出淳朴真挚又幸福的笑容。

只不过当看到这个笑容淳朴又幸福的女人时，喻佳噌地吓醒了。

她头上还蒙着盛延的衣服，身边被盛延的气息环绕。

喻佳手忙脚乱地把衣服揭下来，深吸着气，回想刚才梦里的画面，直挺挺地坐起身，心剧烈跳动着。

梦里盛延南下打工的画面终于完整了，女主角也终于有了脸。

一家三口其乐融融的画面,却直接把她吓醒了。

因为梦里的女主角……竟然是她。

竟!然!是!她!

她跟盛延在高考结束后一起南下去电子厂打工,然后生了个孩子,盛延的工资从两千涨到两千五!

喻佳觉得她这辈子都没有做过比这更可怕的梦。

盛延看向身边睡着觉又突然惊醒,神情恍惚的喻佳:"你做梦了?"

喻佳扭头,愣愣地朝身边少年看过去。他的样子逐渐跟刚才梦里月薪两千五,努力养家的好爸爸好老公重叠在一起。

喻佳闭了闭眼,在心里骂苍天。

盛延对着眼前正表情精彩地盯着他的喻佳,问:"你……梦到什么了?"

喻佳回神,斩钉截铁地否定:"没什么。不许问!"

她在座位上缓了一会儿,好不容易消化完这个梦,不停地告诉自己是假的,千万不要当真。

喻佳几次深呼吸,终于稳定情绪,见盛延在继续背古文,于是也准备把语文书拿出来背背。

这时,有个同学刚去完厕所,从后门回来,轻轻地拍了拍喻佳。

"喻佳。"同学小声说,"白思静在外面找你,让我叫一下你。"

白思静找她做什么?

喻佳面露疑惑。

她虽然不怎么想见白思静,但还是起身站起来,出去之前不忘点点盛延的课桌,叮嘱:"好好背。"

白思静站在七班教室外面的走廊,今天她戴了一副无框眼镜。

喻佳看到她,慢悠悠地走过去:"找我干吗?"

可能是知道两人不可能有什么好关系,白思静也没有维持平常的礼貌与温婉,眼神漠然地看着喻佳,直接说:"能换个地方谈吗?"

"关于罗婷的事情。"

喻佳本想说就在这里谈,然而听到事情关于罗婷,她打量白思静两眼,回道:"行。"

两人走到顶层空教室外面的走廊。

喻佳站定:"什么事,说吧。"

白思静直视喻佳："你能给我看看监控吗？你给罗婷看的，运动会操场上的监控。"

喻佳听后顿了一下。

白思静果然比罗婷聪明多了，因为她根本没有监控，那天那个不过是用来吓罗婷的。

喻佳问："我为什么要给你看？"

白思静似乎料到喻佳的反应，笑了笑："是因为你根本没有对吗？"

喻佳面色冷下来。

白思静淡淡地说："罗婷不会跟陈慧道歉，除非你找到监控证据，否则你不能证明罗婷推了陈慧。如果你真的硬要罗婷跟陈慧道歉的话，麻烦你先给罗婷道歉。"

喻佳以为自己听错了："我给罗婷道歉？"

白思静镇定地说："是的，周日图书馆顶楼的女卫生间，你跟盛延两个人把罗婷关在里面欺负，就因为你们俩无端怀疑她推了陈慧。"

喻佳强迫自己冷静下来，看着明显有备而来的白思静："我没有欺负罗婷，我只是问了她一点事情，而她推陈慧这件事，是她自己亲口承认的。"

"是吗？你说你没有欺负罗婷，你拿什么证明？拿她被你关在洗手间半个小时，然后哭着跑出来的监控录像吗？"

顿了顿，白思静抬了抬下巴："罗婷说了，她从来没有推过陈慧，是你们无端冤枉她。"

"没有推过陈慧？"喻佳一惊，不知道这世界上还有这么不要脸的人，当即准备下楼，"我现在再去问问她，让她亲口回答我到底推没推过。"

白思静对着喻佳的背影冷笑："你还想当着所有人的面再欺负她一次吗？逼她承认没做过的事情？"

喻佳转身，深深看了一眼露出刻薄神情的白思静，下楼。

喻佳走到三班教室，"砰"一声推开门，找到罗婷坐的位置。

罗婷死死低着头，手里捏着一支笔。

喻佳扫了一眼抬头看她的三班众人，冷冷地开口："罗婷，出来。"

罗婷没动，手里的笔又捏紧了一点。

喻佳又叫了一声："罗婷，出来。"

.161.

罗婷仍然没挪位置。

喻佳直接走进三班教室,她抓住罗婷的胳膊,想把罗婷从位置上拎起来。

罗婷的另一手却死死抓住桌沿,不肯起身。

喻佳用力的后果就是罗婷的桌子翻了,罗婷被她扯起来,桌肚里的书哗啦啦洒了一地。

罗婷活脱脱一副受害者的模样,低头,不吭声,脸涨得通红。

三班有人似乎看不下去:"喻佳,你这是干吗?"

"你现在在七班也要跑到三班来欺负人?"

喻佳提了口气,抓着罗婷的手腕,正准备把她扯到教室外面去问个清楚,讲台上突然传来一个尖锐的声音:"喻佳!"

喻佳回头,王萍不知什么时候赶来,竖着眉毛站在讲台上。

教师办公室。

盛延带着陈慧赶过去的时候,仲福林和王萍一人坐在一头,喻佳站着,脸上没什么表情。

倒是罗婷,又哭得停不下来,她身边还有个白思静。

王萍平常很维护班里的好学生,尤其是这事白思静也牵扯在里面。她拍着桌子厉声质问喻佳:"你先说清楚,你周末的时候有没有把罗婷关在洗手间里面!"

喻佳揣起手,答得坦然:"有啊。"她讥讽地看了眼罗婷,然后又看了看白思静,"我敢作敢当。"

王萍怒斥:"把手给我放下来,你在这儿趾高气扬给谁看!"

盛延沉下脸。

仲福林见到盛延和陈慧两人在门口,招手让他们进来。

盛延站到喻佳旁边。

仲福林看了看一句话还没说就开始脸红的陈慧,耐心地问:"运动会那天真的有人推了你吗?你确定是罗婷?"

陈慧平常就口吃,如今一急,说话更结巴了:"我,我摔,摔倒的时……"

然而陈慧还没说几个字,那边罗婷似乎仗着王萍在这里,哭着辩驳:"老师,我根本没有推她,我根本没有推她!"

陈慧眼泪唰唰地就下来了："不，不是……"

王萍哼了一声，冷笑着看向仲福林："仲老师，你们班的人无端怀疑别人，男男女女合起伙来把我班上的学生关在洗手间，这事倒是真的吧。"

她说"男男女女"的时候，扫了一眼喻佳和盛延。

仲福林面露尴尬，可是陈慧越急越结巴，根本没说出什么有用的信息。

即便真的去调监控，当时跑道边围了那么多学生，都挤在一起，互相都推推搡搡的，罗婷即便真的暗中伸手推了陈慧，也不一定能看出来。

王萍又看向喻佳和盛延，最后把目光落在盛延身上，阴阳怪气地说："学生的任务是学习，不要成天把心思用在歪门邪道上，现在看起来威风，以为自己很了不起？考二三十分的将来又有什么前途出路？趁早出去打工得了。"

仲福林一听就知道王萍说的是盛延："王老师，话不能这样说。孩子们以后的路还长，学生无论成绩好坏，都有自身的闪光点。"

除了第一次月考盛延给他考了个全校倒数第一，仲福林其实对盛延印象不错——乐观积极，品德优秀，演讲达人，体育运动活跃分子，在同学之间也有很好的口碑。

这种孩子即便成绩不好，但是将来进入社会大多数其实也能过得很好。

盛延知道王萍和仲福林在围绕着他争论，他笑了一下。

罗婷倒是不哭了，只有陈慧还在低声啜泣，似乎是觉得自己连累了喻佳和盛延。

盛延听够了，适时开口，懒洋洋地打断："两位老师说完了吗？"

王萍和仲福林同时看过来。

盛延见他们停下，于是站直身子，看了仲福林一眼，然后从裤兜里掏出手机。

师大附中规矩，学生在学校里是不能带手机的，仲福林也不允许七班的人带手机到学校来。

仲福林看到盛延手里的手机，似乎又在王萍面前矮了一截，暗骂了一句"臭小子"。

盛延冷冷地瞟了一眼貌似觉得风波已经过去的罗婷和面露得意的

白思静，然后当着所有人的面，在手机上点开一段录音。

他把音量开到最大。

罗婷的声音清晰地传出来。

"是陈慧往后退撞到我了，我才伸手推了她一下……"

"我只是有点嫉妒她运动会上表现得好……我也报了女子100米……"

"呜呜呜，对不起……我周一就去给陈慧道歉……求你不要说出去……"

录音进度条缓缓推进着。

罗婷在自己声音传出来的那一刻，身子往后跟跄了一步，脸色突然苍白。

白思静脸上的得意荡然无存。

录音放到最后一秒，盛延退出播放界面，知道自己违反了在学校带手机的规定，主动把手机上交给仲福林。

王萍的脸色已经难看到极点，想起刚才录音里的那些话，眼神恐怖地扫向刚才在她面前还死不承认的罗婷。

盛延淡淡地说："王老师，录音都在这儿了，是您班上的学生亲口承认的。"

罗婷试图再辩驳："没有，是你们逼我，逼我……"

只不过她越说声音越小，最后说不下去了，因为知道自己现在的话有多么苍白无力。

她没想到盛延会录音。

王萍冲罗婷吼："你给我闭嘴！"

盛延低头看了看喻佳脸上的笑意，也学她刚才那样抱起手："王老师，罗婷是不是得给陈慧道个歉？"

王萍黑着脸，正想骂罗婷做出这么丢人现眼的事情，快点滚去道歉，听到盛延突然又说："您和白思静同学，是不是也得跟我们道个歉？"

王萍愣了愣，看过来。

盛延继续说："我们没有无端怀疑你们班的学生，事实证明的确就是你们班学生做的。"

王萍听盛延理所当然地让她道歉，气得差点背过气去。

知道王萍当然不可能跟一个学生道歉,最后仲福林用眼神示意盛延,让他别玩得太过。

盛延"哧"地笑了一声,目光突然落在白思静身上:"就算王老师不用道歉,那白同学呢?"

白思静表情难看。

盛延步步紧逼:"白同学,你说的,如果有证据就要道歉的。"

白思静脸上青一阵白一阵。她本不愿意,但对着王萍赶紧息事宁人的眼神,还是咬着牙,从齿缝里吐出一句"对不起"。

喻佳冷笑一声。

盛延听完,推推喻佳:"好了,走吧。"

他又对着似乎准备跟他们一起走的陈慧,说:"我们听了白同学的道歉,你也要留在这里把罗同学的道歉听了再走,再麻烦老师给你和罗婷换个宿舍。"

于是陈慧停下了脚步。

喻佳和盛延两人一起走出教师办公室。

喻佳看了一眼身旁悠闲笑着的少年:"你还笑得出来?"

"我怎么笑不出来?"

"你的手机啊。"

"周五去找老仲要回来就行了,他看我这么热心、正直又帅气,肯定会还给我。"

喻佳没忍住笑出来:"喊。"

她幻想出她在里面收拾罗婷,盛延在外面趴在女卫生间的门板上录音的画面,觉得实在滑稽。

喻佳问:"你为什么不告诉我,让我录音?"

盛延背倚栏杆:"我也是临时才想到的,没想到还真派上了用场。"

喻佳也跟着盛延倚靠在栏杆上。

两人都暂时不想回教室。

喻佳突然开口:"你有没有觉得这个世界很现实?"

盛延没明白:"嗯?"

"你看,当所有人都以为你是名校转回来的'学神'的时候,王萍对你态度多好,又笑又捧。同样是你,成绩不好就是吊儿郎当,成

绩好就是机灵活泼。"

盛延听后点点头:"我觉得你的话有道理。"

喻佳继续说:"老师之间也是一样,王萍在老仲面前那么威风,因为她班上的学生成绩好,承包了年级第一二名。成绩就是底气,分数就是实力。"

"所以啊——"喻佳叹了口气,转身拍了拍盛延的肩,"盛延同学,多努力吧。"

盛延笑笑:"努力到哪种程度?"

喻佳翻了个白眼:"你忘了,我是你的竞争对手,你的第一个小目标就是超过我。"

盛延"嗯"一声:"超过你之后呢?"

"超过我之后?"喻佳想,"那就超过李元杰。"

"超过李元杰之后呢?"

喻佳皱眉:"超过曾笑笑?"

"超过曾笑笑之后呢?"

盛延一直在问,直到喻佳把班上各个成绩段的同学都说完了,说到了韩霜,再往前面,可就是白思静、林文帆他们了。

喻佳觉得盛延还没努力就在这里幻想,拍了他一掌:"你还是先超过我再说吧。成绩不怎么样想得倒还挺长远,你是不是说你这样一路超下去,最后要超过白思静、林文帆啊?"

"你能超过我,我都能乐疯了。"

盛延表情挺正经:"那如果我真的超过白思静、林文帆,你会怎么样?"

喻佳觉得盛延爱妄想的毛病没救了:"你要是能考到年级第一,那我就给你买二百五十万发鞭炮庆祝这一奇迹,然后坐着鞭炮原地三百六十度螺旋升天,七百二十度腾空翻转,最后九百八十度凌空一蹬,直接五十米滑跪到你面前叫老大!"

盛延听得"吃吃"地笑出来。

他突然转了个身,双手撑在栏杆上。

喻佳也同时往后仰了仰,两人姿势悠闲。

盛延笑着看喻佳:"不用叫老大。这么多人叫我老大,多你一个不多。"

少年声音清润，像夏天里橘子味的薄荷糖。

喻佳看到盛延低头说话时的脸，脑子微微停滞，脱口而出："难不成要我叫你哥哥？"

"叫哥哥？这可是你说的啊，这主意好！"

她心头一哽："只要你能超过林文帆，让我叫多少声哥哥都可以。"

她拍拍少年的胳膊，示意他快走了。

"你说的，叫多少声都可以。"

喻佳一副就对方那成绩，这辈子都不能听到的表情，"嗯"了一声。

"好。"盛延笑了，整个人似乎很悠闲，看向教室的方向对喻佳说，"走吧。"

喻佳跟着回教室。

成绩这种事情，一个最垫底的差生努努力提高肯定是没问题的，但林文帆是年级第一，想超过他，起码得是700分。

一个考两百多分的人，想要从现在开始凭借自己的努力考到700分，这明显是从没读过书的人才能做出来的白日梦，说出去都会被人耻笑。

喻佳看向盛延的后脑勺，然后告诉自己他能进步多少是多少，剩下的让现实去打击就行了。

期中考试如期而至。

在考前班里布置考场的时候，仲福林本来还想像从前一样跟下面这群学生打一波鸡血再喂几碗鸡汤，让同学们这次要勇争年级倒数第二，只是当他一站到讲台上，看到教室后面像座大山一样稳稳镇压着的盛延，突然掏出手绢，辛酸地叹了口气。

七班这辈子怕是都别想摆脱倒数第一了。

班里人都在最后一刻抓紧时间看书。

喻佳由于一直逼迫盛延学习，自己不好显得太悠闲，也基本在跟着学，此时正准备把语文书拿出来再看看那几篇重要的默写。

她一扭头，发现班里所有人都低着头在学习，只有盛延，桌面上干干净净，仰在椅背上转笔。

似乎是因为考前到班时间早，他甚至还打了个哈欠，然后用手揉了揉困倦的眼睛，开始闭目养神。

喻佳看到这一幕气得直接心梗。

如果不是因为布置考场，两个人的座位中间被拉开，她保证现在已经一拳捶上去了。

他不是还跟她保证好好学习，雄心壮志要超过林文帆？

喻佳对着自己桌上的语文书，怀疑自己是造了什么孽。

她突然开始回忆电视里新东方和蓝翔的招生广告，两个学校都是全国知名的老牌名校，开挖掘机据说工资不错，但是感觉厨师未来晋升空间更大。

选哪一所好呢？

铃声响，离考试开始还有四十分钟，考生准备进考场。

盛延起身，看到喻佳面前摆着本语文书，但她明显没看，而是在出神地想着什么，小脸拧在一起，似乎很纠结。

"小鱼。"盛延只好点了点喻佳的课桌，"走了。"

"嗯？"喻佳回神，看到班里人都收拾东西去考场了。

考语文不用草稿纸，喻佳把书放好，拿了个笔袋，跟只揣了支笔的盛延一起去考场。

两人照样都在最后一个考场，不过托盛延的福，上次月考最后一个考场的学渣们除了喻佳，集体被盛延带到沟里，全军覆没，所以这次喻佳的位置变成了最后一个考场的第一个。

也就是这个考场里成绩最好的一个。

盛延倒数第一，坐在最后一个考场的最后一个，跟喻佳坐在这间考场的对角线。

跟上次一样，当盛延出现在考场，从衣兜里掏出支笔放在桌面上的时候，喻佳感受到考场里有瞬息的安静。

只不过不同于上次所有人脸上的崇拜与期待，喻佳觉得盛延现在能够若无其事地进入这个考场考试，心理素质着实过硬。

好几个人脸上的表情分明是想暗杀这位害得整个考场集体翻车的倒数第一。

盛延坐下，他前面的那位倒数第二，正跟其他的倒数选手闷头凑在一起商议待会儿怎么作弊。

"我已经跟我兄弟说好了，待会儿离考试结束还剩五十分钟的时候去厕所，他在厕所里把他的答案给我，等我拿回来看过之后就传给你们,你们互相传一下。这堂我出去上厕所,下堂考试你出去,下下堂他出去……考完之后我们轮流给他买零食。"

"好的好的,没问题。"其余几人听完安排后纷纷兴奋地点头,然后问,"你那兄弟成绩怎么样啊,靠谱吗?"

倒数第二拍胸口:"靠谱得很!年级五百多名,语文、化学都可以考及格!数学可以考六十几分!牛吧!"

师大附中一共十二个理科班,理科生一共也不到七百人,不过这五百多名的名次对于一群坐在山底的倒数选手来说,明显是一个高不可攀的名次。

一群人纷纷惊叹着:

"数学可以考六十几分?大神啊!"

"我要是考五百多名的话,我妈做梦都要笑醒。"

"化学真的可以及格吗?我化学从初中开始就没有超过30分!"

倒数第二说:"我是好不容易才说动他传答案的,大家这次行事一定要小心,千万注意不要被逮到!"

他似乎觉得这样光说不稳妥,又找了张草稿纸,拔出支破破烂烂的笔:"这样,我画一个每个人的顺序时间表,大家注意记一下。"

一伙人聚拢,头碰头,围在倒数第二的位置上煞有介事地画作弊安排表。

盛延在后面听了半天,等到他们连计划表都开始画上的时候,终于忍不住踢了踢倒数第二的椅子。

倒数第二的椅子被踢,提笔转过来,没什么好脸色地看着身后的倒数第一:"你干吗?"

他以为盛延听到后也想加入他们此次的作弊计划,上一次被这人害得分数断崖下跌的仇还记着:"不好意思,我们加谁都不加你。"

"没。"盛延看了一眼倒数第二座位上的安排表,"我是觉得你们这样不麻烦吗?"

"用不着搞这么复杂,"他说,"要不我把我的答案传一份给你们?"

作弊天团腹诽:就没见过这么不要脸的人!是因为上次翻车没有人去暗杀所以飘了?

考倒数第一的人是怎么好意思再当着他们的面说"我把我的答案

传一份给你们"这种话来的？

每个看过去的人脸上都写着"神经病"三个大字，没有人再理盛延，转过去继续围拢制定作弊计划。

盛延对着一群人的背影笑笑。

快要开考了。

监考老师拿着试卷进来，让所有人把除了笔和空白草稿纸以外剩余的所有乱七八糟的东西放到讲台上。

分发试卷。

喻佳向后传递试卷，心情复杂，看了一眼位于教室另一端的盛延。

盛延竟然也在看她，见她也看过来了，于是用口型说："小鱼，冲呀！"

喻佳转回去，头疼地揉了揉额角。

考试时教室里只有试卷翻动的沙沙声。

在离考试结束还有五十分钟的时候，倒数第二果真去了厕所。

只不过他没料到在他去厕所的期间，监考老师抱着观摩差生的心态跑去瞅了一眼他的试卷，结果刚好看到压在试卷下的作弊计划安排。

于是安排表上的人还没开始行动就全军覆没，所有考试都不能去厕所，最后几场考试甚至还迎来了年级主任的亲自监考。他往讲台上一站，所有人只能对着面前空白写不出的试卷抓耳挠腮。

期中考试一共两天。

考完最后一门，整栋教学楼似乎都放松了，每间教室里都很热闹。

七班班里依旧热火朝天地对着答案，不时响起几声李元杰发现自己又做错了的哀号。

这次盛延座位周围倒是很清静，没有人再来找他对答案。

仲福林还没来，喻佳考完回到教室后就一直若有所思。

在前面李元杰第N次号叫后，喻佳似乎终于从自己的世界中出来，然后她撑着脑袋，看向身旁的同桌。

感受到少女突然直勾勾的注视，盛延缓缓抬头。

两人对视。

盛延刚开口："我……"

喻佳突然开口："挖掘机和烹饪，你比较喜欢哪一样？"

喻佳自从考完回到教室后，就一直在认真思考这个严肃的问题。

盛延毕业后到底是学烹饪还是挖掘机？

她思考到最后，得出的结论是工资和升职前景都不是最重要的，最重要的是对这个行业的兴趣与热爱。

于是当她面对盛延的时候，就把这话脱口而出。

盛延对上喻佳突如其来的问题，首先愣了一下，然后他面对少女认真的表情，一时不知道该如何反应。

因为她问他喜欢烹饪还是挖掘机，是他想的那个意思吗？

等过了差不多半分钟，盛延才似乎也挺认真地吐出一句："要不……汽修吧？"

"汽修？"喻佳得到答案，若有所思地点点头，呢喃着，"也行。"

盛延不解："你问我这个做什么？"

喻佳被问时看一眼身旁的少年："要你管。"

盛延觉得应该是他想的那个意思。他兀自笑出来，一开始只是憋笑，后来憋不住了，趴在桌上，笑到肩膀一抖一抖的。

喻佳投过去迷惑的眼神："你笑什么？"

盛延头枕一条胳膊，看着小鱼脸上蒙到可爱的表情："没什么。"

师大附中的阅卷速度很快，老师们周末加班加点，周一午间休息的时候，各科老师都发了期中考试的答案让大家对对，说成绩马上就能出来。

喻佳照着老师在黑板上写的答案对了一下自己的。

事实证明陪着盛延一起学习后还是有效果，她虽三天打鱼两天晒网地学，但就正确率来看，明显比之前一点不学强多了。

喻佳对完答案，一算分数，发现这次自己可能好几科都能及格。

这绝对是个值得庆贺的巨大进步。

然后她扭头问盛延："对了吗，怎么样？"

盛延扫一眼答案："我觉得考得还不错。不对，是我考得还挺好。"

喻佳没想到这人还挺自信，"哦"了一声："作为你的竞争对手，我觉得我考得也还挺好。"

她凑近了点，明目张胆地挑衅："所以不好意思，你可能暂时超不过我了。无论你多么自信，你的竞争对手，也就是我，都将永远凌驾在你头上，不断扩大我们之间的差距，把你远远甩在身后，让你只

能拼命追逐我远去的背影。"

少女像一只狡黠的小狐狸，挑衅如狐狸软乎乎的小肉垫，啪嗒一下拍在你掌心，它以为你会疼，其实你只感受到了软和暖。

盛延笑着伸手比了个真棒的手势："小鱼最棒。"

喻佳把盛延的手打下来。

蒋二炮刚从教师办公室里统分回来，走过去拍了拍喻佳。

"喻佳，老仲让你去办公室一趟。"

"好。"

教师办公室里照样被期中考试的各种卷子淹没，办公室里除了老师还有不少学生，来来往往的，都是在这里帮忙录分数、分卷子。

喻佳走到仲福林的工位，结果发现他不在，应该是有事出去了。

于是喻佳在仲福林的工位旁边等。

他桌上摆了几沓期中考试的卷子，都是七班的，应该是刚分好了，还没来得及往下发。

喻佳低头往卷子上瞟了两眼，没动手翻，继续站着等仲福林回来。

仲福林也不知道跑哪里去了，喻佳站得有些无聊，在办公室里扫了一圈，看到那边王萍的工位上，白思静和林文帆竟然都在。

王萍找到林文帆最后被改出来的语文卷子，喜上眉梢。

年级前几名的分数总是所有老师关注的焦点，旁边几个老师在问："王老师，统计出来没有，这次林文帆总分多少？白思静呢？"

这一问，几乎吸引了整个办公室人的注意，所有人都把目光汇聚到王萍的工位上。

王萍再一次算完林文帆的总成绩，脸上笑容藏也藏不住，甚至连说话的声音都比平常大了不少："总分出来了，第一次上700，701分。"

"思静这次也不错。"王萍又把赞许的目光投向白思静，"681分。只是生物有个选择题不该错。"

办公室的几个老师听完王萍报分后纷纷围上去，惊呼："上700分了？"

"我天，快把他卷子拿过来我看看。"

"这孩子上清北稳了，真不错。"

"白思静再努点也没问题。"

"王老师你班上这次太风光了啊。"

"我改卷子的时候碰到一份卷子特别不错,我估计是林文帆的。"

一群人对着林文帆和白思静的卷子夸赞品评,喻佳看了两眼,别过头,"喊"了一声。

白思静和林文帆两人互相看了看,然后退出人群,开始分发王萍手上还剩余的一些没按班级分类的生物卷子。

林文帆拿着一沓七班的生物卷子来到仲福林的工位前,然后看向站在旁边的喻佳。

办公室所有人都凑在那边围观林文帆的试卷和成绩,倒没有人注意这边。

林文帆把那沓卷子缓缓放到仲福林的办公桌上,他本来有些紧张,似乎想等喻佳跟他打声招呼。只是喻佳见了他,并没有什么特别的反应,甚至连一个多余的眼神也没有。

最后是林文帆先开口叫了声:"喻佳。"

喻佳一脸"你这人还有什么事吗"的表情看过去。

林文帆沉默了两秒,说:"上次是我把话说重了,你别往心里去。"

喻佳听到这话的第一想法是"你上次说的是什么话来着",然后依稀记起来上次他最后跟她说的貌似是"你以为你自己很了不起吗?没有你家里你根本什么都不是"。

喻佳无语,扯了扯嘴角。

林文帆试图打破两人之间的僵硬与尴尬:"你这次考得怎么样?"

喻佳只觉得这人在她面前晃得烦,皱眉:"跟你有关系吗?"

林文帆接连被喻佳冷待,他吸了口气,想起喻佳上次跟盛延站在一起的样子。那个时候,他们都以为盛延是个"学神",谁知最后竟然是个倒数第一的"学渣"。

他想喻佳在发现与自己站在一起的是个"学渣"的时候肯定也后悔了。

林文帆说:"我只是希望你不要再继续堕落下去。"

喻佳一愣:什么东西?

林文帆继续说:"我说过,你是有能力学好的,可是你一直这么放任自己跟一些不三不四混日子的人混在一起,我对你无比失望。"

他说完似乎又觉得自己的话说得太轻,干脆直说:"你不应该跟

盛延那种人混在一起。"

喻佳听后冷下脸,听到他一口一个"不三不四",不耐烦了:"你有事吗?盛延是什么人关你什么事?他是什么人我比你清楚。"

林文帆没料到喻佳如今这么护另一个人的短,这个被护的人还是样样不如他的倒数第一,愤怒道:"你知不知道他是被S市四中开除才转到我们学校的?你知道他被S市四中开除的理由是什么吗?是因为他猥亵女生被人家……"

"你闭嘴!"喻佳听到最后时脑子蒙了一瞬,然后立马喝住林文帆。

这声喝止惊动了白思静。

她抱着一沓卷子,笑意盈盈地过来,目光在喻佳和林文帆脸上流转,最后落在喻佳身上。

她站在林文帆身边,冷笑一声:"人家愿意跟个猥亵女生被开除的垃圾败类混在一起,你何必来自找气受呢?"

喻佳攥着拳,脸色沉到极点,怒极反笑:"上次我放过了你,你又找死是吗?"

白思静却没有再接话,而是突然尖叫一声,躲到林文帆身后。

这一声尖叫,引得那边在观摩品鉴林文帆卷子的老师全都看过来了。

王萍看到自己班上的年级第一第二正与阴沉沉的喻佳对峙着,似乎有马上就要动手的架势,立马站起身往这边赶过来:"你们在干什么!"

喻佳扫了一眼正往这边走的一群老师,吸了口气,努力平复怒气。

王萍快步走到喻佳面前:"你又在给我搞什么事?"

白思静插话:"对不起,王老师,我们只是说了两句关于盛延的事,喻佳生气了。"

喻佳攥着拳,冷冷地看向白思静。

一听到"盛延",一群老师都想起原以为这小子是"学霸",结果是个倒数第一,戏谑地摇摇头。

看来仲福林班上倒数第一第二的感情还不错,差生之间似乎总是格外惺惺相惜。

就在这时,一直不见的仲福林突然回来了。

他手里还拿着几张卷子,看到一群人都围在他的工位前,一边往人群里挤,一边问:"怎么了,怎么了?"

一个老师笑着开口:"没事,说你们班那个盛延呢。几个学生为他吵起来了。"

仲福林很疑惑:"吵起来了?"

他看了一眼表情阴沉的喻佳,然后看看对面的白思静和林文帆,以及他们身后的王萍:"为什么吵起来?"

王萍扫了一眼喻佳,冷笑一声:"算了,走了,大家散吧。"

"散吧散吧。"几个老师都说着要散。

一个平常跟王萍关系好的男老师突然开口:"仲老师,说起你们班的盛延,这次考得怎么样啊?"

另一个老师也问:"对了对了,哈哈哈,盛延的分数出来没有?"

如果说林文帆是师大附中的上限,那么很明显,盛延就是师大附中的下限,他的分数也备受人关注。

一说起盛延的分数,一群老师都不走了,要留下来找仲福林看看分。

甚至连王萍、白思静和林文帆也不走了。

喻佳清楚地看到王萍脸上的嘲讽。

谈到盛延的分数,仲福林看看王萍和白思静、林文帆,似乎有些犹豫:"这……"

另外的老师插嘴:"快看看吧,这次林文帆上了700分,总分701!"

王萍勾着一抹笑。

仲福林听后表情挺耐人寻味:"啊,那很不错啊。"

其余人接着怂恿:"快看看盛延的。"

"行吧,这儿呢。"仲福林见大家都这么有兴趣,于是放下刚才进来时手里拿的那几张卷子。这几张卷子都来自于同一个人,最上面一张是他的成绩单。

所有人都围拢凑过去,包括王萍、白思静和林文帆。

喻佳看向那份成绩单。

姓名:盛延。

总分:738。

Chapter 08
我最好的朋友

这绝对是一份完美到极致的成绩单。

一排分数望过去,数、理、化、生科科都是满分,只有语文是140分,英语148分。

仲福林面向周围一众目瞪口呆说不出话来的人,笑得福至心灵,人生难得地"凡尔赛"一番:"你们说这孩子也真是,坐在最后一个考场考出这种成绩,把我吓得赶紧把他所有卷子找出来去核对。以后这种玩笑可开不得,是什么水平就该考什么分数,S市四中转来的孩子怎么可能差,哎呀,我可得好好批评一下他。"

几个老师听完"凡尔赛"语论,终于低头端详手里的满分卷子。

王萍看着成绩单上的满分,嘴唇有些发抖。

她放在一沓试卷上的手指抓紧,最上面的那一张被她抓到皱起来。她似乎正准备说什么,旁边一个戴眼镜的数学老师突然捏着眼镜腿惊呼:"我的天,还能有这种解法?"

他翻到的是盛延的数学卷子最后一题的答题页。

最后一个小问,参考答案上密密麻麻一页纸的解题步骤,这张卷面上只用了不到三分之一的纸。

解题思路灵活,方式更简洁,是连出题老师都没有想出来的思维方式。

那个数学老师明显激动了，随手抓起一张纸："不行，我要把他的解法记下来回去慢慢琢磨。"

数学老师在膜拜地抄录盛延的解法。

另一边，一群老师观摩着盛延的各科试卷，对着眼前高到吓人的分数：

"738分，这是省状元的苗子啊！"

"这分数……作弊都得不来吧。"

正在抄录盛延最后一题解题过程的数学老师立马抬头否定："不可能作弊！拿着参考答案都不可能！他这个解题方法比的参考答案漂亮多了。"

几个物理老师又挤到中间："快看看他物理最后一个大题怎么解的，那题我们故意出得很难。"

试卷上，盛延完美地解出物理最后一题，甚至提前写完了卷子，又在下面补充了两种解法，一共给了三种解题方式。

物理老师眼睛快要黏到卷子上："他竟然直接写了三种解法？我的参考答案上都只有两种，还有一种是什么？快拿给我，不要抢。"

几个物理老师在争着看最后一题的新解法，办公室里其他几个任课老师纷纷活络起来：

"英语作文怎么扣了两分？这作文写得明明是满分标准，肯定是哪个老师批改时看他前面全对才扣的。"

"啊，这套化学卷子是我改的！太漂亮了！我改的时候还以为是林文帆的卷子，还纳闷他的卷子为什么会跑到了最后一个考场。"

"陈老师，语文作文拿给我拍一下，回去给我班上的学生当范文背。"

"哎哟，这满分，仲老师这卷子借我复印一下，我回去贴到我班里。"

仲福林笑着不停点头："好的好的。"

各科老师无比激动地忙碌起来。

只有王萍立在那里，听到数学老师嘴里的"新的思路"，物理老师激动的"三种解法"。

超越参考答案的解题步骤，比参考答案更完美。

分数高到连作弊都不可能。

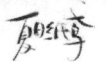

她虚晃着往后退了一步,碰到林文帆的肩膀。

林文帆对着盛延满分的数理化成绩表,脸色早已难看到极点。

他能考701分,是他的极限在那里,而盛延的738分,是因为分数的极限在那里。

能考到700这个分数段的人,5分的差距都是一个巨大的坎,而这701分和738分之间,横亘着一道高不可攀的山脉。

"仲老师。"那边还有老师在兴冲冲地问,"盛延第一次月考怎么才考了那么点儿分,怎么回事?"

仲福林笑得眼睛都看不见了:"我刚才去找了他一下,他说第一次月考状态不好。算了,我也不多问,只要以后都正常发挥就行了。"

另一个老师插嘴:"他第一次月考好几门的选择题都是零分,明显是全都知道正确答案才能得零分,不然你随便找个差生让他选择题全部挂零试试?根本不可能。现在这些孩子,明明能考第一,非得乱来,心思深哪。"

闻言,白思静的脸色惨白如纸。

喻佳被一群老师从人群中央愣是挤到了最边上,眼前还是刚才盛延成绩单上那一排几乎全是满分的分数,以及这些老师激动议论的"学神",参考答案都没他标准。

喻佳甚至有些恍惚,她定了定神,发现眼前场景照旧,这不是什么幻想中的场景,然后她看到林文帆和白思静也同样被挤到了边上,很显然,在738分面前,有的已不值一提。

王萍脸上表情复杂,想着那个之前被她数次挖苦嘲讽的盛延。

早知道……

她怨愤地看了一眼对面正在炫耀盛延成绩的仲福林,然后转身对林文帆,说:"走!"

林文帆跟在王萍后面走了,白思静也跟上去。

仲福林还被围在老师当中。

喻佳不知道仲福林找她来办公室是做什么,估计现在正忙着高兴的仲福林自己也忘了,于是她没挤进去打招呼,干脆直接回教室。

喻佳走到教室后门,看到李元杰正把头钻进桌洞里吃奥利奥。盛延伸腿,钩着椅子把李元杰的脑袋从桌洞里抽了出来,李元杰嗷嗷叫着，盛延起身伸手拿了两块饼干。

抢李元杰饼干的人，其实考了738分。

喻佳眼神暗了一瞬，进门。

盛延见到喻佳回来，把刚从李元杰手里抢的另一块饼干递过去："给。"

喻佳站在自己桌前，没有说话，也没有去接那块饼干，甚至都没有看盛延。

她对着自己桌上的教材精编，伸手翻了两页，看到书里夹着的知识点汇总，想起盛延说这是在网上找的。

只不过现在她对"网上找的"要开始打问号。

盛延发现喻佳脸上没什么表情，仿佛不太高兴。

他抬头，样子关心："怎么了？老仲找你说什么了吗？"

喻佳看向盛延表情疑惑的脸。

下一秒，她突然伸手揪住他的衣襟。

教室后面一阵噼里啪啦桌椅碰撞的响声。

所有人听到声响后纷纷回头。

然后看到喻佳揪住盛延的衣襟，按在教室后墙。

喻佳阴沉着眼神，嘴角紧绷，周身气场强大，反倒是盛延显得比较慌乱，明显不知道是怎么回事。

众人看到这一幕的第一反应是：吵架了？

喻佳深深凝视着少年表情茫然的脸。

想起之前她每天逼着他学习，她日夜操心他考不上大学只能去打工，为了激励他，还主动当起了他的竞争对手。

甚至刚才，去教师办公室之前，她这个学习竞争对手还对他说，她进步得更快，她要凌驾在他头上，让他永远只能追逐她的背影。

简直讽刺。

她算是知道盛延以前上课为什么不听讲了。

因为老师讲的那些东西他早就会了，对他而言如同小儿科。

以及为什么盛延英文歌唱得那么好；为什么盛延从前经常说"你不懂的可以问我"；为什么盛延可以扬言超过林文帆、白思静；甚至为什么刚才她问他以后想去学烹饪还是挖掘机时还能笑得那么开心。

喻佳从没有一刻像现在这样觉得自己是个傻子。

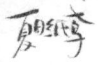

喻佳双眸黑沉沉的，终于启唇，冷声质问："盛延'大学神'，很好玩吗？"

盛延被这个眼神盯得愣了半秒："我……"

他似乎想解释什么，但对着少女的眼睛，感受到她说话时打在他脸上的清浅呼吸，话又没说出来。

他目光又绕到喻佳身后，看向班上那些正伸长脖子往他们这里看热闹的同学。

喻佳这才意识到后面还有人在看着，只能松开盛延的校服衣襟，直起身。

她一句话没再说，回到自己的位置上坐着。

盛延跟在后面，扶起刚才被绊倒的椅子，也坐下来。

众人这才纷纷回头。

前座李元杰突然扔过来个字条。

盛延展开。

延哥，你们怎么了？

盛延看完字条上李元杰的狗爬字，然后看向身旁一脸冷酷的喻佳。

他把字条又团成一团扔回给李元杰，然后一手撑着喻佳的椅背，低头往她那里凑："小鱼。"

"啪"一声，喻佳突然把自己的课桌拉开二十厘米，然后挪动椅子坐过去。

盛延抓了抓头发，正准备把自己的课桌也挪过去，仲福林突然夹着一沓成绩单，精神饱满地走进教室。

"同学们好。"仲福林中气十足地在讲台上打招呼。

所有人纷纷抬头，看向讲台上今天就差没把"我现在好高兴好激动，你们这群小可爱"写在脸上的仲福林。

一看就是有什么喜事。

紧接着，蒋二炮带着几个男生从门口进来，手里抱的全是七班这次期中的考试卷子。

试卷被纷纷发下来。

仲福林在讲台上激动地宣布班上有一位同学，在本次期中考试中凭一己之力将七班整个班的平均分拉高5分，一下跃到年级倒数第三。

所有人都纷纷向韩霜看过去。

韩霜表情迷惑，算了算如果把他们班成绩拉高5分，该是个多么可怕的分数。她并不激动，因为她知道自己根本考不到那个分数，肯定不是她。

再然后，等到卷子发得差不多了，仲福林突然把赞赏的目光投向教室最后一排，倒数第一的专座上，此时不知为何看起来不怎么开心的盛延。

仲福林一脸神秘地问全班："大家猜猜这位同学是谁？"

不过，大家还没正式猜，仲福林就迫不及待地公布答案："他就是我们班的班级第一，同时也是本次考试的年级第一，总分738分的盛延同学！"

众人惊呆了。

跟仲福林预料中的不同，教室里先是一片诡异的安静，直到他再宣布了一遍盛延年级第一考了738分，所有人才震惊地回头。

李元杰直接开始翻盛延桌上的卷子，然后一翻一个满分，每翻一个满分就叫一声。

教室众人伴着李元杰的"号叫"，纷纷开始掐手背看是不是在做梦，然后伴着手背被掐痛的吸气声，盛延被惊恐的目光包围了。

班里唯一一个没有掐手背的是坐在盛延旁边的喻佳，她面无表情，冷冷看着自己成绩单上的"总分400"。

仲福林这个考后总结会开得激情饱满、斗志昂扬，先是花了半节课表扬盛延，然后又花了半节课表扬七班整个班集体，以及这次期中考试进步特别明显的几个同学。

仲福林特意表扬了喻佳。比起第一次月考，她这次进步了将近五十分，年级排名也进步了一百多名。

班里每个人被表扬时脸上的表情都是骄傲喜悦的，唯有喻佳，似乎高兴不起来。

不知道为什么考了第一甩第二名那么多分的盛延，被表扬的时候跟喻佳一个表情。

年级百名榜贴在教学楼下面的公示栏。

盛延再一次轰动全校，一举成名。

各种消息光速传开，据说"学神"第一次只是考着玩玩，宛如少林寺扫地僧,专门隐藏实力,隐姓埋名体验世界的参差,然后享受这种一鸣惊人的快感。

当来自S市四中的"超级大神"发挥真实的实力后,连林文帆在他面前都只是个普通人。

七班教室一直热闹到放学。

盛延应付一群同学的方式跟应付仲福林时的一样,说第一次状态不好。

李元杰这几节课几乎把盛延的卷子翻烂了,现在又拿在手里再一次翻看,然后投过去一个"信你我们就是傻子"的眼神。

一直到放学,喻佳都没有再理盛延,放学后本来想直接就走,可是好巧不巧,今天轮到她和盛延做值日。

盛延放学后又被数学老师找了一下,让他去讲讲最后一道大题第三小问的思路。盛延匆匆讲完题回来时,喻佳正在一个人擦黑板。

他赶紧过去接过黑板擦:"我来。"

喻佳皱眉:"让开。"

盛延知道喻佳在生气,挪了一步挡在她面前。

"小鱼。"他垂了眉眼,先缓缓地说了声,"对不起。"

他原本以为自己的成绩出来后,喻佳应该是很高兴的,跟仲福林一样,只是事与愿违,少女没有高兴,而是生气了。

盛延道完歉,目光复杂,又似乎有点沮丧:"我考了第一,你真的不高兴吗?"

喻佳听后顿了一下,扭头看向眼前的少年。

她缓缓放下黑板擦。

她不高兴吗?

她每天都担心要去电子厂造手机的同桌,突然一跃成为第一。

这绝对不是短短一个多月就能取得的进步,事实是他本来就是这个水平。

盛延睫毛黑沉沉地压着:"我以为你会高兴的。"

"我高兴?"喻佳正视盛延,"我每天都在担心毕业要去电子厂造手机的同桌考试突然一飞冲天,把400分的我衬得才像个真正的傻子,你觉得我应该高兴吗?"

盛延被说到挫败,敛着眉,只好又说:"对不起。"

喻佳冷冷地笑着:"盛延,骗我好玩吗?明明是考第一的人,为什么不告诉我?"

盛延有些委屈:"我说过,你不信。"

喻佳突然想起考前盛延在她面前信誓旦旦,扬言要超过白思静和林文帆的样子,在心底骂了句脏话。

她对着眼前的少年,僵持半分后,只觉得这一腔情绪无处发泄,憋得慌,最后忽然开始撸袖子。

盛延不解:"嗯?"

喻佳发现除了动手,没有别的方法能让她好受一点:"打一架吧。"

盛延还没反应过来,喻佳突然抓住他的肩膀,只是在她拳头落下去的时候,发现盛延一直在低头看她,目光定定的,不怎么眨眼,看得很认真。

他的嘴角甚至还带着点若有似无的微笑。

导致喻佳这一拳愣是没抡下去。

"你看什么?"她不解地蹙眉,"你笑什么?"

"没什么。"盛延笑得更明显了些,抬头望向别处,仿佛惆怅地叹了口气,"看你打同桌啊。"

盛延笑着说完,以为喻佳会气得跳脚,会鼓着腮生气,会再朝他身上招呼。

他都站好姿势了,可惜她没有。

喻佳听到盛延的话,一开始是愣住,脸上表情微妙,最后静了一会儿。她看着眼前眉眼温顺的少年,突然松开他的衣襟。

因为她曾经看到过这人怎么把六个社会青年打倒的,而如今这人站在她面前,一点都不还手的样子,喻佳突然觉得非常没意思。

盛延没料到喻佳会是这个反应,直起身站过去:"小鱼?"

喻佳盯了一会儿讲台,似乎在想些什么,最后忽然抬头,对着盛延的眼睛。

两人目光相接,喻佳沉声开口:"那么同桌,你可以告诉我,明明是正数第一的水平,为什么会考倒数第一吗?"

这才是问题的关键。

盛延听后蓦地停滞。

喻佳说:"如果你也拿第一次考试状态不好的理由来敷衍我的话,

那么就当我没有问。"

盛延沉默,不见脸上的笑意,眉头轻轻皱着。

喻佳等了一会儿,看出盛延的迟疑,最后兀自转身把黑板擦放回原处:"教室里已经没有什么要打扫的了,没什么事就走吧。"

喻佳拍了拍手上的粉笔灰,正准备离开,少年突然伸手拉住她的手腕。

喻佳回头,先看了一眼自己的手腕,然后又看向压着眉眼的盛延。

盛延说:"去吃个饭吧。"

"谈谈。"

两人这次没去学校外面的小吃街,而是去了离学校最近的一家商场,找了家环境不错的私房菜馆,对着菜单点了几样菜。

从学校到餐厅的路上,喻佳一直清晰地感受到盛延身上的低气压。

这让她忽然觉得自己是否太逾越,有些事情一个人不愿意说就是不愿意说,为什么非要用半威胁的方式,把人家不愿谈及的事情刨根问底地问出来。

喻佳低头搅着自己面前的一杯水果茶。

盛延用手背撑着下巴,看喻佳一直埋头拨弄那杯水果茶的样子。

"你想先听什么?"他问。

喻佳动作顿了一下,抬了点头:"随便,你要是不想说就别说了。"

盛延听后沉默几秒,反而笑了笑:"没什么不能说的。我从小学习成绩一直不错。"

喻佳"嗯"了一声。

"我跟我妈亲近一些,我爸一直很少在家,跟我妈感情不好。"

闻言,喻佳猛地抬头,没想到盛延先说的是这个。

盛延嘴角带着点儿笑,眼色却压得很深:"那时候维系他们两个人唯一的纽带,就是我。"

"很奇妙吧,我爸不经常回家,却很在乎我这个儿子,很在乎我的成绩,每次回家都会问我的学习和名次。仿佛我妈在他眼里唯一的作用,就是替他培养教育我这个儿子。"

"我从前只知道我爸工作很忙,直到有一次,中学的时候,我看到他跟另一个女人在一起。我那段时间很消沉,甚至不敢面对我妈,又恨自己没有能力对抗我父亲,所以后来考试的时候,成绩下滑得厉害。"

喻佳静静地听着,看向盛延,突然有些无措。

盛延缓缓地回忆,然后一句一句地把那些回忆变成文字,说出来:"我爸难得回家,看到我的成绩,质问我妈怎么回事,为什么连儿子都教育不好。"

"他们两个人为此大吵了一架,我爸没过夜便走了,突然又发现一份文件忘了带,打电话让我妈送过去。"

说到这里,盛延喉结动了动:"后来……我妈在路上出了车祸。肇事司机酒驾,时速一百三十迈车毁人亡。"

"盛延。"喻佳突然轻声开口,示意他不用再说下去了。

喻佳懊悔,低垂眉眼:"对不起。"

"你跟我说对不起做什么?"

喻佳皱着眉:"我不该问的。"

"没事。"盛延淡淡笑着,"好几年前的事了。"

喻佳看到盛延脸上浅淡的笑容,心情复杂地问:"你在S市四中也是倒数第一吗?"

"有时候是,有时候不是。"

"唔?"

"有时候会有人缺考,全部挂零,所以我就不是倒数第一了。"

喻佳听得笑了一声,然后脸上的笑又迅速消失。她并不惊讶于盛延会用这种方式做出反抗,甚至是一种对他父亲的报复,她只是震惊于盛延私底下竟然一直都在好好学习,从来不曾落下。

喻佳突然觉得跟盛延比起来,自己实在幼稚到不够看。

因为老喻和吴女士不管她,不在乎她的成绩,不来给她开家长会,不想生她这个女儿,所以她也放弃自己。

她跟盛延同样都考倒数第一,而区别在于盛延只是表面上的倒数第一,实际功课根本没落下,而她,说不学就不学,垮得彻彻底底。

两人点的菜上了。

喻佳再次看向盛延,问出最后一点疑问:"那你为什么这次又不考倒数第一了?"

盛延把筷子从包装里抽出来，放到喻佳面前的碗碟上。

他反问："你说呢？"

喻佳语塞。

盛延笑笑，看着喻佳的眼睛，缓缓说："因为有人一起共同努力，这人还担心我的未来。不想让她以为我高考后只能南下电子厂打工，不想让她每天都操心我上新东方还是蓝翔，不想让她在讨厌的人面前没有底气撑不起脸，想让她放下心，想让她为我高兴。"

喻佳一字一句地听着，有些局促。

盛延的目光落在喻佳的脸上："其实我本来是想一点一点赶上去，陪着她一起，先进步50分。"

"可是……"盛延看着喻佳，"我想快点听那个人叫哥哥。"

话落，喻佳感受到自己整张脸噌地红起来，心情很懊恼。她想起考试之前，自己说过的，只要盛延能够超过林文帆，叫他多少声哥哥都可以。不用看也知道现在自己脸颊的颜色，她想控制，可根本做不到。

盛延夹了块里脊到她碗里："吃饭。"

两人吃完饭，出来的时候天已经黑了。

商场在学校和家的中间位置，吃了东西刚好消食，喻佳准备走路回家。

盛延依旧送她。

喻佳走着，抬头望了一眼天上稀疏的几颗星星。

她突然想起什么事情，于是问盛延："你有没有想过，你考第一了，你爸爸……他知道会怎么办？"

盛延也跟着喻佳仰头看了看星星，说："随便。"

喻佳忽然安静了。对着开阔的天空，她再次消化这个事实。

几年前，盛延应该也才十三四岁吧，很小，甚至还没有现在的她高。他目睹了父母因为他而争吵，一场车祸戛然而止所有的纷争，带走世界上最爱他的人。

她能从盛延的性格中感受出，盛延的母亲，应该是一个温柔而坚强的女人。

稚气未脱的少年，一夜之间失去最重要的人。他站在冰冷的医院，没有哭，女人曾经温柔地抚摸他头顶的手永远失去温度，脸上的白布隔绝整个人世间。

刚才盛延跟她说这些话的时候，脸上带着笑，但她能感受到他的哀伤。因为她知道，盛延对于母亲的去世，心里还是有解不开的结。如果他成绩没有下滑，如果他依旧考第一呢？是不是就不会有那天晚上的争吵，不会有后面发生的一切？

她不想让他难过。

"盛延。"喻佳站定，对着身旁的少年，露出一个笑脸，"你妈妈现在已经知道你又考第一了，她很高兴。而且她知道你之前是故意考倒数，儿子什么性格妈妈还不了解吗？不过，她不生气，也不逼你，因为她知道她的儿子这么好，可以自己走出来的。"

盛延听后笑了笑："真的吗？"

喻佳点头："嗯。"

她见他笑了，又接着说："不过，我劝你继续保持，不要掉以轻心，要是你以后被林文帆超过了，我是会批评你的。"

盛延笑得更开心了些，懒懒地向前走着，扬声答应："好。"

两人伴着月光散步，喻佳发现商场和她家的距离比她想象中近好多，两个人似乎没走多久，就已经看到别墅区的大门了。

门口警卫在值班，黑夜中听到喷泉哗啦啦地响。

盛延也觉得今晚两人走得格外快。

盛延把喻佳送到她家的院子外。

喻佳本来不想让盛延送这么近的，可是盛延看出喻佳的迟疑，问："你是怕你家里人看见吗？"

喻佳想起自己家，有点烦："我家没人。"

不想让盛延送的原因是她家的房子。临阳最好的地段，市中心临湖独栋别墅，外观夸张，花园里每一片叶子都在彰显着有钱。这让她想起了盛延那个位于破旧城中村，两室一厅的逼仄的家。

她倒是没什么，可她怕盛延看到了会不自觉地对比，出现心理落差，觉得同桌家里太有钱。

盛延倒不知道喻佳心里在想什么："没人为什么不让我送？走吧。"

喻佳看了一眼少年的脸："好吧。"

喻佳一路都有些战战兢兢。

刚才两人走的是别墅区外围，平常也会有市民过来散步，而别墅区里面却是安保严格，非业主根本不能进去，就连外卖都是外卖小哥直接送到门口的物业手上，然后再由物业转交给业主。

喻佳刷了卡，带盛延进去。

等走到她家门口的时候，喻佳小心翼翼地观察盛延的反应。比她想象的平静许多，少年脸上甚至没什么反应，波澜不惊的。

整个人都很淡定，仿佛这些他都见惯了一样。

喻佳觉得疑惑，随即又想可能是盛延早就知道她的家庭情况，已经做好了心理准备，所以才没有什么特别的反应。

这样似乎说得通。

喻佳松了口气，两人在她家大门前道别，直到跟盛延分开，喻佳一个人往里走时，才有一种恍然不真实的感觉。

喻佳思索着这种奇妙的感觉，直到突然听到一声："这么晚才回来？"

"啊？！"

喻佳吓了一跳。

她抬头，发现正站在客厅。

喻扬盘腿坐在沙发上，肘下垫个抱枕，手里是新出的一款游戏机。

喻佳左右看了看，老喻和吴女士应该都不在家，她拍了拍自己的胸口，看向突然出现在家里的喻扬，问道："你怎么回来了？"

喻扬打了个哈欠："回来拿点东西。"

然而他的目光继续投向喻佳，带着点儿审视："你还没回答我的问题。你不要告诉我，你这么晚才回来是留在学校里学习，跟谁玩去了？"

老喻和吴女士都不在，喻佳放松许多，一屁股坐在沙发上，往后靠着，说："同学。"

喻扬把喻佳从头到脚上上下下打量个遍："男的女的？"

喻佳看向喻扬，也不遮掩："男的。"

喻扬眼睛眯起："你真够坦诚啊。"

喻佳也眯着眼笑："反正你会帮我在老喻和吴女士那里遮掩，骗你做什么。"

喻扬倒吸口气："哼。"在想自己这次要不要阻止一下。

但他跟喻佳又一直是同一战线的，从前老喻在家，他半夜跑去网吧天快亮才回来，回来的时候总是喻佳偷偷摸摸下来给他开门。

什么互相帮扶、互相监督、积极向上的正能量兄妹情在两人这里都是反着来。

喻扬一时陷入纠结。

"行吧。"喻扬伸了个懒腰，又想起一件事情，"你们学校官网上那照片拍得不错啊，你笑得多开心。"

喻佳想起她跟盛延的招生宣传照还挂在学校官网上。

喻扬挑眉："今晚送你回来的是那家伙吗？"

喻佳倏地抬头，眼里写的是"你怎么知道"几个大字。

喻扬一见喻佳这个反应就知道自己猜中了，朝喻佳探身，一手把自己的游戏机钩回来，意味不明地笑着说："别忘了，我们是亲兄妹。"

"你小时候尿不湿都是我换的，饿了奶粉都是我冲的，我一把屎一把尿地把你拉扯大，还能不知道你的那点小九九？"

喻佳扔过去一个抱枕："去死。"

这对亲兄妹之间只相差不到四岁，不抢她吃的就不错了，什么叫一把屎一把尿地把她拉扯大？

喻佳腹诽：不要脸。

第二天到学校。

盛延今天看起来比平常更困，一直在打哈欠，眼下有淡淡的黑眼圈。

喻佳看盛延打了今天早上的第N个哈欠，忍不住问："你昨晚偷狗去了？"

"没。"

但是他时不时瞟一眼身后的《拒绝早恋，从我做起》，然后像是下定决心似的，抽出一张纸，开始奋笔疾书。

喻佳看到盛延在第一排写下题目为《浅谈当代高中生的高效学习方法——论怎样合理考到700分》。

喻佳："……"

还能有点人性吗？突然觉得自己考七百多分的同桌也不是那么可

爱了。

没想到转头盛延还真的把这个交给了仲福林。

仲福林早就想让盛延跟班上同学分享一下学习方法,看到盛延交上来的文章后十分满意,当即用胶棒把那篇文章粘到教室后墙板报上的美文赏析版块,刚好覆盖在盛延的《拒绝早恋,从我做起》上面。

仲福林在课上提醒大家下课去后面看看盛延同学分享的学习方法。

于是,一下课那篇《论怎样合理考到700分》前面就围满了人,人群中传来一阵阵"老仲是不是飘了""这是我们该看的东西吗"以及"700分是合理就能考到的吗"。

喻佳听着身后议论,打量身边的文章作者。

她一开始也以为依照这人以往的风格,会在上面写什么每科只错一个选择题就可以考到700分啦,上课好好听讲下课从不学习之类的,结果她看了以后才发现,这篇《论怎样合理考到700分》意外写得还……挺实用。

上课听讲,下课刷题,循序渐进,查漏补缺,彻底打消一般人心中天才每天不用学习,随随便便就可以考700分的幻想,人家课后也在死命地刷题。

喻佳看着身旁一边转笔,一边盯着一道数学题的盛延,心里突然有点不是滋味。

她觉得跟盛延有距离感了。

从前一个倒数第一和一个倒数第二,坐在一起心安理得,结果现在突然告诉她,她身边的倒数第一是装的,人家其实是正数第一,而她却不是装的,照样还在倒数。

这种感觉就好像800米体测,你跟你的朋友约好了一起慢慢跑,一开始的时候两个人都跑在最后,你心里很安稳,觉得你跟你的同伴惺惺相惜。可是刚到第二圈,你这个惺惺相惜的朋友却突然发力,以迅雷不及掩耳之势冲了出去,把你一个人远远甩在了身后。

而这个把你甩开的人现在还是你的同桌。

喻佳心情复杂。

她从前并不怎么在意自己考多少分:一是因为之前跟盛延说过的,她家里有钱,用不着为将来操心;二是她知道即便自己以后考不上,出国也行。

可现在,同桌考清华北大,她却只能……

喻佳头疼地敲了敲脑袋。

晚上,喻佳把喻扬从聊天列表里翻出来。

喻扬只回家一天,拿了点东西,今天一早就走了。

喻佳:在吗?

喻扬那边正在打游戏,手指灵活地操纵着键盘,刚要赢,屏幕上突然跳出个消息框。

一瞬间的工夫,游戏里被敌人一枪爆头。

喻扬对着游戏结束的界面愣了愣,然后才看向那个罪魁祸首消息框。

是喻佳,发了个"在吗"。

喻扬喝了口水压惊:什么事?

喻佳对着手机犹豫了一下:我想请个家教。

喻扬差点被水呛着:???

喻扬:你被盗号了?

喻佳就知道喻扬是这个反应:本人。

喻扬:那你好好的请家教做什么?

喻佳:那个你知道的吧……我那同桌,他年级第一。

喻扬更困惑了:你们年级第一不是那个什么姓林的吗?

喻佳说起这个还莫名有点骄傲:现在变成我同桌了。

他把林文帆的第一给挤下来了,超了三十多分。

喻扬若有所思地点了点头:哦,所以你不想跟同桌差距太大,想请个家教补一下功课?

喻佳:嗯。

喻佳:白天在学校能问他,晚上还是要一个老师补啊。

喻扬正想说给点钱让你那个同桌来当家教不就可以了,然后又立马否决这个想法。

家里经常除了阿姨就没有人,让那小子来家里给喻佳补功课,孤男寡女的,又是自制力最差的年纪,万一弄出点什么事,他非得把那小子弄死不可。

喻扬：行，我给你找一个。

喻扬：不告诉老喻他们。

他知道喻佳在顾虑什么，也知道喻佳因为成绩在老喻和吴女士面前有多别扭。

喻佳：谢咯。

跟喻扬说完找家教的事，喻佳舒了口气。

她返回主界面，看到有两条新消息。

都是盛延发过来的。

盛延：睡了吗？

盛延：同桌桌。

喻佳回复：没。

盛延：这个周末……有空吗？

喻佳看着盛延的邀请，隔了一会儿，回复：嗯。

两人又聊了一会儿。

喻佳：我困了，要去洗澡了。

盛延说：你快去。

然后他开始在手机上搜索起了第一次跟同桌出去玩应该干什么，男生应该怎么做，以及在玩的时候应该避免哪些事。

喻佳洗了个澡从浴室里出来，睡觉前又往手机上看了一眼。

又有新消息。

喻佳以为是盛延，点开后发现是万南。她打了个哈欠，点开万南的信息。

第一条还是一个链接分享。

万南：八卦一下，你们班上那个这次考第一的盛延，平时在班上表现得怎么样？

万南：跟同学相处得如何？跟你关系好吗？

万南：我觉得他看起来也不像是这样的人啊。

万南：最近怎么老有这种帖子飘出来？

喻佳看到万南提到盛延的名字，眉头皱了皱，点进他发的链接。

还是来自于师大附中的贴吧论坛。

喻佳平时基本上不看师大附中的论坛，只有每年"风采之星"选拔的时候会关注一下。学校里大多数人都跟她差不多，所以师大附中论坛的日活跃量不是很高，只有像万南这种论坛发烧友每天闲得没事喜欢在里面潜水。

帖子是个匿名小号发的，名字叫"默默八卦一下这次期中考试年级第一的那个盛延"。

高二（7）班盛延大家都知道吧，这次期中考第一，738分，把林文帆虐成了渣渣。

我有个亲戚是S市人，他朋友的女儿也在S市四中读书，也是个"学霸"。我之前好奇，随口问了一句那个朋友的女儿，问她认不认识盛延，现在转到我们学校了。结果你们猜怎么着？她说她认识盛延，这人以前在他们四中也很出名。

回回考试都是全校倒数第一，逃课打架惹事，老师们都拿他没有办法，也不知道他是怎么考进去的。

然后上学期的时候，据说他喜欢班上一个女生，那个女生不同意，他就趁体育课在洗手间猥亵人家。

这事闹得很大，那女生的家长找到学校来。据说盛延也承认了这个事，后来四中就把他开除了，所以他才转到我们学校。

这个匿名楼主每条八卦中间夹着不少回帖楼层：

啊？真的吗？不会吧？

感觉有可信度，否则S市四中那么好，他干吗要转到我们学校来？

不过，他从前在S市四中真的倒数第一吗？为什么在我们学校突然考了正数第一？

我也有个认识的人在S市四中，他也说这事好像是真的。

天哪，好可怕。

……

喻佳翻完这帖子所有的楼层，脸色阴沉到极点，立马上拉点举报。

不过，她举报的时候显示"本帖已不存在"，应该是论坛管理员已经把这帖子删了。

喻佳回到跟万南的聊天界面，从她的话里可以看出，这帖子经常出现在师大附中论坛的首页，管理员删了又有人发。

喻佳想起上次在教师办公室，白思静跟林文帆两个人说的话，他们那时也说盛延因为猥亵女生被开除。

喻佳骂了两句脏话，不知道现在学校里有多少人知道这件事，而盛延本人明显还不知道。

万南的消息又发过来：看完了没？我刚把帖子删了，这帖子最近总是有人发，我删都删不过来。

喻佳突然想起万南是学校论坛的管理员。

她立马回道：谢了老万。你能不能多抽点空盯着论坛，只要一有人发这个帖你就删。

她直接给万南转了三千块钱。

喻佳：拜托了，能不能设个违禁词什么的，连相关帖都发不出去的那种？

万南明显很吃惊：怎么了这是？

万南：要帮忙说一声就行，你转钱干吗？

喻佳：你收下吧。

喻佳：真的拜托了。

万南犹豫几秒。

喻佳咬了咬下唇，回复：盛延绝对不是那样的人。

他是我朋友。

她顿了一下，又补充：我们现在更像是并肩前行的战友。

万南那边花了大概两分钟去接受这个事实，然后回答：好。

她没有再多问，直接回：兄弟出马，你放心。

喻佳：谢谢。

知道万南办起正经事来还是很靠谱的，喻佳微松了一口气。好在学校论坛日活跃量不多，等于把这谣言掐死在摇篮里。

Chapter 9
看电影

第二天,喻佳来到教室。

她看了看班上的同学,除了课后来问盛延问题的人变多了,大家一直都跟从前一样没什么变化,甚至连一句关于盛延的小话都没有,照样"延哥""延哥"地叫着,应该还不知道论坛上说的那些事。

喻佳缓缓放下心。

盛延昨晚计划了一晚上周末要做什么,一来就问喻佳想看哪场电影。

这两天不是热档,上映的大片不多,喻佳正在盛延的手机上翻看每部片子的简介。

前面李元杰看到,凑过来,问道:"喻佳,你周末要去看电影吗?"

喻佳抬头:"嗯。"

李元杰又问:"你一个人吗?还是跟谁啊?"

喻佳顿了顿,不好直说自己要跟盛延去,说:"一个人。"

"那你打算看哪一部?"

喻佳翻了一圈没有找到特别感兴趣的,指了部惊悚题材的片子:"这个吧。"

李元杰激动地说:"太合适了!你一个人去看电影多没意思,我们几个同学周末也要去看电影,也看这部片子。这几天电影院在搞团购,十人套票只要一百块,比单独买每张便宜二十几块。

"我们目前已经凑了八个人了,现在还差两个人,你也来。"

喻佳愣愣地"啊"了一声。

李元杰兴冲冲地掏出手机,一边打开七班周末电影群,一边念叨着:"加你一个九个人,还差一个。"他说完,立马看向盛延,"延哥,周末看电影吗?"

盛延一蒙。

李元杰一脸"我懂的"表情:"喻佳去了你肯定也去,刚好十个人,刚好凑齐,我买票了。"

喻佳还没来得及阻止,就看到李元杰已经下单团购了十人套票。

李元杰把喻佳和盛延拉进"七班电影别动队"的微信群:"到时候我们就在群里面联系哟。"

盛延看着手机上的"七班电影别动队"十人群,薅了把头发。

喻佳觉得有点好笑,又有点无奈。

盛延想到"十人电影",一脸不爽。

喻佳只好摇头笑了笑:"我跟你坐一起可以吧?"

盛延僵了僵,半晌,才答道:"行。"

周末,两人组队变成了十人拼团。喻佳到的时候,盛延已经和几个同学坐在电影院外面的等候区。

韩霜首先看到喻佳,招手:"这里这里!"

喻佳走过去。

盛延身边的位置刚才一直放着爆米花和可乐,喻佳过来,他把位置上的东西都提起来,让喻佳顺理成章地坐下。

可乐一人一杯,喻佳坐下,盛延给她递了杯。

喻佳接过可乐。

曾笑笑正跟杨小娟商量什么,见喻佳坐下后问:"喻佳,我们待会儿看完电影准备下去逛街,一起吗?"

喻佳摇摇头:"不了,我家里还有点事,你们逛。"

"哦。"曾笑笑突然上下打量喻佳,忍不住说,"你今天的穿着真好看。"

杨小娟一边咬着可乐吸管,一边看向喻佳短裙裙摆下的腿:"你的腿好细哦。"

喻佳突然被夸衣着，拉了拉裙角，笑道："谢谢。"

平时大家在学校里都穿校服，只有周末的时候才能穿自己的衣服。

喻佳平常也不怎么纠结于打扮，但今天出门挑衣服的时候，花的时间还是比平常久了点。她特意穿了裙子，裙子长度在膝盖上，担心秋天会冷，所以配了双小腿袜。

黑色的小腿袜裹着少女纤细笔直的腿，膝盖上露出来的部分皮肤雪白。

盛延其实第一眼就注意到喻佳今天穿了裙子，他对女孩的搭配不了解，只是一见到就觉得小鱼今天真好看。这会儿被曾笑笑和杨小娟这么一说，他的目光也落到喻佳的腿上。

好看是好看，却似乎和今天的温度不太搭。

盛延移开目光，问了句："冷不冷？"

喻佳看向自己裸露在外的膝盖，说："不冷。"

商场里有空调，很暖和。

盛延"哦"了一声："冷就告诉我，我把外套给你。"

喻佳点头："好。"

盛延突然发现另一边蒋二炮也在边吸可乐，边往喻佳腿上瞅。

他一掌拍在蒋二炮的后脑勺上："干吗呢？"

蒋二炮吓了一跳，赶紧看向别处："没，没……"

说话间，李元杰把他们的十人套票取回来。一行人对着票号挑座位，盛延拿了两张连在一起的，然后给了喻佳一张。

电影开始检票进场。由于这部电影周末只有一场，所以来看的人还挺多，坐了大半场。

喻佳和盛延是倒数第二排靠左的位置。

喻佳坐在最边上，盛延另一边是袁自强。

惊悚片的噱头多，宣传片打出的口号就是让你惊声尖叫，来看的人基本都是一些学生和年轻人，平淡的生活里喜欢追求点刺激。

喻佳倒不是喜欢这种片子，而是目前上映的几部片子里貌似只有这一部能看，她往身后的椅背里窝了窝，专心看电影。

电影一开场就是一具暴雨中半腐烂的无名女尸，影厅里有女生在小声表示紧张。

喻佳放下可乐，仔细盯着银幕。

事实证明电影还不错，虽然排片少也没宣传，并且肉眼可见的经费紧张，但是导演把钱花在了刀刃上，整部电影注重的是一个沉浸其中的氛围感。每当一个疑似凶手出现，都看得人浑身发毛，尤其是当主角的同伴突然被一只手拖入无底洞时，影厅里全是观影者的倒吸气声。

盛延扭头，看向旁边的喻佳。

少女盯着银幕，瞳孔倒映着幕布的光，即便是最惊悚的片段，黑暗中她脸上似乎没什么表情，尽管前座的韩霜和曾笑笑已经吓到抱在了一起。

盛延发现喻佳看得很认真，似乎并不怎么害怕。

喻佳逐渐发现有目光落在她身上。

她微偏了偏头，跟盛延对视。

一场电影看得浑浑噩噩。黑暗中发生的一切，甚至比电影本身还让人紧张。

直到散场，李元杰他们还在热火朝天地讨论剧情，喻佳才恍惚发现电影后半场自己一点都没看进去。

然后她听到旁边明明比她看得更少的盛延，现在正跟着蒋二炮一起讨论："啊，凶手是那个穿白裙子的吗？我怎么没发现？"

也不知道这人怎么那么多戏。

看完电影，大家后面的行程安排都不同。

韩霜她几个女生打算去逛街，李元杰率领一众男生去网吧开黑。

"走，延哥，楼下网吧八折，我请客。"

盛延伸了个懒腰，搭着李元杰肩膀："算了，你们去吧。我该回去学习了，还有两套题没刷。"

众人："……"

从前考倒数第一的时候，盛延说他回去学习，大家都当个笑话在听，现在考正数第一七百多分，竟然也要回去学习。

还让不让他们这些普通人活了？

在拉仇恨这个方面上，盛延的确是天赋满点。

至于女生那边，喻佳在电影开场前就说了家里还有点事，也不参与，于是众人在电影院门口告了别。

几场电影散场的时间都差不多，门口的两部直升电梯都很挤。

喻佳独自去了后面消防通道的楼梯。

她推开厚重的防火门，看到盛延背靠墙壁，正在冲她笑。

"你不是要回去学习？"

两人一起下楼，到四楼的时候，盛延说："突然想买点东西，你帮我参考参考？"

喻佳没说话，默认了。

四楼是生活休闲区，有很多家居用品店、玩具店，还有一家卖宠物和宠物周边的大型宠物生活中心。

喻佳一直很想去这家宠物中心。

盛延看出她的想法，抬腿就往店里走。

店面很大，一进门就是几个玻璃围成的池子，里外都缀着假山石，池中铺着厚木屑，里面的土拨鼠正贴在玻璃向外张望。

喻佳先是凑近玻璃跟土拨鼠打了打招呼，然后穿过一片卖仓鼠的彩色笼子，直奔侧边靠墙的几个展柜。

这边是卖猫的地方。

小奶猫都被关在一人高的木柜里，隔着玻璃，怯生生地向外面张望。

每个柜子右下角都写着小猫的品种，包括出生多少天，打过几针疫苗，还有价格。

顾客要是喜欢就可以直接买走。

喻佳停在两只小"英短"的柜子前。她小时候就想养猫，老喻和吴女士却一直不让，他们觉得动物很脏，身上全是细菌。小学的时候跟喻扬偷偷在家里养了一只猫，把它藏在书房的一个纸箱里，每天放学回家小心翼翼地喂着。

只不过后来那只小奶猫还是被吴女士发现，然后被送了人。

喻佳看着展柜里的两只小"英短"，觉得跟他们小时候养过的那只小猫很像。她把指尖点在玻璃上，上下游移，小奶猫的视线就跟着她的指尖移动。

盛延看着喻佳认真逗小猫的样子，突然想把这一刻记录下来，于是拿出手机给她拍了照片。

少女眉眼间都是笑意，眼中的光纯粹美好。

盛延拍完照，收起手机，站在喻佳身后，也跟着看向里面的两只小"英短"。

他微俯身，往前伸了伸脖子。

两人从宠物中心出来，喻佳突然左右看了看："我怎么觉得有人在看我？"

于是盛延也张望了一下："有吗？"

喻佳回过头："应该是我的错觉吧。"

两人不打算再逛下去，下楼。

周末的原因，直梯依旧有些挤，盛延在电梯里，让喻佳站在里面。

电梯在二楼停了一下，轿厢里的人走了大半后宽敞许多，然后又上来几个人，刚好站到喻佳和盛延身边。

喻佳在那几个人身上闻到了烟味，她皱了皱眉，看过去，发现有个人她竟然认识。

谢俊杰。

跟他同行的有三个人，其中有一个挺漂亮的女生，手里还拎着几个购物袋。另外两个男生她不认识，看样子不是三班，也不是师大附中的。

谢俊杰自然也发现了喻佳，以及她身旁的盛延。

他目光在喻佳和盛延身上流连一圈，竟然开口打了个招呼："巧啊。"

盛延拧起眉头，在心里骂了一声晦气。

上次篮球场那事儿以"罗阎王"的从天而降作为结束，第二周周一的时候，所有参与者都上台当着全校做了检讨，除了谢俊杰对外宣称受伤住院，没有检讨，也刚好逃掉了为期半个月的校园义务劳动。

盛延想起那次喻佳红了两天的额头，后悔"罗阎王"来太早，自己下手太轻。

电梯"叮"一声停下。

喻佳并不打算理这些人，跟盛延出去。

然后她发现电梯停靠的不是一楼，而是莫名来到了地下一楼，停车场。

谢俊杰一行人没有要下电梯的意思。

喻佳跟盛延往前走了走,身旁的谢俊杰却突然向前了一步,挡在两人跟前:"招呼不打一声就走?"

盛延只好把喻佳往他身边拉了拉,看向挡在他面前的谢俊杰,突然笑了一声:"我说是谁呢。谢兄,身体终于好啦?我差点还以为您是林黛玉呢,身娇体弱的,那么几拳就在医院躺了两个星期,搞得我还挺内疚。"

谢俊杰陡然拉下脸,上次在篮球场被这小子绝对压制的耻辱他还记着。

然后盛延笑得更开了一点,只是眉眼间已带上了些戾气:"明知道自己身子骨差就别挡着别人的路呗,万一又碰上了,您再在医院躺上个十天半个月的,这我多不好意思。"

谢俊杰听后脸色更沉,没有再说话,与他同行的两个男生围上来。

喻佳看着这几人,有些无语。很明显,谢俊杰对盛延的仇恨已经盖过对她的仇恨。

今天在商场碰上了,简直是冤家路窄。

盛延又看了看围上来的几个男生,知道今天不发生点什么,怕是不能直接走。

谢俊杰这么挑事,明显是仗着今天他们人多,三对一。看来还是没记住教训。

"行吧。"盛延摇摇头,然后把袖子往上拉了拉,"找个地方,速战速决。"

喻佳穿裙子不能参与,跟谢俊杰带来的女生一起跟在最后。

地下停车场空旷,人说话的声音听起来格外清晰。

盛延态度依旧嚣张,似乎并不担心以一敌多,招摇地笑着:"怎么,篮球场输了,今天还想再输一次?"

谢俊杰听后却并没有被激怒,看了看在一旁等待的喻佳,忽然笑嘻嘻地开口,像是说给盛延,又像是故意说给其他的人听:"篮球输了就输了,但其他方面,我想我还是比眼前这位,猥亵女生被之前中学开除的'盛大学霸'强一点,你们说是不是?"

谢俊杰说完,同行的两个男生跟着笑起来:"牛啊。"

盛延倏地变了脸色。

喻佳愣住了。

她看到盛延回头，眼神慌乱地看她一眼，刚才找场地时的悠闲坦然不见了，直接提起拳头砸过去。

喻佳心道一声：不好。

她之前并不担心盛延今天跟谢俊杰打这一架，盛延从前对付那六个社会青年时也游刃有余，甚至还能抽空跟她使眼色，然而现在，少年像一头发怒的狮子，整个人的理智接近崩溃的边缘。

上次有"罗阎王"及时赶到拦着，这一次，他如果不及时收手，万一出点事就完了。

喻佳急起来，又不敢直接过去让他停手，叫了两声："盛延，盛延！"

盛延却仿佛根本听不见她的叫声，他把谢俊杰按倒在地，赤红着眼，一拳接一拳。

盛延根本不理会谢俊杰的两个同伴，那两个同伴拉不开盛延，只好将拳脚不停地落在他身上。

场面激烈失控，喻佳慌乱地掏出手机，正纠结要不要叫人或者报警，突然，听到身后一阵摇旗呐喊。

"冲啊——"

"啊——"

"延哥，我们来啦——"

喻佳听到声音立马回头，竟然看到李元杰率领刚才一起看电影的男生，不知从哪个地方冒出来，一起呼喊着冲进"角斗场"。

场上人数激增。

蒋二炮凭体重优势一把将盛延身上的男生掀开，然后跟袁自强一人按住一边，一边揍一边说："让你瞎说，让你造谣，也不看看爷爷我是谁。"

李元杰和钟二压住另一个男生："我延哥长那么帅，追他的女生排成排，就你长成这个样，还好意思说这些。"

盛延感受到身边一群人突然加入，仿佛一只只手把一个人失去的理智重新拉回来。他突然安静下来，动作放缓，看向正被他按在地上的谢俊杰。

另一边，韩霜领着几个女生也到了，跑到喻佳身边，关切地问：

"没事吧，佳佳？"

李元杰他们正打得热火朝天。

盛延却停下来。

他松开谢俊杰的衣襟，缓缓站起身。他茫然地站着，向后转了转，找到喻佳的方向。少年眼里有慌乱、迟疑、谨慎，甚至夹杂着畏惧。他不敢，不敢向她的方向走近，怕下一秒，她会转身离开。

喻佳对着盛延的眼。

她撇了下嘴，然后义无反顾地朝他喊道："谁信啊，傻子。"

后来喻佳回忆起高中的时候，印象最深的，绝对有那个下午，地下车库里，七班一群男生大喊着"冲呀——"跑上来的场景。

热血，青春。

盛延也同样记得这个下午，只不过他记得最深刻的，是少女义无反顾地朝他喊的样子。

从那一刻起，仿佛有什么在他心底生根发芽。

清理完战场，一群人的中二之魂还没熄，袁自强在空中挥舞着左勾拳："这可比上次在篮球场过瘾多了。"

"我打！"李元杰模仿李小龙的声音，"让他们知道爷爷我不是吃素的。"

喻佳骂完盛延"傻子"，看向对面一群同学。

刚才激战时刻没有空去顾及，现在，空气中流转着丝丝的尴尬气息。

喻佳扫了一眼对面正以各种姿势挠头回避眼神的同学，开口问："你们怎么会在这里？"

"你们不是去网吧了吗？"她先问那几个抓耳挠腮的男生。

"你们不是去逛街买衣服了吗？"喻佳又问那几个表情尴尬的女生。

李元杰抓着耳朵："嘿，嘿嘿。"

"我们只是刚好路过，刚好路过。"他说，"说出来你们可能不信，新开的那家网吧就在地下，我们一个回头就看到你们在这里，大家都是同学，总不能坐视不管……"

"行啦!"韩霜一脸嫌弃地打断李元杰苍白的辩解,然后看了看喻佳,以及跟喻佳站在一起的盛延。

韩霜吸了口气,决定实话实说:"我们打了个赌,赌你们是不是真的回家了。我们一直跟在你们后面,到你们碰到谢俊杰,没想到就……"

喻佳心想:怪不得刚才在上面宠物中心的时候,总感觉有什么人在看。

她又看向旁边的盛延,他一直无话。

喻佳面对安静的盛延,想起刚才谢俊杰的那些话,突然也沉下脸来。

李元杰他们明显已经听到了。

大家也知道盛延因什么沉默,几个人互使了个眼色,最后袁自强被曾笑笑一把推出来。

他磨磨蹭蹭地走向盛延,鼓起勇气开口:"延哥,你不会以为我们会相信那些浑话的吧?"

袁自强说着说着竟然生气了,抬高音量,手叉腰,蛮横到理直气壮:"大家不是一起上台做过检讨的兄弟吗,你就这么看不起我们?"

盛延愣了一下,看向一脸"我不讲理"的袁自强。

袁自强不讲理了,其余人也跟着纷纷拥过来,七嘴八舌的声音把少年包围:

"就是就是,你也太看不起我们了吧。"

"你是什么人我们还不知道?"

"是个人都不会相信那些话啊,还当我们是同学是朋友吗?"

"你要是因为这个疏远我们,那我们才是看错了你!"

"刚才的架白打了?"

"长那么帅,成绩又好,没有人嫉妒你才不科学!"

"……"

盛延有些茫然地看向身边七嘴八舌的同学,这是他没有料到的。

在没有人注意的地方,少女的指尖轻轻溜过来,她拍了拍他的肩膀,用这种方式给他支持和安慰。

终于,在所有人就差揪着盛延的衣领说"你再不相信我们,老子就要打人了"的时候,盛延蓦地笑了出来。

他笑得不深，然而一切的紧张和不安仿佛都松懈了，只剩下平和。

盛延笑着，另一只手推在李元杰凑过来的脸上："傻子。"

这次过后，喻佳本来还有点担心七班人又惹了谢俊杰，会不会再被这人记仇暗中报复，结果几天过去了，一点事也没有，听说是他爸生意上遇到了点事情。

万南说学校论坛里的那些帖子也没人再发了。

喻佳觉得要么就是谢俊杰发的，要么就是他找人发的。

中午自习课，老师来七班逛了一圈，看到班里的人看书的看书，刷题的刷题，即便有窸窸窣窣的说话声，也是在讨论学习上的问题。

喻佳把面前的物理习题册翻了几页。

喻扬已经把家教老师给她找好了，是市里教育机构的专职家教老师，到家里来上了两节课，教得还不错，只是她落下的功课太多，要从高中甚至是初中一点一点开始补。

喻佳让喻扬请家教老师其实是一时心血来潮，因为期中考试后突然觉得自己这个"正经学渣"的自尊心受到了伤害，所以短暂地萌发过不能与他差距太大的念头。

后来这个念头淡了，可是喻扬已经把家教老师找好了。

所以就……试着学学吧。

喻佳打了个哈欠，发现有一道题自己还是有个地方看不懂，于是用手肘推了推盛延。

"这个。"她把书放到两人课桌中间，用笔尖指着那道电磁感应的大题。

盛延停笔，看向喻佳指的那道题——两条光滑平行导轨 L，中间放一质量为 m 的金属棒 ab……

盛延扫了一眼喻佳之前的解题过程，准备给她找问题出在哪里。

只是当他目光在喻佳这页书上停留的时候，又发现点不对劲。

喻佳的字迹他认得，这页书上除了喻佳的字迹，还有另一种字迹批注。

明显也不是他的。

喻佳没想到物理考满分的盛延看道电磁感应的题要看这么久，这题明明也不难，她只是一个点想不明白而已，于是又打了个哈欠，戳戳他的小臂："好了吗？"

盛延回过神："哦。"

他把那道题从公式到定理，沿着思路完完全全给喻佳梳理了一遍。

喻佳是个很聪明的学生，一点就通，当盛延把她关键的错误指出来时，她后面就已经知道怎么做了，只不过为了巩固知识，依旧完完整整听了一遍。

盛延给班里其他同学讲题时基本都会根据对方水平调整点速度，却从不担心给喻佳讲得快，因为喻佳都能跟上。

喻佳等盛延讲完题，从他胳膊下抽回自己的书："谢了。"

其实论起教学水平，盛延比那个家教名师强多了，喻佳是真挺想出钱请他当家教的，同样的钱给家教老师赚还不如给贫穷的同桌赚，奈何喻扬不允许，死也不同意。

旁边，盛延回忆喻佳书上的那个陌生字迹。那字迹字体又大笔锋又有力，应该是来自于男性。

盛延突然心痒痒起来。

班里水平够给喻佳讲题的男生不多，并且他每天都坐在喻佳身边，喻佳没有理由不问他跑去问别人。

可是要让他直接问是谁吧，他又不知道该怎么开口。连同桌书上出现了陌生的笔迹都要问一下是谁的，怎么显得怪里怪气的。

下午放学，盛延想留喻佳在教室一起学习，喻佳记挂着今天跟家教老师约的时间早，忙着收拾东西回家："改天，拜拜。"

盛延看向喻佳空了的座位，有点蒙。

第二天，盛延又在喻佳的书上发现了那个字迹，依旧是讲题时留下的。

这么一直憋着也不是办法，盛延思来想去，决定还是问问。

他往喻佳那边靠了一点，一手撑头，另一只手指着那道有别人的解题痕迹的题："这题出得不错，考查的知识点挺全面的。"

喻佳"唔"了一声，抬头，发现盛延开始点评起她习题册上的题。

这习题册不是全班人手一本吗？

盛延又指着喻佳的习题册上那个陌生笔迹留下的解题过程："只是这个人的解题思路一般，我还有一种更简单的方法，你想不想听一下？考场上起码能节约一半的时间。"

喻佳看向盛延指的那个解题过程。

她觉得有点好笑，说："可是我觉得这个方法更好，你说的方法一般都太深，不适合我现在这种水平。"

盛延没想到喻佳不愿意听他可以节约一半时间的解题方法，顿了一下，不知道该怎么接下去。

喻佳笑了出来。

她知道盛延想问什么，摇摇头，说："家教老师。"

盛延从小到大没请过家教，一时没有往这方面想，听到是家教老师后，他有点惊讶。

喻佳也不故意瞒着，请家教并不是一件丢人的事情："怎么，不可以吗？"

盛延反应过来，皱了皱眉："为什么不请我？"

喻佳把下巴搭在胳膊上，回答："我哥不让。"

盛延知道喻佳有个亲哥哥，听到这个理由，一时心情复杂。

喻佳的家教老师明显也是异性，一想到她家经常没人，盛延觉得这样十分危险。

盛延想了一会儿，开口："你介意每天晚上晚点走吗？"

因为有住校的学生，师大附中的教学楼晚上都是开放的，供住校生到教室学习，同时对面那栋楼里高三的学生晚上会集体上自习，所以师大附中的夜晚并不冷清。

喻佳听懂了盛延话里的意思："你说真的？"

盛延点点头："我晚上会送你回去。"喻佳家离学校并不算远，走路二十分钟。

喻佳听后想了想，冷不丁地问了句："你就不怕吗？"

盛延一愣："怕什么？"

"你回来晚了，学校宿舍不给你进门啊，到时候你不会要露宿街头吧。"

盛延："……"

在学校里补习喻扬还是接受的，只是自己从小看着长大的亲妹妹突然跟别人每天放学后一起补习，明明是一件好事，说明佳佳终于开

始努力了,但就是心里有点不是滋味。

"那小子真是年级第一?"喻扬特意打了个电话问喻佳。

喻佳回道:"我不是给你看过成绩单了嘛,难不成还倒数第一?"

虽然他曾经真的考过倒数第一。

喻扬眉头拧着:"那他会不会是看中了我们家的财产,想傍大款才跟你一起?你给他花钱没有?花了多少?我越看越觉得这小子长得一副小白脸样子。"

喻佳翻了个白眼:"喻扬,你到底还有没有其他话要说,没有我挂了。"

喻扬只好停止思维发散:"行行行,要学就好好学。再问你一下,爸妈最近回家没有?"

"爸妈?"喻佳不知道喻扬为什么突然问这个,"没有,陈叔说他们一起去S市出差了。"

也不知道什么事,老喻和吴女士自这学期开始就变得比从前更为忙碌,生意上的事情纠缠着,每天全国各地出差。有时候半夜喻佳听到车库里有汽车的响动,早上醒来的时候两个人又都已经走了。

喻扬听到父母又出差了,说:"咱们家到现在这个位置也不容易,你说是吗?"

喻佳没说话,有些沉默。

是的,老喻和吴女士虽说乘了临阳高速发展的东风,但也是真正的白手起家,当初两人为什么想打掉喻佳,就是因为事业刚起步,临阳大开发的机会只有一次,如果不及时抓住就会被别人捷足先登,没有精力再去养育一个啼哭的婴儿。

喻佳曾经听老喻手下的老员工说,当初吴女士因为生她被别人抢了好几个大单子,她出生的时候,是老喻和吴女士的事业第一次陷入低谷的时候。

喻扬感受着喻佳的沉默,在电话那头笑了笑:"好了,挂吧。"

喻佳今晚在学校跟盛延学习到九点才回家,盛延送她回来,喻佳在门口跟盛延道完别,转身进入大门。

今天玄关处多了两双鞋。

喻佳看着玄关处的鞋,又看了一眼现在的时间,皱了皱眉头。

她吸了口气,走进去。

客厅的茶几上摆了几份文件,老喻正打电话,吴女士腿上摆着一台电脑,在看工程图。

喻佳紧了紧书包带子,想起喻扬说过的话,开口叫了声:"爸,妈。"

老喻那边打完电话,看了看时间,然后问站在面前的女儿:"又是这么晚才回来?"

喻佳"嗯"了一声,心想如果两个人问的话,她就好好说,说她在学校里学习,没有跟男孩子在外面到处玩。

可惜老喻没有问她去做什么了。

吴女士也没有问。

两个人继续投入面前的几份文件里,吴女士揉了揉眉心,表情不太好看。

老喻又拨了一通电话给助理。

两人各自忙碌着事情,无暇去管夜晚回家的女儿。

喻佳在原地站了一会儿,似乎在等着什么,最后什么也没等到,她默默转身上楼。她回到卧室,背倚门板,沉沉地叹了口气。掏出手机,看着跟盛延的聊天界面,给他发消息过去。

喻佳:朋友。

喻佳:我想抽烟、喝酒、逃课、早恋、打架、蹦迪、泡吧、飙车、文身,你能不能陪我一起?

喻佳:不能我就跟你绝交。

喻佳发完消息,上面显示"对方正在输入中"。

她等到盛延的回答。

盛延:朋友,有些话是不可以随便说的。

盛延:绝交是绝对不可能的。

喻佳对着盛延的回复,惊讶地愣了愣。

盛延的消息回得很快:这样吧,既然你心情不好,明天我带着你逃课。

这下,轮到喻佳不知道该怎么回复了。她以为盛延要么就是问她怎么了,要么就是教育她不能做那些事情。

结果他告诉她,要带她逃课。

喻佳纠结了半天,回复:行。

第二天,喻佳到教室的时候看到盛延正在研究课表,在选逃哪节

课比较合适。

盛延回头看到喻佳,还挺正经地问:"你有没有什么比较想逃的课?"像问"你有没有什么想喝的饮料"那样合情合理,正大光明。

喻佳皱着眉,心想:盛延现在在每个老师眼里都是"好孩子"的样子,虽然他每天上课都踩着点儿到,但也都是到了的。从开学到现在一节课不落,实在看不出是会逃课的样子。

于是喻佳问:"你真的逃过课?你不会是反其道而行之,为了引我走向正途故意说来吓唬我的吧?"

盛延没想到喻佳想得还挺复杂:"我骗你做什么?你想学我教你,你还怀疑我骗你。"

"你这样不行啊。"他压低声音凑近,"同桌。"

喻佳发现有同学正在往他们的方向看,于是拿了本书隔在两个人中间。

最终经过盛延的推荐,两人选了一节仲福林的化学课开始实施计划。

师大附中的围墙很高,但只要是个学校,就肯定有个"翻墙圣地",私底下在男生中广为流传。

师大附中的翻墙圣地是室内体育馆后面的那一带,这里人少,主任大半个学期都忘了巡查,有棵靠墙的树长得枝繁叶茂,踩着树上去,翻到墙上,然后再跳下去。

最近入秋,树上的叶子少了很多,但仍然方便。

树下,喻佳站在盛延面前,抬头看了看师大附中的高墙:"真的能翻过去?"

盛延笑了一下:"看好。"

他挽了袖口,身手矫健地爬上去,然后坐在树的枝杈上,低头看站在地上的少女:"这回信了?"

喻佳没说话。

盛延这一连串的熟稔举动告诉她,他不仅会,而且绝对是个老手。

盛延向喻佳伸出手:"上来。试试看吧。"

喻佳看向盛延的手。

她学着他的样子,抓住树干,踩着树的枝丫,一点一点地爬上去。最后一步很高,喻佳借了盛延的力爬上去,心跳如雷地坐在他旁边。

树长得茂盛，也足以承受两个人的重量。

盛延指指墙的另一边，意思是只要跳下去了，就正式出了学校，逃课也就成功了。

"跳吗？"他问。

"我先跳下去，然后接住你，别害怕。"

喻佳看着地面，突然有点头晕目眩起来。

她并不恐高，只是再次清楚地意识到了两个人现在正在做的事情。仲福林是个很好的老师，也是个很好的班主任，他们却逃了他的课，在这里翻墙。

喻佳沉默了，没有回盛延的话。

盛延感受到喻佳的沉默后笑了声，伸手顺了顺喻佳绷紧的背："没事。"

喻佳看着身旁笑着的少年，问："你以前真的逃过课、翻过墙？"

"是啊。"盛延答着，"技术娴熟。"

喻佳又问："那为什么现在你又不逃了？"

盛延一手扶着树干，抬头眺望远方："因为突然觉得没意思。逃课是为了什么，为了出去打游戏吗？可其实并没有多喜欢那些游戏不是吗？"

"小鱼。"盛延声音很沉，"这样折磨的除了自己，还能有谁呢？抽烟也好，打架也好，喝酒、文身也好，你其实都不喜欢，对吗？做你自己不喜欢的事情，然后用惩罚自己的方式去报复别人，不值得。"

喻佳默默听着盛延的话。

他今天带她来这里逃课翻墙，他说这样做不值得。

喻佳跟盛延一起靠着树，低声道："可是我还是难过。他们把小孩生下来了，为什么又不管呢？"

"一开始就没有人期待我的到来，可是……又不是我想要来这个世界的。"

她低垂双眸："可能如果没有我就好了。"

盛延听到这里，沉默了，认真地去想她说的每一句话。

正值深秋，两人坐在风口处，很冷，喻佳的手臂缩在袖子里。

喻佳的头发被吹得有些乱了，几缕碎发在空中飞舞着。

然后盛延打破了沉默，从来没有一刻这么认真："不许这样说。

谁说没有人期待小鱼的到来？你知道我有多高兴小鱼来到这个世界吗？记着，如果从前没有的话，那么从今以后就有我了。"

"你出生的那一天，就是我这辈子最高兴的一天。那天的天空一定很蓝，我特别高兴，刚学会走路，然后在草地上打了两个滚儿。因为我知道从那天起，世界上有了你。"

喻佳抬头，对着少年微笑的双眸。

风渐渐大了，树叶沙沙作响，最后被卷落到地上。

喻佳一点也不觉得冷。

两个人就这么坐着，彼此无言，又无声胜过有声。

喻佳缓缓闭了眼，清晰地听见自己的心跳声，说："谢谢。"

盛延扶着她一点一点从树上下来，回到教室，两人一起给仲福林写了份检讨。

Chapter 10
Handsome Boys 男团

天气一天天变冷,班里人都在自觉地加衣服,连主任在周一的年级大会上都在提醒各位同学要做好保暖工作,各班的电暖气最近正在进行电路检修,再过一个星期就可以开了。

听到还有一个星期就能开暖气了,操场上一片欢呼。

临阳是一个处在南北交界处的城市,冬天的温度最低可以低至零下,但由于地理位置差了那么一点,没有被划分为北方,所以当初全国规划铺设暖气的时候没有把临阳包括在内。

近些年,很多人家里都装了地暖,临阳师大附中也秉承着一贯财大气粗的行事风格,在教室里装了电暖气,样子跟北方的暖气片差不多,只不过是用电力供暖。

盛延以前上学的S市也没有暖气,他低头凑在班里的暖气片前,伸手摸了摸,因为还没开,所以暖气片上还是金属的凉意。

"就这玩意儿能行吗?"他似乎不太相信。

李元杰说:"延哥,我劝你不要小看我们师大附中的暖气。"

"不瞒你说,到了冬天,我这条命都是暖气给的。我们师大附中之所以是临阳市最牛的中学,每年报考率居高不下,很大一个原因就是我们学校有电暖气。"

盛延摸够了暖气片:"牛啊。"

曾笑笑刚才去年级组开了个会回来，手里拿着个笔记本。

她是七班的文艺委员，只不过进入高中之后，文娱活动基本为零，文艺委员向来是个比较没有存在感的班干部，只有学校要组织什么活动的时候才会出来刷一下存在感。

今年是临阳师大附中建校第六十周年，学校十分重视，不仅定做了许多纪念品，还邀请了许多知名校友，要举行庆祝建校六十周年的文艺会演，展现师大附中学子们健康积极向上的风貌。

除高三年级只用观礼，其余年级每个班都要出一个节目。

仲福林也跟着进来。

他一进来，原本叽叽喳喳的七班教室就安静了，仲福林站在讲台上，宣布了师大附中六十周年校庆文艺会演的事情。

一听到今年校庆有文艺会演，班里一阵交头接耳。

仲福林拍了拍讲台："安静。袁自强，你怎么笑得这么开心，校庆意味着又可以划水不用学习了是不是？"

笑得一脸灿烂的袁自强赶紧闭嘴，把下半张脸埋到胳膊下面。

仲福林继续说："说完校庆再宣布一件事情，学校已经决定了，第三次月考的时间就在校庆的后一周。"

此话一出，刚才还沉浸在喜悦中交头接耳的班里顿时一片哀号。

"这也太狠了吧！"

"都要搞校庆了就不能不考了吗？"

"校庆过后就是月考，谁还有心情高高兴兴地庆祝啊？"

"好失望，呜呜呜，我对我们学校好失望。"

……

仲福林扫了一眼下面神色悲愤的"小萝卜头"们，眯起眼笑："所以你们不要以为要搞校庆就可以松懈了，学习这件事情对于已经高二的人来说是永远不可能松懈的。"

"我们班上次期中考试冲出了一个盛延同学，我希望在期末考试之前的最后一次月考，能有更多的同学冲出来！让老仲我刮目相看！"

众人默默低下了头。

仲福林发现班里人貌似都不敢直视他的眼神，叹了口气，只好让曾笑笑出来说文艺会演出节目的事情。

曾笑笑站起来:"刚才开会的时候各班的文艺委员都商量了一下,我觉得我们班这次出一个舞蹈节目。出舞蹈节目的还有另外四个班,根据我的观察,那四个班里要么有舞蹈特长生,要么班里不少女生都学过跳舞。"

"所以我想我们班既然没有特长生,又想拿个名次的话,可以特别一点,跟他们不一样,我们班选几个男生排一支舞。"

仲福林在讲台上满意地点头。

曾笑笑说:"初步决定选十六个人,有没有男生愿意主动报名的?课后可以来找我。"

仲福林笑着夹起教案:"我觉得我在这里大家都不好意思,所以我就先走了,大家在教室里面自由报名。"

仲福林一走,班上又热闹起来。

曾笑笑的座位前围了几个男生在咨询:"跳什么舞?难不难?"

曾笑笑回道:"不难,音乐我都选好了,大家快来报名啊。钟二,你报名吗,来报一个?"

钟二一脸犹豫:"等等,等等,我还没考虑好。"

曾笑笑见钟二还在犹豫,又眼尖地逮住路过的袁自强。

"袁自强报名,名字我给你写上了啊。"

袁自强这辈子最不协调的就是四肢,正想冲过去阻止,可名字已经被曾笑笑写在了报名表上,曾笑笑一脸"你敢拒绝试试"的表情。

袁自强挠了挠后脑勺,心想:跳就跳吧,我可以瞎跳。

班里男生对于上台跳舞这件事情既新奇又犹豫,除了被强制报名的袁自强,曾笑笑的本子上只稀稀拉拉写了几个人名。

李元杰拽着蒋二炮一起主动去报名。

蒋二炮不太情愿:"我这辈子除了广播体操就没有跳过舞。"

李元杰说:"你想象一下上台后全校女生都挥舞着荧光棒在为你尖叫欢呼的场面,绝对值,说不定当晚就有女生发帖打听你叫什么名字,问你的联系方式。"

蒋二炮一听:"真的?"

李元杰点点头:"全校那么多女生,你还怕没有一个看中你?"

蒋二炮脸一红。

两个人紧张地在曾笑笑的本子上写下名字。

报名从上午持续到下午,经过曾笑笑的多番鼓动和劝说,班里满打满算报了十五个人,还差最后一个。

曾笑笑点了点名单上的几个人名,高矮胖瘦全都有,然后她默默转过头,把目光投向了后排的盛延。

别的班跳舞,都是挑的班上最好看的女生上场。

曾笑笑抱着小本本走过去,把盛延前座的李元杰揪起来,自己坐下。

盛延以为曾笑笑要问他题目,心想:她前面就是韩霜,为什么要跨越大半个教室来找我?

结果曾笑笑把本子摊在他课桌上,说:"盛延,七班全员帅哥Handsome Boys男团,来吗?"

"Handsome Boys"这个团名是李元杰取的,译为帅气的男孩们。

然而曾笑笑心里觉得依现有的人实在撑不起这个团名,前排评委一看节目肯定会觉得他们班搞团名"欺诈"。

曾笑笑真诚地看着盛延的眼睛:"拜托了,只要你加入,你就是我们Handsome Boys男团的门面担当,视觉中心,绝对'C位'。"

盛延在校庆晚会上上台跳舞这件事,实在没什么兴趣。

而七班的Handsome Boys男团门面担当的这个位置,对于一个正常人的吸引力也真的不怎么大。

李元杰被曾笑笑揪起来了,站在自己座位旁边。一听曾笑笑邀请盛延参加,他立马跟着积极鼓动:"延哥,我以为你报名了,结果你没有去报名吗?我们Handsome Boys男团没有你怎么行?只要你肯加入,我们大家都心甘情愿地把'C位'让给你!"

盛延扶了扶额。

喻佳在旁边听得很开心。

快上课了,盛延一方面是真不怎么想跳,另一方面,又觉得这种为班级争光的活动时刻,曾笑笑都开口邀请了,自己再拒绝的话的确不太好。

他面对曾笑笑,说:"要不你再让我考虑一下?"

曾笑笑起身回座位,对盛延投以坚定的眼神:"舞一点都不难,真的拜托了!"

上课铃响,各班老师都从办公室出来,纷纷拿着教案往教室方向走。

盛延看向身旁一脸笑容的喻佳："有那么好笑？"

喻佳想起刚才那个名为Handsome Boys的男团，又忍不住笑出声，点点头："是挺好笑的。"

盛延从齿缝里"咝"了一声。

语文老师踩着高跟鞋走进教室。

"去吧。"喻佳压低声音，"我想看啊。"

盛延看了一眼讲台上的语文老师，转头对着少女的脸，鬼使神差地就答应了："那好。"

决定好节目表演人选后，曾笑笑把十六个人拉了个群。

队伍已经组建好了，群里聊得热火朝天，在商量排练场地和时间。

盛延手机的消息提示音响个不停，他掏出手机看了一眼，发现群里每个人的头顶上都顶着一个头衔，此时正在发言的是"Handsome Boys 七帅"。

下一个接话的是"Handsome Boys 十一帅"。

另外还有各种各样的"Handsome Boys 五帅""Handsome Boys 九帅"等等。

盛延皱了皱眉，试着在群里发了个句号。

然后他看到自己的群聊头衔——

"Handsome Boys 首帅"。

Handsome Boys男团的排练时间一般都在中午课间或者下午放学后，架势摆得还挺认真。李元杰每天下课都在哼他们的伴奏，兴致来了还在教室走廊扭一段，扭完一段摆了个pose，捋起头发问前排女生："帅不帅？"

前排女生纷纷捏鼻子：

"油腻。"

"恶心。"

他倒也不生气，又嘻嘻哈哈地坐下来。

喻佳看完李元杰的动作，转头好奇地问盛延："你们真是这样排的吗？"

盛延刚才看了李元杰跳的也觉得有些不忍直视。

排练的时候,Handsome Boys 里起码有一半的人嫌弃动作不够帅气、个性、性感,让曾笑笑改动作,好在曾笑笑死守最后一亩阵地,坚决不让。

为此,她还被几个男团成员义愤填膺地控诉:"你是不是就是不想看到我们跳得太帅被女生喜欢?"

盛延想起蒋二炮排练时的样子揉了揉眉,对喻佳说:"你就……凑合看吧。"

他突然看向喻佳:"我可是因为你想看才答应上台的,你这次考试可得好好考!"

……

这人怎么还扯上考试了呢?

今天 Handsome Boys 男团定在下午放学后排练,体育场的几个形体室已经被别的班占满了,于是一行人只能随便找了间空教室。

盛延去排练之前给喻佳画了今天要学的内容,说:"你看完这些后把这几道题做了,等我回来给你讲。"

喻佳"嗯"了一声,提笔开始看书了。最后剩她独自在教室里做题。

最近天黑得越来越早,下午放学后天色就已经朦朦胧胧。

喻佳复习了知识点又写完半套卷子,抬起头歇了歇,看到外面天已经全黑下来。高二年级这边教室里稀稀拉拉地亮着灯,是一些住校的学生在教室里学习。

喻佳旋开保温杯喝了口热水,手机上班群里有人在发消息。

曾笑笑刚才在群里发了他们班 Handsome Boys 男团的排练小视频。

喻佳点开,看到袁自强做动作同手同脚,李元杰掰着袁自强的胳膊给他纠正,还站在他面前给他示范。袁自强被纠正的那一瞬间是好的,结果音乐一响跳起来后就又顺拐回去了。

喻佳笑出了声。

她看到视频里盛延靠在一边,不知是在笑李元杰的舞姿,还是在笑袁自强的同手同脚。

喻佳歇了一会儿,放下手机正准备继续做题,突然,头顶的电灯闪了闪。

喻佳抬起头，还以为是灯坏了，结果头顶的电灯闪了两下之后，倏地漆黑一片。

然后从上晚自习的高三年级组的方向传来一声集体发出的响亮的："哦——吼——"

喻佳听到这声"哦吼"，转头看了看窗外，发现整栋教学楼一片漆黑。

停电了？

她想起刚放学时看到的那几个来检修电路的工人。

喻佳等眼睛适应了黑暗，拿起手机，看到盛延给她发了信息："我马上回来。"

不一会儿，她听到走廊里有说话声，然后身后的教室门被推开，盛延第一个进来。

盛延看到喻佳安静地坐在座位上，手机屏幕发出微弱的光。他坐回自己的位置，借着手机的光看到喻佳似乎没有被吓到，这才松了口气。

曾笑笑带着 Handsome Boys 男团其他成员稀稀拉拉地进来。

"竟然停电了。"

"肯定是搞电路检修的时候碰坏哪里了。"

"快点搞好开暖气吧，我都快冻死了。"

李元杰打开手机手电筒放在下巴下面，拖着声音："我——是——鬼——"

蒋二炮看了忍不住发自内心地感叹："好丑。"

"哈哈哈！"众人发出一阵笑声。

曾笑笑说："那我们今天就先排练到这里，大家收拾收拾回家吧，到家了在群里冒个泡。"

袁自强回道："好的。"

钟二说："我爸今天开车来接我，你们谁要搭顺风车可以一起。"

"我我我。"马上有人回应。

一群人中只有盛延住校，他对喻佳说："那我现在送你回去？"

没电了明显也学不了了，喻佳点点头："好。"

"等我收拾一下东西。"

盛延用手机手电筒照着亮，喻佳开始收拾自己桌上的书本和笔。

李元杰在上面吵嚷着:"我这个动作难道不帅吗?"

曾笑笑在问:"你们这群人到底回不回家,高三的都走了。"

盛延送喻佳回家,因为刚好赶上高三学生因停电下晚自习,所以路上没有平常那么空。

喻佳家里有司机,从前放学都是司机来接的,但自从跟盛延一起在学校自习后再回家,就选择走回去。

路过一个十字路口,有小贩在街边躲着城管出摊卖烧烤,香味挺诱人,车前围了好几个高三的学生。

盛延问喻佳:"吃吗?"

太晚了,喻佳不想吃这些东西,摇摇头。

她看到烧烤摊旁边还有一个小摊。是个老奶奶在摆摊,搭一把小马扎坐着,面前铺了一块塑料布,上面摆了一些毛线织的东西,帽子、手套什么的,另外还有一些乱七八糟的小玩意。

喻佳拉着盛延过去,弯腰看地上的货品:"奶奶,这么晚还在外面摆摊呀。"

奶奶笑着,精神看起来很不错:"是哦,想要什么?买一个吧,小姑娘。"

喻佳蹲下身,准备挑点什么东西买。

盛延也跟着蹲下身。

喻佳在挑手套、帽子什么的,盛延在一堆杂物小玩意里拣了拣,挑中一个,拿起来对喻佳说:"这个吧。"

喻佳看向盛延挑的东西。

透明塑料包装里是两条红线编成的手绳,手绳最中间有一个木质的小装饰,被雕刻成鱼的形状。

两条手绳,木质小鱼的装饰方向一左一右,是配对的,雕刻得并不精细,然而这份朴拙却显得小鱼格外可爱,包装纸上甚至印了几个大字:学业进步。

喻佳忍俊不禁:"好啊。"

一共十块钱。

盛延付了钱,一边走,一边拆开包装,先给喻佳戴在手腕上。

她手腕很细,手绳松紧被收到最后,红色的手绳越发衬得她皮肤白皙。

给喻佳戴完，盛延捋起袖子，冲喻佳伸出手腕："喏。"

喻佳于是低头也给盛延戴上，然后再把他的袖子给放下来，遮住手绳。

喻佳感受着自己手腕上一对十块平均一条五块的手绳，看着包装纸上的字，笑了笑："学业进步。"

盛延手揣在衣兜里，懒洋洋地走着："学业进步。"

师大附中校庆那天，整个学校锣鼓喧天喜气洋洋，操场上飘着好几个巨型氢气球，校门处升起一个大型充气圆拱门，上面写着"热烈庆祝临阳师大附中建校六十周年"。

学校食堂今天餐饮全部免费，吃完饭每个学生还能凭学生卡去窗口领取小蛋糕一个。今天食堂比平常挤一点，坐的不止师大附中学子，还有很多回校参观的往届校友。

师大附中虽然每年高考成绩不怎么样，但是校友混出名堂的还挺多，校门口那几个大气球下面挂的条幅都是"母校六十华诞，××届×班×××祝母校生日快乐"。

校庆典礼在晚上，白天虽说还要上课，但大家明显已经没有了上课的心思。任课老师也都察觉出来了，除了数学李老师硬是讲了几个题，其余课都纷纷叫了自习。

七班 Handsome Boys 男团成员们下午都去了礼堂做最后的排练。

因为下一周就是本学期最后一次月考，喻佳在座位上做题，教室外面的走廊上吵吵闹闹，一会儿就经过一群人，都是回校参观的校友，有的还趴在窗户上想看喻佳的题写得怎么样。

喻佳老是被打扰，索性抓了盛延的两本书摊开立在窗户上，挡住校友们好奇的视线。

结果不一会儿她又听到外面有人在议论。

"哟呵，这书比我当年的还干净。"

"遥想当年，我也是坐教室的这个位置，每天上课都在开飞机，现在都不知道我当年的精神世界怎么那么丰富。"

"据说每个班坐这个位置的，还有讲台旁边的，都是将来成大器的人。"

"哈哈哈！"

"走走走,接着参观,别在这儿吵吵了,影响孩子们学习。"

喻佳听到那句"将来成大器的人",看了看盛延的桌面。

下午最后一节全校都不上课。一打铃仲福林就拎着一大包东西走到讲台上,拆开盒子,里面全是各种颜色的荧光棒。

"每人两根,附近的人帮参加演出的同学拿一下,希望我们班的同学上场以后大家尖叫声热烈一点。"

"好——"教室里的人齐刷刷地回答。

仲福林把荧光棒交给韩霜在班里分发,然后又从他的布袋子里掏出另一样东西。

一条应援横幅,横幅上全是小彩灯,灯一亮,组成一排闪闪发光的"Handcome Boys"。

台下所有人在看到那个"Handcome"时纷纷战术性后仰眯眼。

仲福林看着手里的应援横幅,似乎并没有觉得有什么不妥:"来两个男生晚上举着。"

两个男生上去接过应援横幅。

七班没有老师的班群里:

"老仲是不是不认识 handsome 这个单词?"

"肯定是,他这个年纪的化学老师又不会英语。"

"我昨天亲眼看到他在学校门口的广告店里定做灯牌,趴在那儿给老板报我们班男团的名字。"

"Handsome Boys 变成了'Handcome Boys',哈哈哈。"

"加油!七班 Handcome Boys 们!"

"我们班真的要举着'Handcome Boys'的横幅加油吗,好羞耻啊!"

"本来成绩就不怎么样,现在连个横幅上的单词都拼错,岂不是让全校都以为我们班没有文化?"

"没事,反正我们班没文化的形象已经深入人心了。"

"……"

大家把手机藏在课桌下聊得热火朝天,讲台上仲福林在强调纪律:"我们班的位置在中间靠后一点,我看了一下位置还不错,前面写有牌子,大家不要坐错跑到别的班上去了。

"看演出的时候有秩序地入场退场,今天全校的师生都在礼堂里面，一定要避免发生踩踏事故。"

"最后强调一点，我知道你们有的人已经买了很多零食准备晚上边看边吃，吃可以，但不许乱扔垃圾，不要退场之后我们七班的位置上全是垃圾。每个班前面都有牌子，哪个班坐的地方最脏，一眼就看出来了。"

"OK！"

"谢谢老仲。"

"明白！"

教室里的人又纷纷抬头回答。

仲福林看了眼时间："现在大家去食堂吃饭，吃完饭直接到礼堂我们班的位置集合。"

他话音一落，教室里的人纷纷像出闸的小绵羊一样拥向食堂。

喻佳走得晚一点，吃完饭顺便去校外的"精致生活"买了杯奶茶。

去礼堂的路上人很多，每个人手里基本上都有荧光棒，不时有穿着鲜艳演出服的女生手拉手急急忙忙地跑过。

喻佳拎着奶茶在礼堂找七班的位置，远远地就看到盛延在跟她招手："这里。"

喻佳走过去，盛延拍拍他身边的凳子示意她坐那里。

除了表演开场节目的，每个班参加表演的学生都坐在自己班级的位置上，因为都穿着演出服，所以远远望去还挺显眼。喻佳打量盛延还有"Handsome Boys"男团的其他成员，发现他们身上都穿着校服。

她前几天明明听到李元杰他们在那里商量买演出服的。

喻佳把手里的奶茶给盛延递过去："你们表演的衣服呢？"

前面曾笑笑听了首先回头，一脸冷漠地回："还在路上。"

"我让他们随便买点，结果这群人非要买那家店里的骷髅T恤和破洞牛仔裤，现在好了吧，校庆都结束了，衣服快递还没到。"曾笑笑说到"这群人"的时候，眼神特意扫向李元杰和袁自强。

两个人埋亏地缩起脖子。

盛延戳开奶茶吸了一口："没事，穿校服一样跳。"

"'Handsome Boys'都变成山寨版'Handcome Boys'了，没有演出服怕个什么。"

喻佳听到盛延念出那个"Handcome Boys"，又没忍住笑出来。

盛延双脚踩在塑料凳的横杠上,一边吸奶茶,一边问喻佳:"今天为什么给我买这个?你不是不让喝吗?"

喻佳在琢磨手里的荧光棒,打开开关,说:"犒劳一下演职人员咯。偶尔喝一次没关系。"

盛延笑了,把吸管递到喻佳唇边:"这个不甜,尝尝。"

喻佳低头喝了一口:"还行。"

晚上七点,临阳师大附中建校六十周年庆典活动正式开始。

大气恢弘的开场舞蹈后,学校领导还有校友代表依次讲话。

师大附中在校学生代表也要上台讲话,代表是林文帆。

其实之前老仲找过盛延,问他想不想当这个代表,盛延给拒绝了,理由是要排练节目。

仲福林心里挺想让他班上的同学当这个学生代表的,不过即便盛延答应了也不一定选他,因为他虽然是异军突起,但只考过一次年级第一,曾经还考过倒数第一,学校偏向于找更稳妥的林文帆。

所以下周的月考依旧至关重要,关系到他们班盛延年级第一的位置能不能立住。

提起月考,仲福林比盛延本人还要紧张。

台上各种乱七八糟的讲话就持续了将近一个小时,中间还搞了个校友捐款环节。等大家都快打瞌睡的时候,终于由临阳师大附中现任校长宣布庆祝建校六十周年文艺会演正式开始。

台下掌声雷动,荧光棒闪烁整个礼堂。

节目出场顺序抽签决定的,七班的节目在第八位。

到第五个出场的班级上台表演的时候,曾笑笑领着 Handsome Boys 男团成员到后台候场。

盛延临走时对喻佳说:"待会儿看我。"

喻佳看到他伸手时腕上露出的一点红手绳,用荧光棒推了推他:"去吧你。"

盛延跟一群人走向后台。

两个节目后,主持人在舞台上报幕:"接下来请欣赏由高二(7)班 Handsome Boys 男团为我们带来的舞蹈《My style》!"

主持人报完幕,台下掌声一片,来自七班座位上的尖叫声格外热烈,"Handcome Boys"的应援灯牌被高高挥舞。

学校论坛里早就有路透说七班这次是男生出节目,他们班的"学神"盛延也在里面。

聚光灯汇集,当盛延轻松一跃跳上舞台的时候,喻佳听到后面别的班的两个女生在激动地尖叫:"盛延!"

比起刚才林文帆上台发言,现在的表演才是众人所期待的。

十六个人在台上摆好开场造型,音乐响起,所有人都跟着节奏跳起来。

喻佳的目光一直追随舞台。

他们其实跳得并不太齐,甚至没有一个人有舞蹈基础,同样的动作被每个人做出不同的样子。

袁自强依旧同手同脚,李元杰平常机灵,结果一上台就紧张得手脚僵硬,蒋二炮忘了自己位置在哪里,走位的时候还跟钟二撞了一下……

但这些都抵挡不了这群十七八岁男孩子身上蓬勃的朝气,他们穿着校服,每个人生涩却热情,在舞台上留下人生中精彩的一笔。

仲福林直接跑到最前面举着手机给舞台上的孩子们照相,一不留神还跟学校专门拍照的小陈老师撞了一下。

舞台上,今晚 Handsome Boys 男团的每一个人都是帅的。

台下尖叫声一浪高过一浪,满场荧光棒疯狂地挥舞,"Handcome Boys"的应援横幅被两个男生踩着凳子高高举起。

三分半钟的节目掀起了全场热情,终于,台上成员跳完最后一个动作,音乐停止。

舞台上灯光依旧亮着,台下掌声、尖叫声震耳欲聋。

盛延作为 Handsome Boys 首帅,结束造型站在最中间。

"Handcome Boys"应援灯牌指引他找到台下七班的方向。除了荧光棒的光,漆黑得什么也看不到,但盛延知道喻佳现在在看他,甚至在冲他挥挥手。

学校的摄影师很给力,知道这个男团中谁才是门面,于是给了盛延一个特写,少年俊逸的脸庞被投在身后的大屏幕上。

盛延眼睛里倒映着观众席闪烁如星河的荧光棒,笑容温柔而自然。

观众们看到大屏幕上的特写后直接沸腾了,像是被点燃的烟火,

女生们拼命尖叫。喻佳看着特写里的盛延,好像就在那一刻,两人眼神交汇。

Handsome Boys 男团成员纷纷回到位置,迎接他们的是周围同学的尖叫与惊喜:

"呜呜呜,你们跳得太好了吧!"

"李元杰,我错了,我以前低估了你的颜值,你就是帅哥!"

"袁自强,我原谅你的同手同脚了!"

"穿校服跳也很帅好吧!"

……

七班 Handsome Boys 男团的节目虽说跟几个舞蹈特长生的民族舞专业程度上差得远,但胜在把现场气氛带动得很好,最后在校庆文艺会演上得了二等奖。

仲福林高兴地把二等奖的奖状贴在教室前面的墙上。

学校论坛里,小陈老师已经开了帖把校庆晚会上拍的照片传上去,其中七班节目那一层的回楼最多,尤其是那一张盛延站在舞台上冲台下比心的照片,下面全都是:

"谢谢老师,已保存。"

"呜呜呜,帅哥总是在别人班上。"

喻佳也觉得那张照片拍得不错,课间的时候拿出手机瞅了两眼。

盛延看到喻佳的手机上是他的照片,撑着头问:"帅吧?"

喻佳把手机上的照片放大。

看了一眼自己的同桌,回答他刚才的问题:"还行。"

校庆过后马上就是本学期最后一次月考,众人还没有从校庆那天的嗨劲儿中缓过来,又要紧锣密鼓地投入考前复习中去。

仲福林没事就喜欢找人去他办公室谈话,这几天更是频繁地找盛延,明眼人都能看出来这次仲福林对他们班的种子选手寄予了多少厚望。有一次仲福林找盛延的时候,年级主任也在,他还记得这小子当初在篮球场打架的样子,没有哪点像个优秀生,结果上次考试突然摇身一变,成了年级第一,看盛延的时候总有一种割裂感。

"这几天好好复习,只要正常发挥,老师相信你完全有实力把排名给稳住。"

"千万不能再像第一次月考一样，拿自己的成绩开玩笑，知道吗？"

教师办公室，仲福林跟盛延千叮万嘱。

盛延听得有些无聊，"嗯"了一声。

仲福林说得口干，端起保温杯，喝了一口枸杞菊花茶。

王萍刚好从办公室门口进来，身后跟着林文帆。她看到盛延也在办公室里面，路过仲福林和盛延的时候眼神略有停留，然后飞快地移开。

再想让盛延转到她班上基本是一件不现实的事情，而年级第一的位置，不能就这么被别的班从三班手里夺走。

所以现在仅有的方法，唯有让林文帆超过盛延。

王萍觉得上次期中考试盛延的成绩实在是不合理，那么多满分绝对有运气的成分在里面，林文帆跟盛延的差距肯定也没有那么大，只要林文帆更努力，绝对能超过每天不务正业，校庆时还忙着上台表演节目的盛延。

王萍平常就对林文帆百分之百上心，最近更是达到了百分之两百的程度，就连林文帆每一科随堂小测的卷子王萍也向任课老师要到手，让林文帆当面总结分析对错。

盛延又听仲福林唠叨了一会儿，仲福林终于冲他摆摆手，让他重获自由。他懒洋洋地回教室，在办公室门口碰上出来的林文帆。

林文帆戴着眼镜，看了打哈欠的盛延一眼，眼神隐匿在镜片的冷光中。

盛延也瞅了一眼这个仲福林口中自己千万不可掉以轻心的竞争对手。他觉得没意思，手插裤兜，往教室走。

喻佳在教室对照盛延的作业本算题。

仲福林一日三趟地把盛延往办公室叫，喻佳却丁点不担心这人的月考发挥。当这人不再插科打诨而是正儿八经学习的时候，喻佳能清晰地感受出盛延的水平在哪里——变态级别。

她好歹也是曾经当过"学霸"的人，也见识过林文帆那种"学霸"，如今碰上盛延，也只能仰着头叹一声可怕。

仲福林的担心实在是太多余了。

周三,中午课间,明天就是最后一次月考。

喻佳想这次月考考好一点,晚上在家学得晚了些,中午依旧蒙着盛延的校服,趴在课桌上睡觉。

她睡了一会儿,突然感到肩上被人点了一下。

"嗯?"喻佳惊醒,掀开头顶盛延的衣服。

她以为是盛延有什么事,结果看到盛延脖子向后转,于是也向后看过去。

仲福林不知什么时候站在两人身后,眼神在喻佳头上的校服外套上停留一瞬,然后看向只穿一件卫衣的盛延。

喻佳不知道仲福林中午找她做什么,眼神茫然。

仲福林说:"你们俩跟我过来一下。"说完就先走了。

喻佳刚醒还呆在座位上,盛延先站起来,对着仲福林的方向皱了皱眉,然后拍拍喻佳的肩膀:"走吧。"

两人跟在仲福林身后。他没有去教师办公室,而是领着两人来到了年级主任的办公室门口。

仲福林敲了敲门,进去,跟罗才打了声招呼。

罗才明显是知道他们要来,先给仲福林指了指沙发说:"仲老师坐。"然后再看向喻佳和盛延。

两个学生当然是没有位置坐的。

喻佳和盛延并排站在办公室中央,她感受着主任和仲福林探寻的目光,瞌睡醒了不少。

罗才的手臂搭在桌面上,扫了一眼面前的两个学生,然后对仲福林开口:"是这样的,仲老师,我这边收到点消息,说你们班的盛延同学和喻佳同学最近走得有些近。"

喻佳听后眉头一皱,身侧的手指蜷缩了一下。

对于这件事,仲福林还真是今天才知道。他平常对于班里男女生之间都睁一只眼闭一只眼,还挺高兴看到刚开学时水火不容闹着要换同桌的喻佳,如今和盛延的关系变得融洽。直到今天,突然在年级组几个老师那里听到些风言风语,说七班上次期中考试的那个年级第一,跟他们班那个不安分的富二代少女走得太近。

仲福林听到时还心想:我这个班主任怎么不知道?

不过,他也不是那种不约束学生行为的班主任,马上就要月考了,他本打算等月考过后再严肃了解这两个人的情况,不影响他们考试,结果今天中午,罗才突然让他带着他班上的喻佳和盛延去办公室一趟。

这件事情惊动罗才的原因有两个:一是他平常就对这种事情很敏感;二是盛延上次期中考年级第一,超过林文帆三十几分,是有实力力争夺省状元的。

罗才听到这两个人的名字时,就直接在脑海里脑补了无数好学生与"学渣"沉迷于恋爱的"恐怖"故事。并且高中的感情大多数是长久不了的,要是学习一落千丈,原本大好的人生就这么被毁,这是任何一个负责任的年级主任都不能坐视不管的事情。

仲福林本想跟罗才商量月考过后再找这两个孩子,可是罗才要现在找,甚至是想让这小子考前受点挫,耽误一次月考的成绩,总比耽误未来高考的成绩强得多。

办公室里,罗才问完,仲福林也把目光投到喻佳和盛延身上:"到底有没有这回事?"

喻佳没有回答,盛延先开口了。

他对着罗才定了定神,坦然而淡定,没有师大附中其他学生面对"罗阎王"时胆战心惊的样子,反问:"请问罗主任,您是从哪里收到的消息,说我跟喻佳在早恋?有什么证据吗?"

"凡事要讲个证据,我们明明只是普通的同桌和同学关系。"

罗才被问得愣了一下。

这事换了别的学生,在他面前早就吓得什么都招了,他倒是第一次见到有人还能镇定自若地反问,问他消息从哪儿来的。

罗才拉下脸:"若要人不知,除非己莫为。到底谈没谈你们心中有数。今天把你们叫到这里,就是希望你们悬崖勒马,不要一错再错。尤其是你,盛延,考过一次第一不要就飘了,老师和学校都在你身上寄予了厚望。"

盛延挑眉,没想到现在这个"全村希望"的重任落到了他身上。

"谢谢主任啊。"他对着罗才眯了眯眼睛,"所以证据呢?"

罗才吸了口气,板着脸站起身。

仲福林也跟着站起来。

罗才悠悠地走到喻佳和盛延面前。

盛延一直没有明确回复他跟喻佳到底有没有在谈,因为比起这个,他更想知道的是谁跑去说他跟喻佳走得太近。

他镇定地对着主任,并不惧怕什么,然而少年毕竟太年轻,已经摸爬滚打了半辈子的主任早已心知肚明,罗才突然伸手抓住盛延的左手,把他袖子给撸了上去。

旁边仲福林皱着眉把喻佳左手的袖子也撸了上去。

两个人的手臂就这么暴露在空气中。

那两条红手绳此刻显得格外刺眼,两人都戴在左手上,同样的编织方式,同样的木质小鱼挂饰。唯一不同的,是两人手绳上小鱼挂饰的方向,一条向左,一条向右,是一对。

喻佳看着自己手腕上的手绳,闭了闭眼。因为她知道在老师眼里,这对手绳就是铁证,再多的解释也无济于事。

罗才根本不会相信这是两条为了保佑学业进步,没有其他任何含义的普通手绳。

盛延也没想到他们会直接撸袖子看手绳,冷下脸:"老师,我们……"

罗才喝止道:"别说了,事实就是证据。"

喻佳和盛延两人消失了中午一整个课间,直到快下课的时候才回来。

仲福林跟在两人身后,一进教室就开始让盛延换位置。

七班的位置还是第一次月考过后按照成绩排的,仲福林让盛延先坐到教室讲台旁边那个位置去,准备等这次月考成绩出来过后再具体排位置。

看到这个情况,七班的人纷纷噤声,心里多少猜到发生了什么。

下午四节课,每个老师走进教室看到讲台旁的盛延时都很吃惊。

喻佳身边空空荡荡的。

课间休息的时候,两人一直坐着,都没有动。同学也都没有来找两人说话,就连平常闹腾的李元杰,身后的盛延搬走了,他也莫名安静下来,用蒋二炮的话来说,衰得像他失恋了一样。

放学后。

班里同学都走了,像往常一样,只剩下喻佳和盛延。

盛延走到教室后面,把李元杰的椅子往后拖了一排,坐在喻佳身边。

他坐下,终于骂了句脏话。

"这次考完老仲估计还要按照成绩排位置,咱再考一个倒数第一个倒数第二?"

喻佳看着身旁的少年,突然垂了双眸,睫毛像小扇子一样压着。

她从前一直觉得两个人的距离应该近一点,文化水平不能差太远,每天学习也是按部就班,唯有这一刻,她第一次听到心里有一个声音在说:为什么只是不能差太远?为什么不可以追上他,和他齐平,甚至是……超过他?

就好像他碾压林文帆那样,给所有人看看。

盛延看喻佳这个表情就知道自己刚刚说错话了。

他一手撑着自己后脑勺:"你要是真的担心的话,那我再考个第一?或者你定一个分数,666分怎么样?老铁666。"

喻佳差点笑出来:"算了吧,我们两个没人要的小孩。"

盛延哑然失笑。

主任误会他们俩早恋之后本来是要通知家长的,结果巧得很,他们家长的电话没有一个能打得通,都是繁忙状态,当时场面十分尴尬。

最后主任只能威胁这次先不告诉家长,好好学习。

喻佳思索着什么:"你觉不觉得这次事情有点突然?"

盛延早就想到了:"嗯。"

月考前一天被检举早恋,明显是不想让他俩好过。

喻佳问盛延:"所以你现在受影响了吗?心情怎么样?明天会不会发挥失常?"

盛延说:"怎么可能!"

Chapter 11
到他身边去

这次月考照样是在周四、周五两天举行。

考场考号又按照上一次考试成绩重新排,盛延成为全校跨度最大的选手,横跨全校所有人头,从最后一个考场倒数第一的位置直接跃到第一考场正数第一的位置。

盛延对于不能跟喻佳在同一考场这件事还挺不是滋味,像从前一样直接拎了支笔就去考试,在第一考场找到自己的位置,坐下来。

不同于最后一个考场开考前总是在热火朝天地商量作弊,第一考场有嗡嗡的读书声,每个人都拿书在争分夺秒地背。

盛延第一次来这个考场,拉开椅子坐下时,听到考场里瞬间的安静。

他没带书,桌子上就孤零零一支笔。

盛延胳膊撑着头,往后转了转,看到坐在自己身后的林文帆。

林文帆发现盛延转过来,猝不及防跟盛延对视,然后立马慌乱地躲开眼神。

盛延冷笑一声,打了个哈欠,似乎觉得累了,开始趴在桌上补觉,直到监考老师进教室发卷子他才抬头。

就跟最后一个考场每次考试都是那些人差不多,第一考场的人从开学以来也都大同小异,盛延作为生面孔,想不引人注意是不可能的。

那些安静的目光中有崇拜，有探寻，自然也有嫉妒。

第一场语文考完后直接去吃中饭，跟后面的考场一收卷就冲锋陷阵奔向食堂的场景不同，第一考场里的人大都没有立刻动身，而是纷纷聚在一起对选择题答案。

基本都是每个班的人聚在一起对，偶尔也有两个班之间认识的人互相串一下。

第一考场一共三十人，三班就占了八九个，他们都围在林文帆和白思静的座位旁边，对答案的时候忍不住看向第一排第一个已经空了的位置。

"有什么了不起？"

"从前咱班考了那么多次第一也没见有谁狂成这个样子。"

"我就等着看他掉下来的那天。"

韩霜也在第一考场，听到三班那群人的议论，路过时翻了个白眼。

两天的考试一晃而过。考完最后一场英语后，所有人回到自己的班级，把座位恢复成原有的样子。

不同于前两次考完教室里热火朝天地对答案，这次一考完，七班整个教室气氛都压得比较低。

盛延身边依旧没有人围着他对答案。

不过，上次在成绩出来之前大家是觉得这人是"倒数第一"，而这一次，是根本不敢跟他对。

出题老师似乎存心想要挫挫学生的锐气，除了语文跟从前的难度基本持平，其他科目考试题出得格外难。

喻佳也考得有些心焦，一回到教室跟班里其他人一样，不想说话，也不想动弹。

她所在的倒数第三考场，考数理化的时候里面很多人都在开考不到二十分钟就直接撂下笔，坐在椅子上发呆。

收上去的试卷很多大题的答题界面都是空白的。

平常对答案最积极的李元杰这次耷拉着脑袋去教室前面的饮水机接水。

他路过盛延的座位时，盛延突然叫住他："李厂长。"

李元杰耷着眼皮，听到盛延叫他，浑身无力地停下："什么事？"

盛延觉得李元杰这副模样很滑稽："你要不要对答案？我所有答

案都记着。"

听到盛延要跟自己对答案,李元杰立马严严实实地捂住耳朵,一脸惊恐:"我不听我不听我不听!"如临大敌地跑走。

盛延笑着看李元杰跑走,然后回头望向喻佳的位置。

由于这次考题难度加大,好些人大题都是空白,所以师大附中的老师阅卷难度降低,以往考试成绩一般都是周一下午或者周二才出来,但这次学生周一一到教室,关于月考成绩已经出来的恐怖消息笼罩着整个班级。

第一节班会课,仲福林拿着一张表格进教室。

所有人看到他手里的那张表格后都毛骨悚然,倒吸一口凉气。

很明显,这是这次月考的成绩单。

仲福林扫了一眼讲台下坐立不安的"小萝卜头"们,突然眯起眼笑:"你们肯定知道我手里这是什么,这样吧,我们今天来点跟之前不一样的。

"从后往前,依次宣布名次怎么样?

"给后十名的同学留点面子,我们从第四十名开始宣布。"

教室里一阵低声哀号:

"要不要这样啊。"

"老仲好过分。"

"呜呜呜,我好紧张。"

"能不能让我再多活一天?就不能明天再出成绩吗?"

仲福林对着成绩单开始念:"第四十名,李元杰,总分362,年级排名543。第三十九名,王小军……"

喻佳平心静气地坐在自己座位上,听仲福林一个一个地念名字。

她想最后十名应该已经没有她了,只是当仲福林一个一个地往前念,还没有念到她时,也莫名地紧张。

"第二十一名,喻佳,总分443,年级排名349。"

当仲福林报出喻佳的分数和名次时,喻佳看到班里人都齐刷刷地转头,目光落在她身上。

她听到窃窃私语:

"这也太牛了吧。"

"第一次月考倒数第二啊。"

"进步神速。"

盛延也转过头，冲她笑着，并不怎么惊讶。

喻佳听到自己的名次，微微松了一口气，舒展开汗湿的手掌。她期中考400分，这次从分数上看只进步了43分，但这次考试比期中考试难得多，所以如果同样的难度，实际进步分数应该远超这四十几分。

年级排名上体现得更明显一点，上一次五百多名，这次直接进步了将近两百名。

仲福林看向喻佳的目光充满赞赏，他一直都说喻佳是个聪明的孩子，上星期听到她和盛延的关系后还很是忧心，尤其是考试前一天被主任找到捅破关系勒令他们保持距离，现在看来，这两个孩子心理素质强大。

仲福林接着往前念名次："第二名，韩霜，总分644，年级排名第13。"

只剩下第一名了。

仲福林提高分贝，朗声宣布："第一名，盛延，年级排名第1，总分737！"

其实名次倒没什么悬念，有悬念的是分数。

这次月考年级平均分比之前低了将近40分，足以证明题的难度，而盛延上一次738分，这次737分，两套难度天差地别的试卷，他只有1分的差距。

当仲福林紧接着把盛延大半都是满分的单科成绩报出来时，班里人甚至都听得浑身发冷。

这还是人吗？

因为很显然，考满分证明这套卷子的难度还不是他的极限。

盛延坐在讲桌旁，听到自己的成绩，反应淡定。

仲福林念完成绩，让韩霜把成绩单贴在教室后墙上，然后站在讲台上宣布："今天中午咱们再把位置换一下吧，依照罗主任的安排，还是按照成绩从高到低的顺序坐。"

"我决定以后都这样，每次月考过后都按照成绩换一次位置，咱们离高考只有不到一年半的时间了，希望大家都能紧张起来。"

喻佳看向自己身边空空的位置。

第一节全校都是班会课，所有班主任都在讲月考成绩，下课后，盛延的成绩明显已经传遍了全校。

七班教室里嘈嘈杂杂，教室外的走廊上不少人逮着其他班路过的人吹牛："你知道我们班盛延这次考了多少吗？737分！"

李元杰出去了一趟，然后跟几个男生飞一般地奔向盛延的位置。

"延哥！你知不知道林文帆考了多少？！"

几个人在盛延位置前堪堪刹住车。

盛延没有把林文帆当过对手，他从来只关心自己的分数，只是对面的人那么激动，他也礼貌性地激动了一下，问："多少？"

袁自强抢到李元杰面前，疯狂地拍桌子："688分！他只考了688分，哈哈哈！"

曾笑笑经过，腹诽：你一个考388分的人怎么好意思嘲笑人家考688分的人？

盛延听到688分，向后靠着椅背，眼神凛然："数字挺吉利啊。"

谁举报他跟喻佳早恋并不难猜，大家都是同龄的学生，没有谁闲得没事做特意向老师告密，他们俩没有光明正大地在学校走过，甚至连中午吃饭基本都不是一起，两人也确实只是单纯的好朋友关系。

而举报这种事情，如果在平常干出来还可以说是正义凛然，但特意选月考前一天告诉老师这个事情，实在不得不让人去猜测是因为有利益冲突。

这个冲突，不仅是林文帆和盛延，还有王萍和仲福林。

不过很遗憾，有些人注定要失望，他盛延该考多少还是多少。只是一想到跟喻佳的同桌就此被拆散，心里仍旧不爽。

李元杰又抢到袁自强前面："让他们班那些人看看谁才是大神！你知不知道我在食堂吃饭都听到三班一群人在那里说你迟早掉下来，结果……哈哈哈。"

盛延笑了一声。

"行了。"他卷起面前的一本书，在几个人脑袋上敲了敲，"与其替我高兴，不如替你们自己反思一下。这次学校划的本科线是多少？四百几来着？李元杰你上了吗？你妈不是说上不了本科就让你高考后去你家厂里搬砖吗？"

李元杰："……"

中午换完位置,喻佳和盛延之间隔了半个教室。

喻佳看了看两个人之间的距离。

仲福林在班会上宣布了成绩,又开始挨个把人找到办公室谈话,帮每个人分析这次的考试成绩。

喻佳被叫到办公室。

办公室里人不少,基本都是老师把学生叫来在谈话。仲福林见到喻佳眼神慈爱极了,第一句话就是:"这次进步很大。"

喻佳点点头:"嗯。"

仲福林已经习惯喻佳的少言,又说了很多鼓励的话,知道她的极限肯定不只是现在这个名次,她在初中的时候明明也是最优秀的孩子。

仲福林并没有再提起喻佳和盛延之间的事情,他甚至把上次没收的两个人的手绳还给了喻佳。

"老师相信你们。"

他面对喻佳,说的不是"你",而是"你们"。

喻佳揣着两人的手绳走出办公室,看到不远处走廊上站着王萍和林文帆。

和春风得意的仲福林比起来,王萍周身阴沉的气场隔着很远都能感觉到。林文帆低着头,一言不发。

喻佳看着那两人,吸了口气。

要说不气是不可能的,可是她要怎么办呢?难不成上去把林文帆揍一顿,然后再跟王萍杠一场?

现在在她看来,这些都不是什么好主意。

林文帆和白思静在她面前最引以为傲的优越就是成绩,而王萍曾经就是因为成绩,无数次对她指桑骂槐、冷嘲热讽,绞尽脑汁地想把她赶出三班。

他们最怕自己的成绩被别人超过。

盛延的存在,深刻让人感受到了怕什么来什么,所以这两人现在才这么阴沉。

喻佳走回教室,坐下,看向盛延身边的位置,她抿了抿唇,捏着

两人的手绳。

怕什么来什么的可怕存在,其实可以再来一个。他可以到她身边来,她也可以考到他身边去。

有些事情的发生只需要一个契机,某个念头的种子一旦存在,只要发芽,便会势如破竹地生长。

月考过后,放学了的高二年级部这边很安静,从教室的窗户望出去,橙色的夕阳晕染整片天空。

喻佳把脚搭在旁边的椅子上,一条红色的细绳缠在少女纤瘦白皙的踝骨。

她按着盛延的想法戴好手绳,收回腿,在地上踩了踩,脚踝几乎感觉不到那条细绳的存在。

然后看向面前的盛延。

不得不说,这还真是个……人才。手绳戴在脚上这种点子都能想得出来。

毕竟两人上次已经被逮到一回,仲福林虽然把东西还给了他们,但是再继续明目张胆地戴在手上不合适。

盛延问:"怎么样?"

"还行。"喻佳应了句,起身,回到自己的位置上去。

她刚才坐的是韩霜的座位,盛延的现任同桌。

盛延没有料到喻佳突然起身,跟过去,坐到喻佳身旁的位置:"怎么了?"

喻佳把面前的书摊开,伸手折了折:"那儿又不是我的位置,我坐干什么?"

"哦?"盛延听出点儿喻佳话里的意思,然后撑着下巴看她,带着点儿笑,"那要不……把那儿变成你的位置?"

"所以……"喻佳把书放到她跟盛延中间,有几个不懂的地方都用铅笔圈出来,"开始。"

喻佳开始进入到一种全新的学习状态。

从前都是盛延按部就班地教她按部就班地学,没什么压力与动力,更没什么特别的目标,可能有一个念头,大概就是"我想考得好一点"。

但现在不同,她要重新成为"学霸",她要考到前面去!

喻佳从来没有这么认真地学习过，即便她从前初中考第一的时候都没有这么努力。盛延放学后依旧会留两三个小时给她补习，喻佳回到家，会接着开灯学到晚上十二点。

她落下的内容太多，读书是唯一没有捷径的事情，花钱更是买不来知识，除了一点一点地把那些落下的东西捡起来，别无他法。

就连班上的同学也明显感受到了喻佳的转变，从前课后她还会跟周围的人聊天，现在却永远在翻书。

喻佳从开学到现在的进步班里所有人都看在眼里，教室位次最能直观体现变化，她硬生生地从开学时的后排坐到了现在的中游。

其他人也不知道是不是被喻佳这种玩儿命学习的气氛感染了，每当看到喻佳在刷题，自己却在看杂志、玩手机、聚在一起吹牛时，心里总会生出一种罪恶感。

喻佳都没考倒数了，你还有什么理由不努力？

七班的学习风气突然比从前好了不少，仲福林每次进来看到从前像猪圈一样闹腾的教室，现如今学生竟然开始搞学习，感动得热泪盈眶。

喻佳有时晚上在家里学习的时候，会碰到老喻和吴女士回来。

她从前还很抗拒被老喻和吴女士发现在用功读书，找个家教要背着两人偷偷摸摸让喻扬帮忙，现在突然觉得没什么。

盛延跟她说过，有些事情，折磨的除了自己，还有谁呢？

她因为被一次次的疏忽而放弃成绩，似乎换来了两人的关注，但他们的眼神里却是浓浓的失望。

老喻本来看到喻佳在学习还挺高兴，然后不知怎么知道了喻佳跟一个男孩子走得很近，努力学习貌似就是因为这个男孩子。

也不知道是喻扬说漏了嘴，还是老师或者仲福林打电话泄露出去的。

不过，在老喻和吴女士眼里，喻佳一直在跟男孩子玩，所以对她跟男孩子走得近的这件事情，倒也没有太过激烈的反应。

只是老喻跟家里的阿姨打了招呼，汇报喻佳每晚有没有回家，不许她在外面过夜。

天气越来越冷，临近期末，每天放学后主动留下来学习的人变多

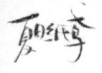

了。

喻佳刚刷完一套题，抬头的时候，看到教室窗户边叽叽喳喳地围了不少人。

"下雪了。"

"真的下雪了呢。"

盛延拍了拍喻佳："走，出去看看。"

喻佳走到教室外面的走廊上，刚才刷题时脑子很闷，现在嗅到外面的冷空气，瞬间清醒不少。

她抬头，看到光影下，纷飞的雪片从天空密密匝匝地砸下来。

不过，临阳的雪永远下不大，到地上没过多久就都化了。

喻佳背倚栏杆，叹了口气，要当"学霸"确实还挺累的。

盛延跟喻佳一起靠着栏杆，看到教室的窗户上起了一层热气，朦朦胧胧的，里面李元杰正抓耳挠腮地做题。

喻佳算了算离期末考试还有多少日子，突然问："盛延，你寒假怎么过？你爸爸会回来吗？"

盛延跟她说过关于父亲的事情，喻佳并不喜欢盛延的父亲，但这也是他唯一的亲人。在她的认知里，盛延的父亲一直在外地做点小生意。

盛延没料到喻佳会问这个，愣了两秒，说："不知道。"

"他没说吗？"

"没。"盛延笑了声，"怎么，你怕我寒假一个人太孤单，大年三十的晚上听到邻居家的鞭炮声一个人躲在被窝里哭出声？"

喻佳说："我说你要是真没人的话，可以去我家。"

她点点头，正儿八经地补充："我家院子里那个狗窝挺豪华的，三平方米呢，你上次不是看到过，我给你偷一床被子，你晚上就偷偷地睡在那里。"

盛延："……"

喻佳皮完，继续进教室做题。

盛延也跟着进去。他倒真不知道自己这个寒假会怎么过，大概跟喻佳说的差不多，留在临阳，白天邀请小鱼出去玩，晚上窝在被窝里打游戏。

晚上，盛延把喻佳送回家，又独自往学校走。

雪已经不下了，盛延走了一会儿，衣兜里传来手机的振动。

盛延以为是喻佳忘了什么东西，接起来："喂。"

可惜不是喻佳。

盛延听到电话里的声音，表情一点一点淡下来。

电话里的人说："事情重新查出来了，盛总很自责……"

喻佳回家的时候看到今天玄关处多了一双鞋，红底黑纹，品牌标志十分嚣张。

不出她所料，客厅里喻扬正在玩游戏机。

喻佳淡淡地问："你又回来拿东西？"

喻扬抬眼，看到背上还背着书包的喻佳，同样问："这么晚才回来？阿姨说你最近很爱学习，回家还要学到十二点？"

喻佳不以为意："有意见？"

"没。"喻扬放下游戏机，伸了个大大的懒腰，"高中生，苦啊。"

他心情很好地冲喻佳抬了抬下巴："真是不好意思，我已经放寒假了。"

喻佳看着一脸得意的喻扬，转身上楼，"啧"了一声，也轻飘飘地撂下一句："真是没什么意思。大学生，还单身。"

"哎。"喻扬叫住上楼的喻佳，"你那个让你奋起学习的好朋友什么时候让我见见？"

喻佳回头："你见他做什么？"

喻扬一手搭着沙发靠背："家住哪儿？"

喻佳想了一下，还是报了上次去过的盛延家的地址。

喻扬听后忍不住皱眉："那里？"

比他原以为的差多了，那是一片临阳少有的还没被开发的落后地方，蜗居着很多底层打工者。

喻扬沉吟片刻，幽幽地吐出一句："是个'凤凰男'啊。"

喻佳回他一个"神经病赶紧去治病"的白眼，"噔噔噔"上楼。

不过，喻扬的寒假并没有他炫耀的那么轻松，回来第二天就被老喻抓到家里公司去实习，直接甩了好几个项目给他。

喻扬每天上下班累得像狗。

喻佳也忙着准备期末考试，好几次晚上回家，深夜还听到喻扬在

打电话。

"什么?铁观音不行吗?普洱和铁观音有什么差别?它们都是茶,为什么要分个高低贵贱?"

"规划方案还要改?有什么不满意的一次指出来不行吗?非要我交上去一份指出一点,又交上去一份又另外指出一点?"

喻佳听得摇头。

她隐约从每天晚上喻扬的电话里听出,貌似临阳会来一个挺重要的人,喻扬参与前期的准备与接待,那个人不是临阳本地人,但他的妻子是。

离期末考试越来越近了。

喻佳敏感地察觉到盛延最近状态不太好,偶尔会出神,在想什么心事。

她问:"你怎么了?"

盛延说:"家里有点事情。"

"我能帮忙吗?"喻佳问。

盛延看向身旁的少女:"小鱼好好学习就好。"

喻佳正准备继续做题,李元杰突然兴冲冲地奔过来:"二位二位。"

喻佳掀起眼帘:"干吗?"

李元杰问:"你们考完试有什么安排吗?我们商量一起去E市玩,你们去不去?来去一共两天。"

E市是临阳隔壁的一个市,离得很近,坐高铁只用四十分钟,E市有几个不错的景点,是临阳人短途旅行的首选。

这几人还没考试就在商量考完了去哪儿玩了。

喻佳先看了看盛延,她觉得放了寒假盛延一个人在家里没意思,跟几个同学一起出去玩一圈也不错。

喻佳问:"你觉得呢?"

盛延恍了恍神:"行。"

李元杰收到两人的答复,又看向一脸心不在焉的盛延。

"延哥。"李元杰一脸深沉,"我觉得你最近有点变了。"

盛延这才抬了下眼皮:"嗯?"

李元杰还挺委屈:"你都不对我笑了。我们才分开两周,难道你就忘了我吗？你突然变成了一个不苟言笑的'高冷学霸'，跟那些普通'学霸'没有什么差别，这种感觉让我十分陌生。"

"去你的吧。"盛延终于笑了声，伸手把李元杰轰走。

李元杰看到盛延笑，心满意足地跑走。

喻佳瞄了眼时间，已经不早了，再过半个小时高三的学生就要下晚自习，她打算把现在手里这套题拿回家做。

"要不今天就到这里吧。"

盛延有些犹豫："小鱼，今天我可能……不能送你回家了。对不起，我有点事情。"

喻佳问："是因为……家里的事情吗？"

盛延微垂眉眼："嗯。"

喻佳笑笑："没事，我打个车回去就行了。"

盛延看着喻佳脸上的笑："你到家给我发个消息。"

喻佳点点头："好。"

盛延把喻佳送到校门口，看她坐上车，然后立在学校门口等了一会儿。

不久，一辆黑色的轿车从夜色中驶来，停在少年面前。少年一言不发地上车。夜晚霓虹闪烁，汽车穿过临阳这十几年来剧变的街道，停在那栋老旧的居民楼前。

门被钥匙打开，仿佛打开一桩尘封的往事。

盛同泽看到这套房子仍旧保持着十几年前的样子，像是时光停驻，一点没有变化。

盛延兀自在沙发上坐下，目光静静地看着并没有开的电视，并不言语。

盛同泽坐下来："陈奇说你不愿意回去？盛延，事情已经查清楚了，那个女生也把什么都说了，你现在不愿意回去，是在跟我赌气吗？"

盛延依旧盯着电视："不是你让我永远滚回这里的吗？为什么要回去？"

盛同泽想起自己当时知道那件事情怒不可遏的样子。

他伸手压了压眉骨："你一直在跟我赌气。你没有落下过学习，却从来都在考倒数。只是最近又不考了。我能知道为什么吗？"

盛延置于膝上的手指微微屈了屈,绷直唇线:"不为什么。"

盛同泽继续说:"已经在办转学手续了,期末考试你参不参加都可以,四中那边,下学期你还是回从前的班。"

盛延看向身旁语气平静的男人:"我说了我不回!"

盛同泽态度强硬:"不管怎么样,我们都是彼此在这世界上唯一的亲人,我是你父亲,你是我儿子。"

"你应该相信我其实并不会把你永远扔在这里,即便现在事情还是从前的结果,你也会离开这里,不同的是我会再给你换一所学校。甚至如果你还是永远名次倒数,我也会拿钱把你送进国外的名校。"

"临阳是个小地方,师大附中的教育质量我也知道,我不会因为父子间赌的一口气,用我儿子的前途作为制衡筹码。"

盛延死死盯着眼前的男人,突然笑了一声。这还是盛同泽,他并不爱他的妻子,却爱他的儿子,或者说,他需要一个出色而优秀的儿子。

盛延压抑着开口:"在哪里读书对我来说都没有差别,什么老师对我来说都是一样。"

"我知道。"盛同泽说,"但我还是不会冒这个险,因为你是我唯一的儿子。"

盛延一脸冷漠:"如果我说我就是不会回去呢?"

盛同泽看向少年压抑的脸:"那我会找到你不回去的缘由,然后,解决掉。"

盛延瞳孔骤然缩小。

他觉得冷,把牙齿咬得咯咯作响。他努力让自己平静,觉得这一刻无比荒唐可笑。

"你为什么会和我妈结婚?"盛延顿了顿,喉头堵塞,"因为你想要个孩子,是吗?你想要一个优秀的、毫无缺点的,能让你面上有光的下一代,然而你却从没为之付出过什么,你心安理得地把这个任务全都交到了一个女人的头上。"

"后来她死了,你开始直面你的这个儿子,你发现他不是你心中的样子,他的叛逆和不学无术令你厌烦。于是有一天,当你因为一件你自以为的事情,可以毫无顾忌地将他一脚踢开,你想给他点教训,让他知道有些威严不容忤逆。"

"这个世界上没有人可以反抗你，因为你永远都那么自私。你并不在意我的喜怒哀乐，你在意的是我永远不能让你丢脸。"

盛同泽的脸色越来越差："盛延，你知道你在说什么吗？"

"我当然知道。"盛延站起身，径直往外走，"我不会回去。"

他开门，却看到守在门口的陈奇，以及陈奇身后，几个盛同泽的贴身保镖。

陈奇不动声色地拦在盛延面前。

离期末考试还有一周，七班里平时再浑的人也开始临时抱起了佛脚，一大早班里就整整齐齐地坐满了，除了一个位置。

第一排第一个，属于第一名的地方。

盛延平时喜欢踩着点到，可是今天第一节都下课了，位置依旧空着。

同学都问喻佳知不知道盛延怎么没来上课，去哪里了，可惜喻佳面对同学的问题，只能摇头。

盛延说他家里有点事情。

喻佳试着给盛延打了几通电话，又发微信，可惜都同石沉大海，没有回应。

第一天，盛延没来。

第二天，盛延的位置依旧空着。

喻佳帮韩霜收作业，去了趟办公室。

喻佳把作业放在仲福林的办公桌上，说："仲老师，收好了。"

仲福林点点头："好的。"

喻佳却停在仲福林办公桌旁，没有离开。

"老师。"喻佳咬了咬唇，还是鼓起勇气开口，"我能问一下盛延这两天为什么没来上学吗？"

仲福林听到这个问题，看向喻佳。

最后他沉沉地叹了口气，说："盛延要转学了。"

仲福林，七班，乃至整个师大附中，没有人想盛延走。

他成绩那么好，原本可以稳上清北。

喻佳听到仲福林的回答，一个她没有料到的答案，茫然地"哦"了一声。等她回过神来的时候，自己已经站在了办公室门口。

七班的人知道盛延刚来一个学期突然又要转学,都很难过。

放学,喻佳拼了命地给盛延打电话发消息,想要质问他转学这么大的事情为什么都不告诉她。可惜喻佳连再不回消息就绝交的消息都发了,依旧没有收到回应。

她联系不上他。明明那天晚上他还笑着跟她说再见,却突然消失得无影无踪。

喻佳突然想到什么,跑到从前她去过的,盛延家。

她站在门口把手掌都拍麻了,依旧没人来开门。

喻佳失魂落魄地回家,刚好撞到喻扬实习加班回来。

喻扬看到喻佳失魂落魄的样子,问道:"你这是怎么了?学习学傻了?你为了追赶你年级第一的同桌也用不着这么拼命吧?"

喻佳听到喻扬口里的"年级第一同桌",突然绷不住,眼圈瞬间红了起来。

喻佳蹲下身,小声啜泣。

盛延不见了,盛延没有跟她说一句话就突然撂下她走了。

喻扬从喻佳会跟他打架起就没有看到过喻佳哭,他跟着蹲下来,急忙问道:"那臭小子做了什么对不起你的事情了?他是不是做了什么对不起你的事情?"

喻扬撸起袖子:"那个凤凰男够恶心啊,他叫什么名字,老子明天不上班了,不弄死他我不姓喻。"

喻佳小声说:"盛延。"

她第一次跟喻扬说盛延的名字。

喻扬突然愣了一下。

"叫什么名字?"他以为自己听错了,再问了一遍,"盛延?茂盛的盛,延长的延?"

喻佳"嗯"了一声。

她发现喻扬没动静了,抬头,用雾蒙蒙的眼睛看向他。

喻扬迟疑了一会儿,闷声开口:"你之前都不打听打听那小子家里是做什么的吗?"

喻佳以为喻扬在说"凤凰男",嫌他家穷。

"没有。"喻佳无力地反驳。

喻扬抓着喻佳的肩膀把她从地上拎起来:"你知道你哥这几天像

孙子一样接待的人是谁吗?"

喻扬吐了口气:"他爸爸。"

喻扬参与盛同泽的接待工作,之前把盛同泽的背景、喜好都了解了一遍,包括他已故的妻子是临阳人,有个儿子叫盛延,竟然在临阳师大附中上学。

喻佳一直没有问过盛延家里是做什么的。

她从盛延的 99 块包邮盗版鞋和临阳破旧城区的家推断出他家庭条件一般。盛延倒是有几次似乎想辩解一下他家庭条件还可以,可是都被她给无情地碾压了回去。

她甚至连将来让老喻给盛延在家里的公司找个工作的剧本都想好了,没想到现实竟然这么滑稽。

盛延家比她家有钱。

又或者说,盛延家比她家有钱得多。

这个骗子。

喻佳想笑,却怎么也笑不出来,揉了揉眼睛。

喻扬看着脸色苍白的喻佳:"他怎么了?"

喻佳想起那些石沉大海的电话和微信,哽咽着说:"他不见了。"

她看向喻扬,带着浓重的哭腔:"哥哥,你帮帮我。"

喻佳从四岁开始就没有再这么叫过喻扬哥哥了。

盛同泽下榻在临阳最好的一家酒店里,这次与盛同泽同行的人都在那家酒店,每个人的房间都是由临阳这边的人提前安排好的。

喻扬找到盛同泽一行的房间分配安排,比来之前多了一间。

喻佳低头看着喻扬给她的房间号。

喻扬说:"这小子现在应该在这里。"

"不过,喻佳。"喻扬表情变得严肃,"这是别人父子俩的事情,我劝你不要参与。你等盛延什么时候主动跟你联系,让他自己跟你说清楚。"

喻佳喃喃道:"可是他明天就走了。"

盛同泽今天就要结束最后的行程,明天会离开临阳,临阳电视台的新闻都在说这个消息。

喻扬语塞，依旧皱着眉："可是你去了也见不到。"

盛同泽住的那一层有很多保镖。

"你真的要去吗？为了那小子？你才多大？不就当了几个月的同桌？感情有那么深？"

喻佳没说话。她对着手里的房间号，回忆第一天见到盛延时的样子。嫌他抄她的自我介绍，把课桌拉开二十厘米，结果他跟着她一起拉二十厘米。

两人拍"风采之星"合照，变成"锁死"的同桌，他见义勇为打了场架。

再后来……

喻佳一点一点回忆，回忆到那天在天台，他告诉她用惩罚自己的方式去报复别人，是不值得的。

他说不会没有人期待小鱼的到来。

他就期待小鱼的到来。

喻佳突然崩溃了，无法抑制地哭了出来。她从来没有这么哭过，哭得昏天黑地，直到喻扬把她的头按在他的肩膀上，柔声哄着："哥哥知道了。"

酒店，盛同泽立在落地窗前，俯瞰临阳全市的夜景。

黑夜中街道笔直，车辆徐徐前进，霓虹蜿蜒成河，他手里握着一部被破了密码的手机。

手机相册里的照片不多，却大多数都是一个女孩，有趴在课桌上像小金鱼一样张着嘴睡觉的，有一脸不高兴地瞪着镜头的，还有在宠物店里，神情专注地逗着小猫的。

陈奇进来汇报说盛延那边的情况依旧不好，他住的房间所有窗户都已经被封了起来。

盛同泽转身走到沙发上坐下，闭了闭眼，"嗯"了一声，神情中是挡不住的疲惫。

陈奇犹豫了一下，又说："外面有两个孩子想见您，是喻家的儿子和女儿。"

盛同泽点亮盛延的手机，看到照片里的女孩。

陈奇领着两个人进来，盛同泽的目光落到眼前的女孩身上。

喻扬本来打算替喻佳跟盛同泽说说，起码要把盛延的事情问个清楚，没想到盛同泽说只想跟喻佳谈谈，喻扬反倒只能等在外面。

喻扬在外面沙发上坐着等，陈奇给他上了一杯茶。

喻扬等得有些心焦，喻佳才十几岁，还是个孩子，对面是长她三十多岁，一个让临阳很多大人物都恭恭敬敬地接待的男人，这两个人在一起，不知道能说些什么。

喻扬等了将近一个小时，心焦到想要冲进去看看是不是出了什么事的时候，喻佳终于从里面出来了。

他忙检查喻佳的状态，情绪正常，脸上没什么泪痕，应该没有哭过。

喻佳看了看喻扬，说："走吧。"

喻扬略松了口气，并没有问喻佳跟盛同泽说了什么，只是点点头："好。"

喻佳照样去上学，不逃课不旷课，盛延不在了，她自己每天放学也留下来学习到晚上。

本学期期末考试就在明天，班里又要开始布置考场排位置。

因为盛延转学走了，档案不在，所以师大附中的年级第一又变成林文帆，第一考场001的位置由林文帆占据。

在往桌角上粘贴考号的时候，班里的人看着盛延空空的位置，又遗憾又伤心。

李元杰说："延哥竟然一声招呼都不打就走了，他把我们当什么了？我们到底是不是朋友啊？"

"不拿我们当哥们儿，难道也不拿喻……"袁自强说了一半，住嘴。

曾笑笑不服气："年级第一又叫三班的人占走了！"她转头气呼呼地看向韩霜，"韩霜，你能不能争点气超常发挥一下，把林文帆给我搞下来。"

韩霜对着课桌叹了口气："难啊。"

喻佳听着这些对话，默默地整理面前自己这些日子刷的一套一套题目。

即使盛延不回来，以后这个第一，就由她来当。

期末考试第一场依旧是语文。离开考还有半个小时，班里人陆陆

续续起身准备往各自的考场去。

喻佳在位置上收拾文具,蒋二炮手里拿了本迷你版的《高考古诗词必背》,一边翻白眼紧急背诵,一边去考场,走到教室门口的时候,不小心跟进来的人撞了一下。

"Sorry!"蒋二炮停了一下,然后一边接着背书,一边侧开身子,示意给进来的人让路。

刚才跟他撞到的人却没有立刻进去。

来人看着一背书就喜欢翻白眼的蒋二炮笑了笑:"炮哥,现在背还来得及吗?"

蒋二炮心里想的是不管来不来得及能多背一句是一句,只是在听到那人声音的时候,突然愣住了。

教室里的人纷纷往门口看过去。

他们看到盛延还是一身师大附中的校服,逆着光,懒洋洋地靠在教室门口,正在冲所有人笑着。

就如同他刚来的时候一样。

所有人不可置信地瞪大双眼,仿佛不敢相信盛延真的出现了。

李元杰首先冲了上去:"延哥啊!"

几乎是一瞬间,盛延身边被疯狂拥过去的同学围满,男生们你推我搡,想摸摸看是不是真的,女生们不好意思靠得太近,全都是一脸高兴。

"盛延,你不是转学走了吗?"

"你怎么回来了?"

"你不会是回来收拾东西的吧?"

"还穿我们的校服,你到底走不走啊?!"

李元杰挂在盛延身上大哭特哭:"呜呜呜,你个坏人,为什么招呼都不打一声就消失了,你不要兄弟们了吗?"

盛延难得好脾气地没有把李元杰扯下来,他的视线穿过身前围得水泄不通的同学,落到喻佳身上。

喻佳没有跟过去。

她站在自己的位置上,静静地冲少年笑着。

盛延觉得身前所有熙熙攘攘的同学仿佛全都消失,他只看到她笑着的眼睛。

他跟喻佳对视后,最后扫了一圈儿挤在他身前问个不停的同学,还是从前那副模样,懒懒地抓了把头发:"年级第一的位置不被咱们班拿到手,我怎么敢转学走?"

"啊啊啊,第一!"听到盛延突然不转学,所有人激动疯了,"真的不走了?"

盛延回答:"真的不走了。"

教室里同学们高涨的激动情绪直到仲福林走进来后才停止,仲福林一脸幸福洋溢,先是赶所有人快点去考场,然后给了盛延一张考号字条。

盛延本来已经被调走了,现在又调回来,计算机考号排序,把他排到了最后一个考场的末尾,从前那个倒数第一的位置。

盛延跟喻佳借了支笔,照样什么也不带,潇洒地往最后一个考场走。

最后一个考场的熟人们看到盛延进来的时候都蒙了。

然后看着那个人熟练地坐在最后一名的位置上,突然有恍然如梦的感觉,老友重逢的感动。

他又回来了。

他去第一考场转了一圈,终于又回来了。

感动。

有人上去问:"可以抄一下答案吗?"

盛延抬了抬眉毛:"随便,都可以。"

倒数选手们突然又犹豫。

鬼知道他这次要考正数第一还是倒数第一,万一又像第一次一样抄的是倒数第一的答案怎么整?

现在"学神"的操作为什么总是那么出人意料!

盛延看着最后一个考场仿佛面临生死抉择的熟人们摇了摇头。

期末考试两天,一晃而过。

虽然领回一摞接一摞的寒假作业,还要面对不知是好是坏的期末考试成绩,但每个人对于寒假的到来仍然喜气洋洋。

喻佳看着盛延的眼睛,只有当两人面对面站着的时候,她才终于感受到,他真的回来了。

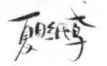

"小鱼。"盛延轻轻地喊。

喻佳闷闷地"嗯"了一声，闻到少年身上熟悉的，青草混合洗衣液的香气。

"以后你都在这里吗？"她问。

"嗯，不过，我可能寒假会回去一下。"盛延似乎怕喻佳不放心，着急解释，"你知道，我家……"

喻佳却"扑哧"一笑："好。没关系。"寒假只有几天而已。

盛延便也停止了解释。

盛同泽跟喻佳那次谈的时间很长。

少女并不在乎眼前的男人有多大的权力、多高的地位，在她眼里，他只是一个父亲，一个少年的父亲。

他们从盛延出生开始一直谈，包括很多细枝末节，比如说盛同泽回忆他有一次出了很长时间的差，回来的时候盛延对着电话机叫爸爸。

妈妈总是让盛延对着电话叫爸爸，小小的孩子以为电话就是他的爸爸。

后来谈到盛延在四中，成绩很差，每天逃课打架，因为猥亵女生被开除，盛同泽打了盛延一个巴掌，一怒之下便把他送到了这里。

后来才发现不是他。

喻佳一直静静地听着，听到这里的时候，抬头看向眼前的男人。

"叔叔。"少女皱了皱眉，似乎难以开口，"我们都没有相信过。从知道这个事情开始，我，包括我们的很多同学，从来没有相信过，没有一丝一毫怀疑过他会做那样的事情。"

喻佳对着盛同泽的眼睛："您是他的父亲。"

她沉沉地开口："您已经认识他十七年了啊。"

面对眼前柔和而坚定的少女，盛同泽在那时突然怔住。

期末考试成绩出来，盛延依旧发挥稳定，再次在最后一名的座位上考到正数第一的分数，好像只是让林文帆短暂地坐了一下年级第一的位置，乐得仲福林嘴都合不拢。

除了盛延，七班还有一个人的期末考试成绩十分惹眼，这倒不是说她考得多好，而是这排名进步的速度实在太快，令人咋舌。

喻佳期末考试的分数第一次上了五百分。

成绩公布的时候,盛延没有着急看自己的,第一时间跑去看了喻佳的分数,最后在班群里跟着大家吹喻佳的"彩虹屁"。

喻佳看到盛延顶着"Handsome Boys 首帅"的头衔在班群里一口一个"太牛了""喻佳怎么可以这么厉害""我要是能像她一样进步这么快就好了"的时候,羞耻到十分不想承认这个朋友。

大家考前制订的 E 市两日游计划如期进行,因为只有两天一晚,所以东西不多,喻佳只背了个包。

一行人在高铁站集合,蒋二炮本来就胖,大冷的天裹得像只企鹅。李元杰干瘦干瘦的,正在跟曾笑笑炫耀他今天穿了三条秋裤,腿看起来还是那么细。

盛延看到喻佳后招了招手,走过去,一手把她背上的包取下来挎着。

袁自强刚去取完票,把手里的票分给几个人:"走走走,要发车了。"

大家急急忙忙地上了车,所有人的位置都在一起。

韩霜一上车就问:"李元杰,你民宿订好了吗?是不是你之前发的那一家?"

李元杰忙着跟蒋二炮抢靠窗的位置,说:"订好了订好了,就是那一家。"

盛延把喻佳的包放在头顶的行李架上,问:"坐里面还是外面?"

喻佳说:"里面。"

四十分钟的高铁说长不长说短不短,因为出门早,喻佳看了会儿窗外的景色,然后睡了一觉。

高铁到站的时候,盛延叫醒她:"到了。"

喻佳迷迷糊糊地醒过来,看到盛延,猫咪似的"嗯"了一声。

一行人正排着队从两人身边的过道经过准备下车,边走边商量待会儿去哪儿吃饭。

盛延站起身拿行李:"你昨晚几点睡的?"

"十二点多吧。"

盛延不由得皱眉:"在干吗?"

喻佳慢条斯理地回答:"学习。"

E市最大的旅游景点就是它的古城，没有国内其他著名古城那么商业化，至今仍然有一些E市本地人住在里面，早上可以看到老人们聚在一起打太极，下午有穿着校服的孩子穿梭于古城大街小巷，充满了生活气息。

现在不是旅行旺季，所以游客不多，七班旅行团主要的行程就是在古城里边吃边逛，拍了不少照片。

古城里有个文庙，据说是古时候书生们考试的地方，进去参观要买五十块钱的门票。

一行人买了门票进去，随门票附赠一张许愿签。

据说这个文庙从前有人求签后考中状元，许愿十分灵验，尤其是许学业方面的愿望。每年高考前那一阵是文庙人最多的时候，甚至还有临阳的人专门跑来许愿。

文庙院里是孔子的雕塑，正厅墙上挂着孔子的画像，大家参观完庙里的建筑陈设，纷纷围到孔圣人的画像前。

画像前是张香案，上面摆放一些贡品，以及两个用来放许愿签的签筒。

李元杰一手拿签，一手举着一百块钱，在香案前弯腰翻来覆去地找："怎么没有捐香火的箱子呢？"

曾笑笑说："你这么诚恳的嘛，还要捐香火钱？"

蒋二炮满脸嫌弃："这里是文庙又不是寺庙，你捐什么香火钱？"

"对哦。"李元杰忽然反应过来，从进门到现在连支香都没有看到，哪里来的香火钱。他小心翼翼地把一百块钱收起来，郑重地用双手握着自己的许愿签。

袁自强难得见李元杰这么郑重："李厂长，你许什么愿？"

李元杰双手合十，虔诚地对着孔圣人，瞥了袁自强一眼，然后傲娇地转回去，不打算泄露自己的愿望。

"你不告诉我，我也知道。"袁自强咯咯地笑，"你许愿你可以考上本科是不是？"

李元杰："……"

其余人都笑了，李元杰不服气只有自己的愿望被泄露，逼着众人分享各自的愿望。

蒋二炮想考上临阳师大，曾笑笑许愿上重点本科，然后迫不及待地问韩霜："韩霜，你许的什么？你想考哪所大学？"

韩霜把手里的许愿签双手放进签筒，看看周围众人，说："浙大。"

"哇哦。"几个男生感叹一声。

韩霜成绩虽然好，但也只是在年级前十左右，师大附中从来没有人考上过清北，从前最好的就是考上一两个重点大学。

袁自强说："霜姐，你可以的！"

"对，霜姐一定可以的！"其他人也纷纷为她打气。

韩霜点点头，眼神写着这个年纪的学生独有的坚定。

只剩下盛延和喻佳了。

盛延挺郑重地把许愿签放进签筒。

蒋二炮星星眼："延哥，你许的什么？"

"这还用问吗？"李元杰搭着蒋二炮的肩膀，"延哥，清华还是北大？"

盛延冲两人挑了挑眉："你们猜？"

"我猜清华。"

"我猜北大。"

"不。"盛延摇头。

他把自己的愿望藏得挺深，无论两个人怎么猜都问不出来。

最后李元杰只能翘着嘴来了句："延哥，你不够意思。"

盛延笑笑。

喻佳也许好愿了。

韩霜问："喻佳，你许的什么？"

喻佳看了看一脸好奇的几人，吸了口气，说："第一。"

曾笑笑似乎没明白："第……第一？"

"嗯。"喻佳平静地说，"考到年级第一。"

当她把自己的愿望说出来的时候，气氛一时有些安静。

所有人都纷纷把目光投向此时正笑得如沐春风，对着喻佳的眼睛一眨不眨的盛延身上。

盛延突然发现目光汇聚到他身上，问道："你们看我做什么？难道你们不相信喻佳有这个实力吗？不管你们信不信，反正我是信。"

众人忙小鸡啄米似的点头："信，信信信。"

晚上,一行人来到李元杰订好的民宿。

条件还不错,三个女生一起住大床房,男生盛延睡一间,李元杰和蒋二炮睡一间。

大家打游戏的打游戏,玩牌的玩牌,中途还点了份"罪恶"的外卖,一直闹到了晚上十一点,终于开始洗漱睡觉。

曾笑笑和韩霜两个人一起窝在床上看最近正火的综艺,笑成一团。

喻佳洗了个澡从浴室出来,头发还湿着,找到民宿里的吹风机。

因为怕声音太大影响两个人看综艺,喻佳拿着吹风机去客厅里吹头发。

盛延也在客厅。

见到喻佳出来,他拍拍自己身边的位置:"这里。"

喻佳说:"我要吹头发。"

盛延说:"这里有插头。"

喻佳一脸"你那位置还挺好"的表情,坐过去。

她插上插头,调好暖风,一点一点仔细地吹着。

她穿一身乳白色的棉质睡衣,身上都是洗发水和沐浴露混合的香气,气息被吹风机的暖风吹散,暖烘烘地萦绕四周。

吹风机声音停止。

喻佳转身,说:"好了。"

盛延还是第一次看到这个样子的喻佳——她刚洗完澡,穿一身棉质睡衣,刚吹干的长发自然地披散着,眼睛明净,白到透明的脸颊由里到外透着红晕,毫无攻击性,整个人气质一下比平常软了几个度。

喻佳打了个哈欠,又懒得回房间,她突然想起今天说目标是年级第一的时候,盛延的反应跟她想象中的不太一样。

"我说我要考年级第一,你都没点表示吗?"

闻言,盛延挑了挑眉:"表示?"

喻佳点点头:"这说明我要超过你啊!别人当着你的面扬言要超过你,你作为现任年级第一就没有一点危机感、紧迫感?"

她正儿八经地看向眼前少年,表情略带不爽:"还是说你觉得以我的水平根本超不过你,所以你根本不担心?"

盛延对着喻佳严肃板正的小脸,没忍住凑近了一点:"我们谁考第一不都一样吗？"

"才不一样。"喻佳想起自己期末考试跟盛延两百多分的差距，"从现在开始，我们又变成了学习上的竞争对手，你等着，总有一天我要超过你。"

"好吧，那我等着小鱼超过我的那一天。"

喻佳哼了一声，又问："你今天许的什么愿？"

她觉得盛延应该不会许什么考上清华或者北大的愿望，因为这两个学校他都考得上，并且大概率是学校招生办争着抢他。

盛延微抬眉峰："想听？"

"快说。"喻佳表情复杂，"总不会是当省状元吧？"

盛延听后"扑哧"笑了一声："那倒不是。"

盛延目光下压，眼前是少女透粉的脸。

他视线落在她粉红的脸颊，嗓音带着点儿哑，缓缓地说："我许愿，小鱼许的愿望都能实现。"

倏地，喻佳感觉自己烧了起来。

喻佳调整呼吸，开口："我觉得我们现在不适合这样。我们现在是竞争对手，哪有跟自己的竞争对手和谐友好的？"

"盛延同学。"喻佳十分正经，"因为你期末考试考得比我好，所以现在的我对你充满了敌意，你感受到了吗？"

"那我的朋友呢？"盛延愣了愣，在空气中比画，"我这么大的一个朋友呢？"

喻佳有点想笑："大多数时候是敌人。"

"其余的嘛。"她双手撑着沙发，身体前倾，仔细凝视着少年的眼睛，然后突然跳下沙发，"偶尔现身一下啦。"

说完，喻佳就跑回了房间。

盛延坐在沙发上，看到她跑走的背影，忍不住笑了出来。

喻佳的寒假过得并不轻松，她还是让喻扬帮忙请了家教，除了过年那一个星期，每天都上着家教课，平常就闷在房间里做着一套又一套数不尽的练习题。

从三百分到五百分和从五百分到七百分的路并不是一个量级，前一条路或许大多数人努力都能做到，后一条路可能更多的人一辈子都

到不了,甚至从某个分数段开始,拼的就不再是个人的努力,而是天分。

过年的那几天,老喻和吴女士难得不工作。

吃年夜饭时,不知道是谁开头,说起了喻佳请家教的事。

吴女士问:"真的有在好好学吗?"

喻佳顿了一下。

她没回答,扒拉了两口饭就说:"我吃饱了。"然后跑上楼。

老喻想说什么,最后又叹了口气。

吴女士盛了碗汤,问喻扬:"你妹妹的家教是你找的?"

喻扬也没什么胃口:"嗯。"

"为了什么?因为那个男孩子吗?"

"不是。"喻扬放下筷子,"为了她自己。"

吴女士不解:"自己?"

喻扬说:"家里您和爸爸都不在乎她,所以先前她自己也不在乎,后来那个男孩子跟她说,要自己在乎自己。"

"喻扬。"老喻沉闷地开口,"不是不在乎,而是我们工作忙,这些不都是为了你们俩以后的生活吗?"

喻扬眼睫微垂:"我知道。"

"可是你们还是更在乎我一点,不是吗?"

餐桌上突然安静。

喻扬继续说:"你们知道我为什么事事都护着妹妹吗?因为有一天,我突然发现我占了您和妈妈所有的关注,我不知道该怎么面对跟我同一个父亲母亲的妹妹。她好像从来都不嫉妒我,我却越来越不安,想尽自己最大的可能,把原本属于她的那一份关心从我这里还给她。"

喻扬说完,找了个碗,夹了点喻佳平时喜欢吃的菜,上楼。

寒假一晃而过,开学的时候,七班又按照上学期期末考试的成绩排了位置,喻佳依旧稳步往前挪着位置。

进入高二下学期,意味着高中生活已经过去一半,学习压力在不知不觉中增长,仲福林在班会课上一口一个"大家是即将要进入高三的人了"。

喻佳倒没什么感觉,只是班上一群平常调皮捣蛋的男生消停了不少,似乎终于找到了紧迫感。

就连盛延上课也不睡觉了,下课李元杰总是拿着他皱巴巴的草稿纸跑过去问题。

喻佳晚上会留下来跟盛延一起学习,周末继续上着家教课,她把自己刷过的题、做过的卷子全都垒在书房角落,看它们的高度一天天增长。她手中的错题集也写了一本又一本,直到后来往上添加的题目越来越少。

这个学期过得心无旁骛且充实,等到高二(7)班正式变成高三(7)班,教室也从原来的高二年级部搬到高三年级部的时候,喻佳终于坐到了盛延身边。

搬教室那天,全校都很热闹,仲福林在讲台上叮嘱所有人,楼梯间里不要拥挤打闹,他们班的新教室位置很好,书一次搬不动就多搬两趟。

高三年级部是一栋独立的教学楼。

喻佳手里抱着一沓书,找到门牌号上写着高三(7)班的新教室,走进去,把她的书放在第一排第二的位置。

盛延抱的书更多一点,走在喻佳身后,把他的书都放在旁边的课桌上。

盛延放好书,转身冲喻佳懒懒地笑着:"你好啊,新同桌。"

喻佳也笑了一声,突然想起跟这人第一天当同桌时候的样子。

那时候,她很想把他的头打歪,其实现在有时候也挺想打歪的。

喻佳还有点书没搬过来,盛延把她按在座位上,说:"我去。"

大家搬完书本接着打扫卫生,对着一间完全陌生的教室,才恍惚发现原来真的已经到高三了。

从前放学后总是看到高三年级部那边灯火通明,而现在要上晚自习的终于变成了他们自己。

高三正式意味着一切娱乐活动的消失,剩下的只有一套又一套做不完的习题。

唯一可以放松的班级集体活动,就是高三上学期,师大附中搞了个年级拔河比赛。

每个班抽签决定对手,赢了进入下一轮,输了的直接淘汰,直到

产生最后的总冠军。

这个比赛赢了没有任何奖品,甚至连张奖状都没有,然而七班每个人都很期待,摩拳擦掌在商量战术。

他们班第一轮抽到的对手是一班。

拔河时间定在吃了晚饭的课间,场地周围围着不少来看热闹的高一高二住校生。

年级主任脖子上挂着个口哨,先让两个班的班长猜拳,决定左右场地。

选好场地,两个班的人依次站到绳子前面,一班的人派了两个大吨位的同学在前,另外两个大吨位的同学押尾,个个表情严肃,严阵以待。

七班只有蒋二炮一个大吨位,数量明显不占优势。

老师提醒两个班做好最后准备。就在这时,只见七班的十几个同学纷纷从背后取出什么东西,然后戴在脸上。

一瞬间,一班的对手从普普通通的高三生,变成了小岳岳、如花、尔康,甚至还有年级主任的真人等比例放大的照片。

一班的人都愣住了。

主任吹哨:"开始!"

一班的人依旧没有回过神来。

现场学弟学妹们的加油声响彻云霄。

一班同学们拼命转移视线,避免对面的魔性表情包攻击。然而对方选手的表情包攻势太过猛烈,尤其是当他们一抬眼就能看到对面几张主任的脸时,纷纷破防。

三局两胜,七班连赢两局获得胜利,抱在一起互相庆祝,无视对面一班同学们幽怨的小眼神。

喻佳也笑着跟几个同学击掌。

盛延的目光一直落在少女的身上,敏锐地发现她掌心被粗糙的绳子磨得有些红了。

"明天戴个手套。"盛延走过去说。

喻佳点点头:"好。"

第二天,昨天下午的优胜队伍继续比拼。

七班头戴表情包的操作传遍年级组,别的班一听纷纷连夜出动。

今天下午比赛时，每个班都有一大堆表情包面具，似乎比的是看谁笑死谁。

七班今天下午跟十班比，十班的表情包做得也很逼真，不仅有主任的一比一等比例放大面具，甚至还有七班班主任仲福林的等比例放大面具。

李元杰今天不知为什么站在第一个，头戴一个绿色鱼脸面具，看到对面好几个"仲福林"，小声说："绝了。"

老师对着这些乱七八糟的面具已经无可奈何，只能由着他们去，反正这比赛是缓解学习压力的，让两个班做好准备，吹哨子："开始！"

两个班的同学同时发力，两个班的班主任则隔着空气发力："拉！拉！使劲拉！"

围观的学弟学妹们纷纷摇头，觉得七班的鬼畜表情包只能用一次，今天被别的班学去了就不行了。

然而就在这时，只见七班站在第一个头戴绿色鱼脸鬼畜面具，又干又瘦的男生，突然放开手中的绳子，然后冲着对面正使劲使到青筋凸起的朋友们跳起了当下最火的摆手舞，一边跳还一边唱："苏喂苏喂苏喂！加油！！！"

围观群众蒙了。

十班更蒙了。

再一次破防。

前面几个头戴仲福林面具的十班朋友首先没忍住笑了出来，七班再次连赢两场，取得胜利。

仲福林双手攥拳，激情澎湃："好样的！"

第三天，七班凭借骚操作成功闯进决赛。

最后一场比赛了，今天的决赛对手是四班。四班选手个个严阵以待，不仅准备了鬼畜面具，排在第一的同样是个精瘦精瘦的男生。

明显也准备了"鬼畜舞"。

今天决赛，场地旁边围观的学弟学妹们都格外多，想来看看七班还有什么骚操作。

然而今天很奇怪，七班的人没有戴鬼畜面具，也没有派那个男生站第一个准备跳"鬼畜舞"，个个看起来都十分正常。

难道今天已经没什么办法可以想了吗？

老师握着绳子中轴调整位置,比赛马上开始了,让各班最后检查人数。

就在这时,一个粉色的身影穿过层层学弟学妹们的围观,走到七班队伍的最前端,握住绳索。

他身高一米八,体重两百斤,穿一身粉色连衣蓬蓬裙,袖口裙摆缀着精致的白色蕾丝花边。

一瞬间,所有人张大了嘴,瞳孔缩小。

所以今天是……反串!

蒋二炮此生第一次穿女装。

他握紧绳索,扎了个八字马步,身体微微后倾,已经做好了发力的准备。

微风吹动他的粉色蕾丝蓬蓬裙裙摆,裙摆下,一根根粗壮的黑色腿毛性感地蜷曲着。画面太美,对面的四班朋友纷纷选择闭上眼睛。

比赛开始。

七班继续以笑死对手为撒手锏取得绝对胜利,拿到本次拔河比赛年级总冠军。

七班一直以来量化倒数、成绩倒数,这是第一次,以班级为单位,在全校拿了个第一名。

所有人高兴得宛如赢得奥运会,还打破了世界纪录,仲福林笑得像个两百斤的孩子,举着手机让大家站好拍照。

穿女装的蒋二炮第一次站到了班级合影的"C位",对着镜头比起剪刀手。

七班快乐的气氛感染了对面输了比赛的四班,四班的学生也纷纷笑着庆祝他们的第二名,一起合起了影。

这成了他们枯燥的高三生活中让人最难忘的一场解压活动。

喻佳在高三来临的时候考到了盛延同桌的位置,她一年之内进步神速,仲福林每次找她谈话的开头第一句总是"老师一直知道你是个好孩子"。

喻佳第一次坐到盛延身边位置时的成绩是年级第十,只剩最后十名的差距了,她相信在这最后一年,自己一定能够跨过去。

只是这其中的路远比她预想的要难。

高三的前几次考试喻佳的名次都在年级五六名左右浮动，没有往下掉，却也一直找不到那个突破点，仿佛已经到顶。

高三寒假前最后一次月考，成绩出来，喻佳年级第五名。

今年师大附中早早就在教室里开了暖气，作为高三学子，每天晚上要在教室上课上到十点。

如今的自习课，七班的教室里早已没了从前打打闹闹、"罗阎王"重点关注对象的样子，所有人因为一张张发下来的试卷心情各异。

喻佳盯着课桌上的考试卷子，一直没有动笔。

这是她第三次考年级第五名了。

不仅没有超过盛延，甚至连白思静和林文帆两个人都依旧在她前面。

所有人似乎都对她现在的成绩很满意，仲福林每次谈话对她说的都是"稳住"，唯一不满意的只有她自己。

下课铃响。

教室变得热闹了些，所有人都围在窗户旁边看雪。

今天中午的时候，天空中便飘起了点点雪花，到了下午雪越下越大，晚上直接变成了暴雪，雪花纷纷落在教室的窗户上。

天气预报提醒广大市民注意交通安全。

大家走出教室，惊喜地发现阳台上和地上已经积起了一层厚厚的雪。

临阳很少下这么大的雪。

盛延看了看窗外飘落的雪花，然后又看向身旁一直对着考试卷子沉默不语的喻佳。

喻佳看着看着，心底突然升起一抹躁意，然后抓起自己考了一百四十分的数学卷子，在手里揉成一团，直接走到教室后面的垃圾桶去扔掉。

盛延没有说话，只是跟着起身。

他从垃圾桶里捡起喻佳的卷子，走回座位，看到喻佳眼圈发红，眉头深深拧着，情绪似乎已经烦躁到极点。

他伸手捏了捏喻佳的肩膀，说："我们出去走走。"

喻佳回道："不去。"

"算我求你好不好？拜托。"

喻佳皱着眉，抬头看向盛延。

不一会儿，她缓缓站起身。

这时，蒋二炮在门口向班里人宣布，老仲给了大家半个小时的休息时间，操场上积了很厚的雪，让大家去看看，缓解一下考后的压力。

一听有半个小时去看雪，班里的人拥出教室。

盛延抓起喻佳的手腕："走。"

操场上全都变成了白茫茫的一片，不论是塑胶跑道，还是人工草坪，现在都被厚厚的积雪覆盖。

雪地还没有被人踩过，像一块完整而平静的湖面。

所有人兴奋地奔向操场，没有什么犹豫，直接打起了雪仗。

大家都是临阳人，几乎没有见过这么厚的雪，顿时雪球纷飞，追逐打闹中全是笑声和女生的尖叫声。

喻佳被盛延拽着来到操场，刚一走近，后背就中了一招。

李元杰本来是打到处乱蹿的蒋二炮，结果不小心打中了喻佳，一边跑，一边来了声："抱歉！"

盛延直接从地上团了个雪球扔过去："接着！"

李元杰"嗷"了一声。

喻佳看到李元杰仓皇逃窜仍被雪球打中的样子，终于笑了一声。

盛延回头，看到喻佳脸上终于有了笑容。

他于是又团了个雪球递到喻佳面前："喏，想打谁？"

喻佳看着盛延递给她的雪球，伸手接过来，目光在操场上玩嗨了的众人身上流转，最后终于落到眼前的少年身上。

她吸了口气，说："盛延，我们再打一架吧。"

说完，她手中的雪球就毫不客气地打到少年身上。

盛延没想到喻佳挑选的攻击对手竟然是他，然后又笑了出来："好啊。来了！"

喻佳连忙一边跑开，一边接着团雪球进攻，其间还被其他人误伤。

室外温度在零下，她却忽然感受不到冷。

盛延的雪球大多数时候都打偏了，喻佳压了一个无比紧实的雪球开始追着他跑，不知道谁先被绊倒，滚到雪地上。

两人的雪仗突然变成了雪地掐架，你来我往的，谁也不服，最后喻佳终于占了上风，从上而下压制住盛延，露出胜利者的微笑。

盛延躺在雪地上,咳了两声。

"我输了。"他说。

操场上除了七班,还有别的班的人,都玩得很疯。夜晚操场的灯光并不明亮,大家身上都戴着帽子手套捂得严严实实,几乎连男生女生都分不出来。

喻佳刚才跑了一阵,现在微微喘着。她其实知道刚才盛延那些雪球是故意打偏的,也知道如果真的动手,现在在地上的应该是她。

但她现在心情很好,肆意地呼吸着雪中的空气,好像所有的一切都跟她无关。

喻佳对着盛延的眼睛仿佛听不到身边的嬉闹嘈杂,一字一句认真地说:"对手。谢谢你。"

盛延把那张被喻佳团成一团扔掉的数学卷子重新还给她。喻佳铺平被她揉得一团皱的试卷,提起笔,开始平心静气地改错。

不再有什么焦躁,更没有什么捷径,有时候学累了就趴在桌上小憩一会儿,一醒来就继续提笔。学习对于绝大多数人来说都是一件痛苦的事情,但要学会苦中作乐。

书房里那些累积的试卷越来越高,最后甚至已经超过她的身高,只能再起一摞。中性笔芯写完了一支又一支,每次去文具店,她都会仔细挑选,最后买一把花花绿绿最漂亮的。

一个人一生中需要拼尽所有努力去做一件事情的时候不多,高考对每个人来说如此平凡,却又如此伟大。人一生中也可以有很多后悔,但唯一不会后悔的,是面对高考时那个拼尽全力的自己。

到高三一模的时候,喻佳第一次考到了年级第二的位置。

就连七班的整体成绩,也从从前铁打的倒数第一跑到了年级前三。

喻佳对于这个年级第二到来的反应并不如她想象中的那样激动,当仲福林宣布名次的时候,她正在做题,听到自己是第二名时,只是微微停了一下,然后继续把题做下去。

她的目标很远。

在高考百日倒计时前,师大附中搞了个百日誓师大会。

誓师大会要派学生代表上去讲话,往年只有一个学生代表,都是

第一名,但今年的学生代表却有两个。

一个是盛延,另一个则是喻佳。

两个人当选的理由都没有什么疑问,一个永远在第一,一个用了近两年的时间,从最末考到了第二。

年级主任说每个学生代表的讲话时间控制在十分钟以内,演讲稿由他们自己写。

喻佳接到要在百日誓师大会上作为学生代表发言的这个任务时,才恍惚发现这件事对她来说熟悉而遥远。

很久以前,她也曾经作为学生代表发言。

师大附中的百日誓师大会办得很隆重,不光全体高三学生,所有的高三学生家长也受邀参加,不过这并不强制,只是给所有家长提供一个观礼的机会。

喻佳并没有跟老喻和吴女士说这件事情,就好像她从来没有说过自己考到了年级前十,考到了年级第二一样。

台上主任率领各科教师代表发言完,喻佳和盛延一起站上去。

两个人都不是什么打鸡血的演讲方式,说得也不长,但一字一句都是自己最想说的话。

他们说,每个人在这个年纪或许有很多想做的事情,但总得为未来的自己做点什么。

不停下脚步,是为了去更远的地方,为了做更长的梦。

喻佳跟盛延发言完,两个人一起鞠躬下台。

百日誓师大会时间并不长,学生们都在中心站着,家长围在操场外围。

仪式结束,所有人纷纷往外走,有人看到了自己的父母,笑着跑过去打招呼。

喻佳跟盛延准备往教室走。

笑眯眯的仲福林找到他们俩,给两人指了个方向:"那边。"

喻佳顺着仲福林指的方向看过去。

她忽然看到老喻和吴女士一起站在那里,老喻脖子上挂着台相机,正在挥手跟她打招呼。

喻佳在老喻和吴女士身边又看到另一个人。

盛延的爸爸。

他似乎冲她轻轻笑了一下。

他们三个人站在一起。

喻佳回头,跟身后同样略显茫然的盛延对视。

老喻率先走过来。

他把相机屏幕放到两个孩子眼前,高兴地说:"看,我刚才给你们照了相。"

后来,喻佳问喻扬:"是不是你告诉老喻让他们来的?"

喻扬笑着说:"我哪有那么好的记性。我一直挺后悔小时候胆子太小,没有逃课去给你参加家长会。"

喻佳微微垂眸,然后又笑了声:"幸好你没来。"

喻扬看着老喻拍的照片——盛延和喻佳一起在台上当学生代表。

"从前听到这话总觉有得点土,但现在好像是真的,当哥哥的看到妹妹跟别人站在一起,真的好像心被别人挖走了一块。"

喻佳表情嫌弃:"你恶不恶心。"

喻扬又释然:"不过,这样也不错。省得你一哭就把眼泪鼻涕往我衣服上糊。"

喻佳直接扔了个抱枕过去:"你少污蔑我。"

百日誓师过后,教室前面高考倒计时的速度仿佛陡然加快,时间就像指缝中的流沙,转眼间就消逝不见了。

喻佳在后面几次考试都是年级第二,每次都跟盛延差三四分。

离她从前的年级第一的目标还差一截,但她心态逐渐平稳,目标就在那里,一直往前走下去就是了。

最后一百天的压力随着时间的流逝与日俱增,但是当倒计时日历真的撕到最后十页,倒数天数由两位数真的变成一位数的时候,肩上所有的担子似乎突然又被放了下去,有种烟消云散般的轻松。

老师们不再催着考试、讲题、做题了,把所有的时间留给大家自己查漏补缺,本该十点下的晚自习改到了晚上八点半。仲福林每天在班上叮嘱大家不要再熬夜学习,回家好好睡觉,保持精神饱满才是最重要的。

距离高考还剩两天。

那天下午拍毕业照。

袁自强脖子上挂了台他爸爸的单反相机,对着教室、教学楼、操场一顿猛拍,似乎想把现在所有的一切都用照片的方式留下来。

仲福林今天允许带手机,让学生们把最珍贵的回忆留在照片里。

李元杰逮着谁都要与其单独拍一张合影,理由是万一班里以后有谁出名了,不能放弃这么大好的机会和名人合影。

待会儿轮到七班去拍班级大合照,班里不少女生都偷偷化了点妆,化得很淡,仅限于描描眉,或者点一点口红。

曾笑笑正跟韩霜围在一起,看到喻佳,冲她招了招手:"喻佳。"

喻佳走过去后,曾笑笑从笔袋里拿出一小管口红。

她拔开盖子,旋出膏体,是漂亮的水红色。

曾笑笑示意喻佳坐过来:"来我给你抹一点。"

喻佳看到膏体的颜色,有些担心:"会不会有点太突兀了?"

"不会,少涂一点就好啦。"曾笑笑指指韩霜,"你看,很自然的,拍照的时候好看。"

喻佳看到韩霜唇上是很有血气的红色,薄薄的一层,衬得肤色明亮了几分。

其实仔细看能看出来是涂了唇膏,但是没有谁会去管少女们临近毕业时拍照的小心思。

于是喻佳坐过去,曾笑笑拿唇膏在她唇上点了点,然后又用无名指的指腹把颜色晕开,最后笑着说:"好啦。"

喻佳照照曾笑笑的小镜子:"谢谢。"

盛延刚被李元杰一群人拉去跟他们挨个拍双人合影,轮到他们班拍大合照的时候才得以脱身。

他过来找喻佳一起去:"走吧。"

喻佳站起来,对着眼前一身校服,耀眼到夺目的少年点了点头:"嗯。"

拍合照的地方在教学楼前面,有一个阶梯形的台子,所有人依次站上去,任课老师坐在第一排。

合影分为一张正式,一张自由发挥,拍正式那张的时候,大家都面带微笑面对镜头。等到拍自由发挥的那张时,前排的老师走了,所有人都开始欢脱,女生们纷纷在前面比剪刀手加爱心,后排几个男生勾肩搭背想要蹦起来，吓得老师直呼："不要把台子跳垮了！"

照片定格在所有人蹦起来的那一瞬间。

拍完照的下午，班里组织了聚餐。

就在学校外面的一家小酒楼，仲福林报了包间号，让大家自行往那边走。

喻佳跟盛延两人走在最后，路过学校最后一次模拟考试的百名榜。

第一名依旧是盛延，第二名是喻佳。

两人停下来看了看，盛延拿起手机，拍了张照片。

喻佳问："你拍这个干什么？"

盛延拍好照，收起手机："记录一下我们承包年级一二的时刻，以后拿出来怀念。"

喻佳看着盛延压在她头顶上的名字："承包年级一二，为什么非得是你一我二呢？"

盛延笑了声："那我二你一？"

喻佳看向他："不可能吗？还有最后一次机会，不是吗？"

盛延愣了一下，反应过来她说的最后一次机会是指高考。

喻佳面对盛延，认真地说："对手，我的目标一直是第一。"

盛延对着少女今天格外明艳的脸颊，恍然一瞬，最后笑了出来："好。"

两人是最后到酒楼的，班群里已经在催了。

喻佳上楼的时候，突然想到什么，找盛延要了张面巾纸。

她记起自己嘴上还涂了点口红，待会儿要吃饭了，所以把口红擦掉。

盛延的目光一直落在少女今天鲜艳的唇上，仿佛从里到外透出来的血色是摆在白瓷盘中的红樱桃。

喻佳发现盛延的目光一直黏在她身上，抬头："嗯？"

盛延说："很好看。"

喻佳的脸红了一下："谢谢。"

他们去的时候，大家都已经坐好了。曾笑笑留了位置，招手让两人坐过去。

五十个人，加老师们一共五桌，包了一个小厅。

这顿饭开始得热火朝天。

高中三年,这还是头一次全班聚餐,没有人能够闲得下来,笑闹声在空气中沸腾,可乐雪碧被当作酒要了一瓶又一瓶。

曾笑笑嫌弃袁自强吃得多,李元杰和蒋二炮为了一个鸡腿抢得你死我活,盛延把剔好刺的鱼肉夹进喻佳的碗里。

所有的画面定格,仿佛忘了时间,直到最后餐盘上只剩残存的鱼骨架,笑意仍旧在胸口。

只是天下没有不散的筵席。

这顿饭吃到最后,沸腾的空气却逐渐变得安静,所有人都坐在自己的位置上,似乎谁都不愿意离去。

因为知道这一走,以后这辈子都不会再凑齐了。

这对于很多人来说,可能是彼此此生的最后一面。

明明没有喝酒,有人的眼圈却逐渐红了。

李元杰说:"我眼睛进沙子了。"然后抓了张纸背过身去。

喻佳和盛延坐在一起,都安静着。

她和盛延都是高二的时候才转来这个班的,从一开始叫不出班里人的名字,到现在彼此熟悉,甚至成为一生的好友。

他们在这个班级里度过的两年快乐而充实。

喻佳现在一闭眼仍能想到那天下午,地下车库里,一群人高喊着"冲呀——"跑过来加入战斗的样子。

最后是老仲站起来,看着眼前这些一起度过三年的孩子。

他执教近二十年,送走了一批又一批的学生,原以为有的场景见得多了也就习惯了,然而只有真正经历的时候,面对这一张张鲜活而生动的脸,才发现永远都有那么多感动和不舍。

仲福林有些哽咽,千言万语,最后只化成一句话——

"你们的未来有无限可能,从今以后,愿所有人都前程似锦,光芒万丈。"

高考是每年的六月七号、八号。那两天临阳进行了人工降雨,天气凉爽。

学校外面挂着禁止鸣笛的牌子,仲福林穿了一身红色唐装,目送所有人走进考场。

喻佳没有什么压力，深吸一口气，看了看盛延。两个人相视笑了笑，然后分别走进各自的考场。

二十天后，喜报红榜被高高挂在师大附中校门口。

今年临阳市的高考成绩突破往年，无论是本科上线人数，还是一本上线人数都创历史新高，最惹人注目的是喻佳和盛延两位同学，两人竟然以超高的分数并列第一，成为临阳首次并列的高考状元。

招生办老师打来电话的时候，比当事人更高兴的是整个师大附中学校的领导。

出分当晚，喻佳查到成绩，她在高中生涯最后一次考试的时候终于考到了第一。但还没来得及消化这份情绪，两个学校招生办老师的电话就打过来。

喻佳一连接了将近半个小时的电话，终于打发完招生办老师，然后回头皱着眉问盛延："你想报哪儿？"

盛延说："随便，反正不都挨着吗？"

"为什么没人给你打电话？"喻佳发现盛延的手机一直没响，两个人明明同样的分数。

盛延冲她晃晃自己的手机："我开了飞行模式。"

"你居然不告诉我。"喻佳把自己的手机也开了飞行模式，世界似乎终于清静下来。

只不过当世界终于无声之后，似乎又需要什么来打破现在的安静。

"小鱼。"盛延开口。

他知道没有比现在更合适的一刻。可是他莫名紧张，真正要说的时候，他才发现不知该从何说起。

尽管她的答案并不难猜。

盛延缓了缓："现在我们都毕业了，也都成年了。"

喻佳看着地上两人的影子，"嗯"了一声。

"所以……你介意……有个男朋友吗？"

喻佳抿了抿唇："那得看是谁。"

"跟你一起并列状元，长得还可以，并且很喜欢你的那种呢？"

喻佳轻声问："真的吗？"

夜空晴朗，空气中传来夏夜的蝉鸣。

盛延看着眼前明眸皓齿的少女，发现没有言语可以表达他现在的情绪，仿佛任何字眼都太肤浅。

他心里泛起一种想把少女死死困在怀里，把她揉进骨血的冲动。

他抓起少女的手，贴在他狂跳的左胸口。

盛延闭了闭眼，嗓音沉沉："真的啊。喜欢得不得了，喜欢得要命，喜欢到她说什么都可以，喜欢到要为她永远成为她想要的人，喜欢到……"

喻佳看着眼前生涩告白的少年。

她笑了笑，靠得更近了一点，轻轻圈住他窄瘦的腰。

少年的言语蓦地一滞。

喻佳把侧脸贴着少年的胸口，声音软糯："知道了。男朋友。"

喻佳靠在盛延胸口，听少年清晰的心跳声。

她觉得去哪里都没有关系。

因为未来的每一个清晨、午后、日落黄昏，我都有你。

Extra 01

高考过后的暑假最为轻松，师大附中校门口"热烈庆祝××同学考上××大学"的横幅挂了一条又一条。

喻佳最后报了"Q大"学计算机，盛延在"B大"学经济管理。

七班同学的高考成绩都很不错，尤其是李元杰，超了本科线四十几分，终于不用回家搬砖，每天在群里上蹿下跳，存在感爆棚，班群里十分热闹。

喻佳开学比盛延早半个月，计算机系女生少，喻佳开学后尽量想让自己显得低调点，只是她平常站在人堆里就扎眼，在女生少的学院里更是想低调也难。

开学的时候，微信加了很多同系的同学，没多久，隔壁系的好友申请也源源不断地收到，晚上不少男同学会来关心她军训累不累。

喻佳倒也没显得太高冷，礼貌性地回复两句，然后把朋友圈从三天可见改成了三个月可见。

这三个月她只发过一条朋友圈，照片是她跟盛延牵着手在H市机场拍的，背景里有两人的行李箱。

后来，果然来找她聊天的男同学变少了。

喻佳本以为盛延要半个月后才过来，没想到她刚军训没几天，盛延就提前拖着行李箱到达。

理由是想女朋友。

然后当晚,无数人看到一个陌生帅哥把一身迷彩服的新生系花送到女生宿舍楼下,分开时两人还抱了抱。

学校论坛里全是男同学们义愤填膺地说"连我们学校都考不上,怎么好意思喜欢系花"的帖子,结果半个月后,此人出现在隔壁学校状元云集的经济管理学院的新生军训照里。

众人:"……"

好吧,认输。

喻佳军训结束后就从学校宿舍里搬了出来。这倒不是说她不合群,只是她从小到大没住过宿舍,体验了半个月后发现还是更喜欢有自己的私人空间。另外,宿舍有一个舍友晚上睡觉有些打呼噜,喻佳睡眠浅,所以经常睡不好。

盛延就直接没往学校搬。

两家人知道两人在学校外面一起找了房子,都睁一只眼闭一只眼。

喻佳找好房子后的第一件事就是想养猫,结果上了几天课,发现她跟盛延每天不是在教室就是在图书馆,实在没有精力再添一个需要铲屎的小主子。

仲福林每次在班会上说的"等你们上了大学后就轻松了"都是骗人的。

周末,喻佳参加的社团有个聚会。

盛延在图书馆待到晚上八点多回的家,正想打电话问问喻佳在哪里聚会,什么时候结束,他好过去接她,一开门,发现喻佳正坐在沙发上看电视。

盛延有些惊讶:"你今晚不是有个聚会?"

喻佳打了个哈欠:"没去。"

她看了眼盛延:"有男朋友的人去做什么?"

今晚的聚会是两个社团联合举办的,主要目的就是让大家互相认识一下,以恋爱为目的交友。

盛延听后忍不住笑了笑,坐到沙发上,伸手把喻佳捞起来抱在他怀里。

喻佳眯着眼抱怨："我们下周又有考试，烦死了。高中都没有考得这么变态。"

盛延抓着喻佳的手在掌心揉了揉："谁不是呢？"

"才不是。"喻佳抬头对着盛延，"你比我轻松多了。我一想到以后我还要给你们这种人打工我就很生气。"

她说着说着，想起未来的场景就气起来，从盛延腿上下来，然后用脚把他往旁边踢："走开，走开，你们这些只会让我们'996'的万恶资本家。"

盛延："……"

喻佳学的是计算机，将来基本上是个程序员，盛延学的经济管理，用李元杰的话来说，延哥以后肯定是著名企业家。

盛延看到喻佳脚上穿的鹅黄色的浅口袜，俯身将她围在他和沙发之间，低声地笑："那要不以后我给你打工？'996'算什么，直接'007'。"

喻佳吞了吞口水，看着面前的少年。

他的身体挡住了灯光，下颌线条锋利，衬衫松开两颗扣子，喉结看起来禁欲而性感。

喻佳突然感叹回不去了，当年那个只会喝奶茶的傻同桌消失了。

要是现在突然穿越回去，告诉自己将来会跟这个傻同桌交往恋爱，她一定分分钟想自尽。

喻佳伸出手，手指轻轻地在盛延的锁骨处敲了敲："你这么早就有想法了？"

盛延摇头笑了声，起身坐回去，把喻佳的小腿拿到他膝上放着，瞄了几眼电视上的综艺，然后拨弄起了手机。

喻佳看综艺看得没什么意思，也拿起手机看了看微信。

七班的群今晚很活跃，李元杰在得知袁自强最近跟曾笑笑告白成功后，像只在瓜田里上蹿下跳的猹，不停地发语音：

"我的天，你们两个是什么时候看对眼的？"

"我怎么从来不知道？"

"什么？难道你们都看出来了吗？"

"我真的只看出来我们班上延哥和喻佳看对眼了。"

看到这里，喻佳隔着屏幕都感觉尴尬。

一群人在群里七嘴八舌地聊着。

盛延也上线冒了个泡。

不一会儿，喻佳就听到了盛延手机上的微信电话声。

"袁自强，你告白也不通知我们！"

"延哥，我想死你了！下回我来首都，你带我去你学校逛逛，瞻仰一下，呜呜呜，我要看看最高学府是什么样子。"

"还能有什么样子，肯定是我等高攀不起的样子。"

"二炮，你最近是不是又胖了？"

"你才胖了，我军训瘦了两斤！"

几个人在班群里聊得火热，干脆又开了个视频电话。

盛延仰靠在沙发上，抓了抓头发："行啊。来了联系我，卡借给你，想逛哪儿逛哪儿。"

李元杰说："我还想逛你们隔壁学校，喻佳的卡能不能也借我一下？"

盛延笑道："可以。"

谈起喻佳，袁自强插嘴，刚告白成功的人突然显得有点羞涩："延哥，我……我想问你个事情。"

盛延回道："什么事？"

袁自强挠了挠后脑勺："就是你跟喻佳，那个……从告白到第一次接吻，中间大概隔了多久？"

蒋二炮大大的身体里充满了大大的疑惑："你刚告白成功就在想着接吻了？"

李元杰突然也对这个问题有点好奇，搓了搓手，问道："延哥，隔了多久？能问一下你们发展到哪一步了吗？"

盛延听到这个问题，看了看身旁满脸"黑线"的喻佳。

他掩唇轻咳一声，转了转手机，把镜头对向身旁。

三个人本来正一脸好奇地等待盛延回答问题，突然，屏幕上出现了喻佳的脸。

喻佳就在旁边！

场面突然尴尬。

三人想到刚才问盛延的那些问题，不约而同地倒吸一口气，干笑起来。

"嘿，嘿嘿……"

然后突然意识到有什么不对劲——

这都晚上几点了，为什么喻佳和盛延还在一起？

并且看背景，两个人根本不是在学校宿舍，也不像酒店，更像是个居民住宅。

三人仿佛发现了什么了不起的大事，不好意思再打扰，抱拳选择下线：

"你们早点休息，晚安晚安。"

"百年好合，百年好合。"

"溜了溜了。"

盛延挂掉电话。

喻佳看着盛延，挑了挑眉："如果我不在这里，刚才那几个问题你打算怎么回答？"

盛延反问："想听？"

喻佳点点头："嗯。"

盛延抓着喻佳的一只脚放在掌心："我大概会说，我现在从里到外都是喻佳的人。你觉得怎么样？"

"去死。"喻佳抄了个抱枕扔过去。

盛延接住喻佳扔过来的抱枕，站起身，把喻佳从沙发上抱起来，然后腾出手用遥控器关掉电视。

喻佳踢着腿："这么早！"

盛延坏笑道："早点不好？"

喻佳听后往后缩了缩，转身作势要跑。

盛延倾身过去，撑着沙发，用身体把准备逃跑的人牢牢罩住。

喻佳吞了吞口水，对着盛延幽深的眼睛，蓦地为自己感到心酸："盛延，你变了。你不再是那个纯情可爱的人了，你现在的样子让我感到好陌生。"

盛延"啜"了一声："我现在什么样子？"

"反正不是从前的样子。"

大三寒假的时候，两家都说要见一下对方家长。

喻佳记得在高考倒计一百天的活动上，老喻、吴女士和盛延的爸

爸站在一起,双方明显从那个时候就沟通过。

喻佳第一次跟盛延去他的家。

她一直知道盛延家里比她家有钱,但当她真正看到后,还是忍不住怀疑自己当年怎么就那么笃定他是个穿盗版鞋的穷小子。

当年她第一次领盛延回她家别墅时,盛延脸上的表情波澜不惊,她还觉得他肯定是装的,第一次见到这种豪华大别墅,内心一定很激动。

结果小丑竟是她自己。

这家伙的波澜不惊就真的是波澜不惊,因为这种别墅他见得多了,他家里有比这更好的,不在临阳,而在寸土寸金的S市中心。

接近年关,盛同泽工作异常忙碌,盛延家里只有他的爷爷奶奶。

喻佳本来还有点紧张,结果盛奶奶一见到她就拉着她的手不放:"这就是佳佳啊,比照片上还漂亮。崽崽今年才把你带回来跟我们见面,以前只给我们看照片,我想见得很。"

喻佳笑着跟盛奶奶回话,在听到盛奶奶口中冒出来的"崽崽"时,突然眉头一皱。

崽崽是谁?

喻佳扭头看了一眼坐在自己身旁的盛延。

盛奶奶推了推身旁的盛爷爷:"你看佳佳跟我们崽崽坐在一起多好看。"

盛延:"……"

喻佳拼命忍住才没直接笑出来,她竟然都不知道盛延还有个小名。

这也太可爱了吧!

喻佳被盛奶奶拉着聊了一下午的天,晚饭后盛爷爷听说她是学计算机的,抱了台电脑过来让喻佳给修一下。

老人很潮,不爱用手机,爱用电脑,喜欢用电脑上网。

不是什么大问题,系统装载太多,卡住了而已。

盛延想伸手接过电脑:"我来吧,爷爷。"

盛爷爷立马抱着电脑远离盛延:"你懂个什么。"他把电脑工工整整地摆到喻佳面前,"佳佳来。"

盛奶奶在一旁帮腔:"就是就是,你走开,让佳佳来。"

喻佳看了眼盛延,笑了笑:"好。"

转眼就回到当年。

喻佳闭眼,从前很多事情仿佛就发生在昨天。

每天中午,她蒙着盛延的校服外套睡觉,鼻尖总是萦绕着他衣服上好闻的青草香气。

两人身后是一份《拒绝早恋,从我做起》的演讲稿,后来他又写了一份《浅谈当代高中生的高效学习方法——论怎样合理考到700分》去换上。

她学习到最后,突然混沌找不到突破口,他把她拉到寒冷的雪地,让她用一颗颗雪球打散所有的积郁与压力……

风吹过,教室后面掉了一半的剪报被扬起。

喻佳转头,对上盛延的眼睛。

他的眸光一如从前,喻佳像是回到了从前的某个午后,她午睡起来,揉着惺忪的眼睛,盛延一手撑着头,也是这么看着她。

那天他背后的天空很蓝,云朵绵白,阳光格外灿烂。

Extra 02

喻佳自从过年时跟盛延去了趟他家，从他爷爷奶奶口中得知盛延的小名竟然叫"崽崽"后，就在微信上把盛延的备注从"狗"改成了"崽崽"。

"崽崽"给您发来一条新消息。

"崽崽"邀请您进行视频通话。

盛延从喻佳的置顶聊天上看到"崽崽"两个字，有些无语。

这小名除了他爷爷奶奶，已经很多年没人叫了，他一个二十多岁的男人，突然在女朋友那里跟一个幼稚的乳名绑在一起，让人有些头疼。

盛延把自己在喻佳微信里的备注改了回来，结果没过多久，喻佳又改了回去，一边改，还一边说："崽崽听起来多可爱啊。"

并且如果只是微信上改个备注也就算了，就连平常约会，喻佳也会时不时蹦出来一句"崽崽"。

盛延被叫得脸热，每次喻佳叫完还一脸满足地看他。

后来，盛延终于找到了解决问题的办法，那就是用魔法打败魔法，叫喻佳"宝宝"。

先是把她微信的备注从"小鱼"换成了"宝宝"，然后是生活中开始改口叫"宝宝"。

今晚去图书馆吗，宝宝？

宝宝，周末想吃什么？

宝宝下午几点下课？过去接你。

喻佳第一次听盛延叫"宝宝"的时候直接愣住，好一阵才反应过来这个肉麻的称呼是在叫她。她起了一层鸡皮疙瘩，当下三令五申盛延不许用这么肉麻的称呼叫她，可是盛延对"宝宝"这个称呼的喜爱明显大于她对"崽崽"的喜爱，改也改不过来，没两天就叫顺口了。

后来她就不管了，也有可能是已经听习惯，觉得在家里的时候叫两声还好，反正也没别人听到。

只是没想到盛延一直从家里叫到了学校，他来接她下课，当着几个同学的面，自然而然地叫了声"宝宝"。

同学都知道喻佳的男朋友来自隔壁学校状元云集的经济管理学院，从入学第一天起就拉着喻佳在他学校里散步，杜绝未来四年所有的桃花，还知道两个人从高中就认识，据说寒假的时候已经见过家长。

大家从前只知道两个人感情不错，现在亲耳听到帅哥一脸宠溺地叫"宝宝"，突然被秀了一脸。

喻佳耳根烫起来，拽着盛延赶紧溜了。

"你能不能换个称呼？"等走到没人的地方，喻佳停下来，气呼呼地问盛延。

盛延不解："为什么？"

喻佳瞪了他一眼："你说为什么，崽崽？"

盛延听到自己的称呼后，"嗞"地倒吸一口气，答应："我尽量不在人前叫。"

喻佳本来想说在人后也不可以，可是面对少年脸上的笑意，又把话咽了回去。

她没有小名，因为老喻和吴女士根本懒得给她起。

她也没有什么特别的称呼，从小到大父母总是直接叫她名字，甚至连个叠词的"佳佳"也几乎从未说出口，喻扬也一直叫她名字，大了甚至连名字都懒得叫，直接说事。

直到高二的时候盛延出现，作为同桌以示友好，叫了她一声"小鱼"。

后来她就变成了他的小鱼，跟他一起往更远的地方游。

盛延拉起喻佳的手:"走咯,宝宝。"

喻佳回神,知道现在是没人的时候,所以盛延会这么叫她。

他也确实如称呼一般,一如既往地宠溺。

喻佳往盛延的胳膊上贴了一点:"走。"

今晚有个小型的同学聚会,从前七班那群人大一的时候就嚷嚷着要来帝都瞻仰一下最高学府的风采,结果愣是拖到马上都快大四了才来。一行人组了个团过来旅游,今天刚下飞机,未来几天的行程安排得满满当当。

喻佳和盛延是东道主,晚餐地点盛延提前订在一家环境幽雅的餐厅。

李元杰查了一下这家餐厅在大众点评上的人均消费,惊呼:"延哥,第一餐就这么贵的吗?"

盛延轻描淡写地说:"我请。"

李元杰这才想起盛延根本不是他们一直以为的那种平平无奇,他们也是后来才知道盛延家里竟然比临阳首富的喻佳家里还有钱,立马接受了盛延请客这件事情。

谁让这人家里这么有钱,当年上学的时候还每天抢他饼干,自己抢也就算了,每次还非得给喻佳也抢一块。

一行人来到餐厅,曾笑笑看了看餐厅环境,看到前面还有个唱台,上面有歌手正抱着吉他在唱歌,于是嫌弃袁自强这种"土鳖"配不上这么高雅的餐厅。

袁自强已经被嫌弃得十分淡定:"你现在还不是在跟一个'土鳖'处对象。"

曾笑笑突然无言以对。

餐厅里顾客不多,衣着整洁的服务生端着餐盘安静地穿梭于后厨和客人之间。

可能是由于环境的影响,蒋二炮坐在位置上背挺得笔直,任李元杰怎么骚扰也不肯跟他像在路边摊一样一起吹牛皮。

李元杰喝了两杯酒,看到桌上喻佳、盛延和曾笑笑、袁自强两对甜甜蜜蜜的情侣,蓦地心酸。

"我大一的时候雄心壮志,觉得以后的女朋友肯定是个漂亮女孩,到了大二觉得长得一般也行,关键注重内在美,后来大三,大三觉得只要是个女生就行,别的一切好说。结果现在马上都大四了,我还是……"李元杰抹了一把眼角辛酸的泪水。

曾笑笑好奇地抬头:"李厂长,那你大四的标准是什么?"

李元杰还没说话,喻佳冷不丁地开口:"男的也可以?"

蒋二炮的眼神突然变得惊恐,拢了拢领口:"我就说你最近为什么晚上总找我视频,走开!"

"我有那么饥不择食吗?"李元杰疯狂地为自己辩解,"我找你还不是因为你跟我一样'母胎单身',马上大四也找不到对象,只能当'单身狗'。"

"我原本以为你我会惺惺相惜,没想到你竟然会用这种心思想我,你让我感到好陌生。"

蒋二炮:"……"

一桌人都被逗乐了,喻佳也笑得趴到盛延肩膀上。

过了一会儿,盛延说:"我去趟洗手间。"

喻佳点点头:"去吧。"

盛延起身去了洗手间,喻佳继续听大家聊天,还有几个菜没上,不过大家似乎都不着急,一起回忆当年那些令人啼笑皆非的小事。

喻佳是在曾笑笑和韩霜一个劲转移她注意力,让她不要往吧台上看的时候才察觉出不对劲的。

盛延离开的时间比她想象中要长。

刚才那个在吧台上唱歌的歌手呢?

怎么没声音了?

她发现在座的几个人看她的眼神都像是在藏着什么,脸上带着若有似无的笑意。

餐厅的灯一盏一盏地熄灭,然后喻佳脚下暖黄的小灯又亮起来,像星星铺成小路,所有的光源汇聚到餐厅前面的吧台。

喻佳看到盛延站在台上,一手扶着话筒,朝她的方向看过来。

对上少年倒映光影的双眸,她猛然听到自己的心跳声。

盛延清唱了一首歌,是高二的时候在李元杰的生日会上,他在KTV里唱的那首英文歌。

当时听他唱这首歌的人,今天也都在这里。

曾笑笑把似乎还处在状况外的喻佳从椅子上拽起来,笑着在她背后轻轻推了一下:"快过去呀。"

喻佳听到身后的掌声和呼声。

她踩着那条星星点点的小路,一步一步地走过去。

当年盛延唱歌的时候也这么看着她,只不过那时候小心翼翼地试探,如今已化为甜蜜的缱绻。

盛延看着一步一步朝他走过来的少女,取出戒指,笑着问道:"不知道我有没有这个荣幸,能够变成正式合法的'小鱼夫'?"

Extra 03

喻佳和盛延大学毕业后就订婚了,两人都决定继续留校读研,本科毕业后的暑假打算一起去毕业旅行。

暑期是旅行旺季,不想去人太多的景点,天气太热又不想去太闷热的地方,喻佳选来选去,感觉哪里都不合适,最后心一横,干脆闭着眼在地图上掷飞镖。

喻佳的飞镖落在无人区——塔克拉玛干沙漠腹地。

看到飞镖的落点,盛延沉默了。

喻佳也沉默了。

"要不……再重新掷一次?"喻佳试着提议。

盛延接受:"好。"

于是喻佳蒙着眼又掷了一次。

第二次,飞镖落在了一片汪洋的我国南海。

盛延看着飞镖周围湛蓝的海水,继续沉默。

喻佳干笑了两声,不知道为什么,她的飞镖总喜欢往这些人迹罕至的地方跑。

盛延走过去,把喻佳扔得乱七八糟的飞镖从地图上拔下来。

喻佳被自己的准头打击得没了信心,扑在沙发上,喃喃道:"要不家里蹲吧?旅游好累,又热又要走路,还不如在房间里吃西瓜吹空调。"

盛延重新塞了一个飞镖到喻佳手里:"再来最后一次,这次再不行就家里蹲吧。"

喻佳趴在沙发上,看了眼手里的飞镖,毫无激情地随手往地图上一扔。

这次中了。

不是什么无人区,也不是什么找不到陆地的海,而是H市,全国闻名的旅游城市。

喻佳立马从沙发上坐起来。

盛延半坐在沙发扶手上,摸了摸她后脑勺,笑着说:"扔得不错。"

定好地点,两人简单收拾了行李,一起出发。

盛延提前做了很多攻略,甚至还包括周边几个市,把要去的景点、要吃的小吃都列了出来,日程表安排得满满当当,力求让他跟喻佳的第一次单独出门旅行玩得充实开心。

两人搭飞机来到H市,到的时候已是傍晚,盛延提前订了酒店,酒店提供接机服务,到达后便从机场直接过去。

晚高峰路上有点堵,原本只要一个小时的路程走了将近两个小时才到。

酒店是五星级的,喻佳用房卡刷开房门,坐了一下午的飞机,然后又是汽车,现在终于能够停下来歇歇。

盛延订的是标间,两张床。

喻佳首先选了一张靠内的床,倒上去,开始闭着眼睛养神:"我睡这个。"

盛延把两个人的行李放好,又跟酒店订了晚餐让送上来,然后坐下来开始研究明天的行程。

"明天早上八点起床,九点出门怎么样?"

喻佳听后睁开眼:"可以。"

她这个人出门最烦做各种各样的旅游攻略,看得头都大了,现在有一个从出行开始全都包干的靠谱未婚夫,感觉真的很不错。

第二天早上,喻佳和盛延九点的时候准时从酒店房间出门。

酒店空调开的是26℃,两人昨晚还盖了被子。

酒店离他们去的第一个景点不远,走路十五分钟能到。

喻佳牵着盛延的手,一走出开着中央空调的酒店大堂后,突然感受到一阵排山倒海的热浪扑面袭来。

她本还泛着丝丝凉意的胳膊迅速升温，像从冷柜拎出来扔进了蒸炉。

喻佳表情微微凝固一瞬。

这才早上九点就这么热的吗？

喻佳把阳伞从包里拿出来，撑上。

盛延低头在看动图导航，然后指了个方向："我们往这边走。"

喻佳挽着盛延从酒店往景区走，感受到一路上的人越来越多，直到两个人来到景区目的地，看到那个全国闻名的湖，以及堤岸边乌泱泱攒动的人头。

喻佳感觉都要窒息了。

盛延也没想到有这么多的游客，硬着头皮说："就是这里，我们进去一路向左走，沿岸绕一圈可以走完所有的景点，中间可以坐船游湖，逛完后再去吃饭，这里有家酒楼的鱼很出名。"

盛延说话的时候，感受到身上已经被热出了一层汗。

他报完自己提前安排的行程，本想跟喻佳说没想到天气会这么热、人这么多，如果你现在想改也可以，然而喻佳晃了晃他的胳膊，面向景点，夸张地来了句："哇，好美啊。"

然后她似乎十分兴奋地笑着说："走吧。"

盛延对着喻佳脸上仿佛见到了什么瑶池仙境的期待表情，然后努力挤出笑容："走。"

喻佳在热浪中依旧挽着盛延，闷着头，跟随乌泱泱的人流开始他们的行程。

她心里想的是：男朋友做攻略做得么辛苦，我这个坐享其成的人不能因为自己的一时懒惰就打退堂鼓，第一次跟男朋友出来旅行，一定要表现得开开心心。

万里无云，炽热的太阳没有一丝遮挡地直射大地。

原本已经让人呼吸困难的温度还在一点点往上攀升。

喻佳本来还一直挽着盛延的胳膊，后来她感觉两人皮肤相接的地方都出了一层汗，快要黏一起就连忙分开了。

撑着伞挡得住阳光，却挡不住蒸煮般的空气，到了坐船游湖的地点，喻佳本以为终于可以休息了，结果身上穿了一层无比保温的橙色救生衣。

喻佳游湖的时候没有顾得上看风景，眼睛一眨也不眨地盯着湖里的水。

她是多么想直接跳进去凉快一下。

盛延在这时举起手机："要照相吗？"

喻佳庆幸自己现在戴着墨镜，盛延看不到她眼里的苦涩，冲盛延挤出一抹笑容："好。"

拍完照，喻佳也看了一眼自己的手机，手机屏幕上显示H市最近几日的最高温度一直在35℃～38℃之间浮动。

两人按照计划游完湖，看完几个攻略上必看的景点，终于找到吃饭的地方。

接近中午两点，酒楼生意火爆，依旧排着长队，连等位的凳子都不够。

盛延望着大太阳底下依旧坚持不懈等位的食客们，问喻佳："要等吗？"

"你觉得呢？"

"要不我们换个地方吧？"

"好。"

两人决定得空前利落，最后找了家麦当劳。

当推开麦当劳的门，终于吹到空调风的那一瞬间，喻佳甚至有一种劫后余生感。

吃完东西，喻佳用勺子一口一口地挖着面前的麦旋风。

盛延翻开他手机上的行程安排。

今天接下来的活动还有逛鼓楼、公园，以及著名的夜市小吃街。

喻佳听到盛延说接下来的那一串行程时感觉快缺氧了。

那么密集充实。

喻佳此时多么想像上午那样，违心地来一句"好啊""我可真是太期待了"，可是她试图张了嘴，回忆起今天想要跳进湖里降温的感觉，发现自己真的做不到。

喻佳搅着自己面前的麦旋风，终于，忍不住哭丧起脸："盛延，你到底是想累死我，还是想热死我？"

盛延对着眼前表情悲恸的少女，愣了愣，然后想起早上她对着湖畔赞扬"真是太美了"的样子："我以为你……"

两人仿佛突然明白了什么，互相对视着，沉默了。

然后同时笑出来。

他以为她"游兴"高涨,不想扫她的兴,所以硬着头皮要把行程走下去;她觉得他做这么多攻略不容易,不能还没开始就打退堂鼓,于是装得很期待。

莫名其妙闹了个乌龙,两人终于惺惺相惜地收拾东西回酒店。

喻佳洗了个澡,换了身衣服躺在床上,吹着空调凉爽的风,手机收到H市当地旅游局发的高温天气预警。

太可怕了,实在是太可怕了。

盛延也洗了个澡出来。

喻佳望着头顶的天花板:"我觉得我中暑了,头好晕。"

盛延皱眉:"中暑了?"

他走过去在喻佳的额头上摸了摸,发现温度是比平常高一点。

不过应该不是中暑,而是今天一冷一热,有点着凉。

盛延把空调温度调高了几度:"等我一下。"

他出去了一会儿,回来的时候手里拿着袋东西。

盛延拆开藿香正气液的盒子,取出一小瓶插上吸管,给喻佳递过去:"喝了再看看。"

喻佳看到盛延递过来的是藿香正气液,立马翻身打了个滚。

"我不要。"

她这辈子最讨厌喝这种又苦又甜的诡异液体,光是闻到那个味道就很想吐。

她宁愿头疼也不想喝。

盛延问:"你不是说你中暑了头晕吗?"

"骗你的,头不晕了,也不烧了,你摸摸。"

说完,喻佳又翻身过去,抓起盛延的手放到自己额头上。

盛延感受喻佳额头上的温度,依旧有些烫。

他看着床上睁大眼睛、表情无辜的少女,把那瓶藿香正气液放下来:"不喝也可以,暂时先观察,待会儿还是这个温度就跟我去医院。"

喻佳一听就头疼:"去什么医院啊?"

"那就把药喝了。"

"我不喝。"喻佳用被子蒙住头。

"那就跟我去医院。"

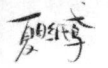

喻佳腹诽：又绕回来了。

她掀开被子，直接站了起来。

她站在床上，他站在床下，两个人的身高差调了个个儿，喻佳伸手抱住盛延的脖子，把体重全都放到他身上。

盛延只好伸手托住身上的少女。

喻佳把下巴埋在盛延的肩膀上，闭着眼睛，说话声懒懒的，没什么力气。

"不想去医院。"

"就在酒店玩好不好？"她侧头，柔软的唇瓣蹭在他颈间的皮肤上，"玩什么都可以。"

喻佳说完就感受到了少年身体的僵硬。

她把脸埋在他颈窝低低地笑，笑起来时身体微颤。

其实这次跟盛延单独出门前，喻佳就想到了这些，她把圈在盛延腰上的腿收紧了一点，然后在他耳边暧昧地说："不是都已经订婚了吗？哥哥。"

盛延听得低咒一声，直接把喻佳放到身后的床上，手臂撑在她身侧，咬着后槽牙问："喻佳，你知道你现在在做什么吗？"

喻佳胳膊挂在盛延脖子上，可能是由于头脑的确在发热，又用一条腿挂住盛延的腰，气息浅浅地打在他耳窝，回答："知道啊。"

她把字咬得格外嗲："我在勾引你。"

当黏在身上的少女把这几个字清晰地说出来的时候，盛延瞬间气血翻涌，突然恨不得撞死在这床上。

他长长地吸了一口气，以平复胸口躁动的呼吸，对着身下少女清润的眼睛，指尖擦过时带起一阵酥酥麻麻的痒，最后轻轻落在她纤细的脚踝上。

喻佳的脸在盛延的指尖划过时微微发红，她已经闭着眼开始期待，感受到盛延一手掐住她纤巧的脚踝，然后……

把她的腿从他腰上拿了下来。

盛延伸手触摸喻佳额头的温度，知道她今天的确是烧糊涂了。

他眼神平静地泼冷水："现在跟我去医院。"

喻佳试图扒着床沿不动，奈何盛延力气比她大得多，直接把她拦腰从床上拎抱起来，然后把门口的鞋子给她穿。

喻佳被拎去医院量了体温，37.8℃。

大夫没有让她打针输液，开了点药，嘱咐回去好好休息。

盛延又买了个体温计，回到酒店盯着喻佳吃完药，把她塞进被子里发汗。

喻佳吃了药发困，不一会儿就眼皮打架睡着了。半夜盛延给她量了一次体温，看她额头出了一层薄汗，温度已经降下去后才放心。

喻佳第二天醒来的时候，头已经不发昏了，满血复活。

然后想起昨晚自己投怀送抱硬撩上去，"我在勾引你"这种话都说出来了，盛延却眼神平静地把她的腿从他腰上拿下去的样子……

明明都已经订婚了，未婚夫却是这种反应，对于任何自尊心强大的"美少女"来说都是人生耻辱。

喻佳心梗了。

两个人原定的H市四日游，由于天气太热不想出门变成了酒店四日游，喻佳又被盛延盯着吃了次药，手里拿着游戏机却没什么兴趣玩，在床上"挺尸"。

盛延在套间外面的客厅里看电视。

喻佳满脑子都是昨晚盛延眼神平静地把她的腿从他腰上拿下来的样子，突然从床上坐起身。

她趿拉着拖鞋走到客厅，往电视上瞅了一眼，是一部烧脑的美剧。

喻佳没什么兴趣，坐到盛延身边的沙发上，然后抬起双腿，搭在他大腿上。

盛延低头看了看。少女穿一条居家的小短裤，从腿后跟到脚尖绷得笔直，皮肤细腻白皙，双腿并拢，大腿中央留出一点诱人的空隙，是标准的漫画腿。

喻佳说："我昨天走得腿疼，你给我揉揉。"

盛延一愣："腿疼？哪里疼？"

喻佳回道："哪里都疼。"

盛延看了看眼前一双白到晃眼的腿，倒也没说什么，一手扶住喻佳的膝盖，一手在她小腿肚上轻轻按揉。

喻佳腿疼是找的借口，但不得不说，被这么按摩小腿肚还是很舒服的。她眯着眼小憩了一会儿，然后身子往前坐了一点，下巴搭着少

年的肩。

盛延停下手上的动作。

喻佳像只幼犬一样在他肩颈处细细嗅着，然后抬起头，捕捉到他微凉柔软的唇瓣。

喻佳主动啄了几下，盛延开始托着她的脸闭眼回吻。喻佳胳膊攀上盛延的肩膀，两人一边亲吻，一边改变姿势。盛延双手掐住喻佳的腰，轻而易举地把她带到他身上坐着。

喻佳坐在盛延腿上，衣领不知不觉中错了位置，露出一侧纤巧精致的锁骨。

盛延亲亲她的眼睛，唇顺着少女粉色的脸颊啄过，落在少女小巧的耳垂，用牙齿轻轻地咬。

喻佳脖颈向后扬起一个优美的弧度，身体又被掐住腰向前送。

喻佳闭着眼睛，双手逐渐往下，指尖碰到他皮带上冰凉的金属，试图摸索着解开暗扣。

只是当她的小手刚刚触碰到他小腹肌肉时，少年却似乎突然找到理智，停下来，拉开两人之间的距离。

喻佳有些蒙，眼中仿佛蒙着一层水雾，不解地看着盛延，似乎在问为什么不继续了。

盛延把尚还一脸蒙的喻佳从他身上拎开，然后站起身："我去趟洗手间。"

喻佳一个人坐在沙发上，回味刚才两人暧昧的肢体动作和吻，然后终于反应过来现在又发生了什么。

昨日重现，勾引失败，美少女的自尊心再次惨遭打击。

喻佳苦思冥想都想不出来到底是为什么。

难不成孤男寡女在酒店里只为了一起吹空调看电视，蒙着被子欣赏夜光手表吗？

盛延隔了一会儿从洗手间里出来。

喻佳坐在沙发上，盯着他看。

盛延发现喻佳的目光所至，脸黑了黑。

他走到门口换鞋，问道："想吃什么冰激凌？我下去买。"

喻佳心情沉重，没心思回答。

晚上，两人趁着入夜凉爽的时候去附近小吃街逛了逛，填饱肚子再回酒店。

盛延先去洗澡，喻佳听着浴室里的水声，突然不信中午那个邪。

盛延洗完澡，擦着头发从浴室里出来，刚打开门，一个身影就扑了过来。

喻佳直接啃上去，先是在他下巴上咬了两口，然后又在他唇上毫无章法地吮着。

盛延被扑得往后退了一步，后背撞到门上，唇上被牙齿嗑到的地方泛着疼，身上是一只树袋熊一样黏上来的少女。

少女一手钩着他的脖子，另一只手大胆往下。

盛延捉住喻佳不安分的手，再次把她的胳膊从他脖子上拿下来，皱着眉哄了一声："别闹。"

喻佳再一次被扯下来，她低头，双唇微张，看到他似乎毫无反应的地方，像是证实了什么，心态轰地崩了。

盛延说："去洗澡。"

喻佳失魂落魄地拿了自己的睡衣进浴室，在门口时还被门槛轻轻绊了一下。

盛延看到喻佳进了浴室，闭了闭眼，平复呼吸，逼自己不去想其他。

他拿起手机转移注意力，想找找明天有什么不太热的室内景点。

盛延和喻佳的手机型号一样，彼此都能直接解锁，盛延是打开浏览器才发现自己拿的是喻佳的手机。

他本来想去换自己的手机，然而一瞬间，目光却不由自主地被搜索框下面的搜索历史所吸引。

男朋友对我没有兴趣怎么办？

男朋友一直不碰我是不是那方面不行？

骗婚的主要特征。

那方面不行的男生一般有什么特点？

还没经验，求问一下性生活对于情侣真的很重要吗？没有可以吗？我男朋友好像不太行。

最后一条是个提问，下面回复很多，最高赞的是：性生活对于情侣来说真的太重要了，男人不行就直接踹了吧，拜拜就拜拜，下一个更乖。

本问题的提问者在这条回答下面认真地回复：跟男朋友感情真的

很好，谈了几年了，彼此都认定对方，真的不想分手，能不能求一个别的解决办法？

然而此提问者的回复遭到了所有浏览者的一致嫌弃。

盛延看着，眼皮跳了跳。

喻佳洗完澡，继续失魂落魄地从浴室里出来。

盛延看向喻佳心不在焉的脸，叫了声：“喻佳。"

"嗯？"喻佳条件反射般地答应。

盛延看着她，吸了口气，没说什么，只是把手机扔到喻佳面前。

喻佳拿起来，盛延扔过来的是他自己的手机，界面停在微信聊天记录。上面联系人的备注是"喻扬"。

喻扬：听清楚，双人间两张床是我最大的让步。

喻扬：订婚了也不意味着你现在可以对喻佳做什么事情。

喻扬：一切等结婚再说。

喻扬：每晚喻佳上床以后给我开视频，我必须要知道你们在做什么。

……

喻扬：再说一遍，我妹妹成年了也不意味着你就可以对她做一些不轨的事情。

喻扬：这是对你的考验。

喻扬：老子说到做到，懂了吗？

最后，喻扬发了个"加油.jpg"。

喻佳对着手机屏幕上喻扬的"加油.jpg"，感觉这辈子都没有这么无语过。

这种事情喻扬也要来插一手，她又不是小孩，没见过跟男朋友怎么发展还要经过哥哥同意的。

盛延看到喻佳脸上无语凝噎的表情，摊手，说："所以你知道为什么了吗？"

喻佳想起自己在网上搜的那些乱七八糟的问题，额头滑下几条"黑线"，然后开始在心里骂人。

她现在十分想打个电话直接骂过去，"我跟我男朋友想睡觉就睡觉，你管得着吗"，然而她又没有那个强大的心理素质，对着自己的亲哥吼出这种话。

喻佳看着手中盛延的手机，皱了皱眉，点了关机。

盛延的目光落在自己手机的关机界面，眸色深了几份。

喻佳关掉盛延的手机，然后拿起自己的手机，同样关掉。

喻佳把两部关机的手机放到床头，这下谁也别想来打扰了。

当两部手机都关机后，房间里的空气似乎陡然改变了。

盛延缓步走过去，居高临下，看着坐在床沿的喻佳。

喻佳抬头对上少年黑沉沉的眼睛，她不太喜欢这样被俯视的感觉，于是回退上床，起身站到床上。

像昨晚那样，喻佳抱住他的脖子，两个人开始亲吻，呼吸缠在一起。

喻佳感受到圈在自己腰际的手臂越收越紧，然后她被轻柔地放在床上，少年的手臂撑在她身侧，目光压抑而隐忍。

"小鱼。"盛延压着嗓音喊了一声。

他没有再多言，只是在无声地用眼神问她是不是真的可以，到底有没有准备好。

喻佳对着盛延的眼神，抓住少年睡衣的衣角，带着点儿抱怨，喃喃地说："我连以为你不行之后都打算跟你过一辈子，现在你还问我这个？"

话落，她的唇被炽热的吻封住，喻佳闭上眼睛，在痛的时候嘤了一声，咬住盛延的肩膀，留下一排小小的齿印。

喻佳第二天睡到早上十点才醒。

她略显呆滞地从床上坐起来，发了会儿呆，然后习惯性地去枕头下面摸手机。

没有摸到，手机在床头柜上。

喻佳拿过自己的手机，面部识别一直没反应，恍惚想起来自己昨天晚上关机了。

喻佳一边开机，一边在房间里寻找另一个人的身影。

人呢？

喻佳在床上坐了一会儿，看到盛延进来，又看到他手里拎着的食物。

盛延把床头桌推过来，然后把早餐一盒一盒放上去，都是酒店的，算得上精致。

喻佳对着摆在自己面前的早餐，又看向正在摆早餐的盛延，想要

说话，突然发现自己的声音有些哑了。

喻佳眼神幽怨："我觉得网上说得没错。"

"嗯？"盛延摆好早餐，坐到喻佳身旁，挑了颗鸡蛋在桌沿敲破，然后慢条斯理地剥着。

"没有一个男人跟你谈恋爱的最终目的是单纯的。"

闻言，盛延剥鸡蛋的动作顿了一下。

喻佳说完，自我放弃似的靠在床头，仰着头看头顶的天花板。

盛延放下手中剥了一半的鸡蛋，把床头桌推开了一点，然后俯身，连着被子捞住喻佳的腰把她抱起来。

他正想为自己辩驳两句，听到喻佳突然叹了口气："算了，我跟你谈恋爱的目的也不怎么单纯。"

盛延一时不知该如何回话。

喻佳拍开盛延圈在她腰上的手臂，坐起来吃早餐。

盛延伸手在她后腰揉了揉，问："还疼？"

喻佳顿了顿，闷头喝粥："以后注意。"

盛延点头："好。"

两人的H市四日游，除了第一天，几乎都是在酒店里度过，大部分时间是在酒店吹空调，剩下的时间跑了两个室内景点。

结束完旅行，喻佳回临阳，盛延回S市，两个人目的地不同，现在要等的就是研究生开学。

喻佳推着行李箱回家，看到沙发上的喻扬时，吞了吞口水。

那天晚上她跟盛延的手机同时关机一晚上，几乎不用想都知道是在做什么。

她说了声："我回来了。"

喻扬抬头，看到自己从小一点一点看着长大的妹妹。

凭良心说，盛延那小子的条件没有什么可以指摘的地方。

喻扬深深吐出一口气，挤出一抹笑："恭喜。"

喻佳不知道喻扬为什么会突然跟她说恭喜，毕竟订婚的时候，这家伙都不怎么愉快。不过现在，她很乐意从喻扬嘴里听到这句话。

喻佳冲喻扬笑得眉眼弯弯，轻声答："嗯。"